JN306474

愛よりも深く

姫野百合

イースト・プレス

contents

一

ゆるやかな丘陵地では、緑がいっぱいに伸びやかな葉を繁らせていた。

空は青く、風はあたたかい。

心地よい春の一日に、しかし、アデルは眉をひそめた。

（こんなにいいお天気が続いたら、花が咲いてしまうわ……）

アデルの持ち主は王都で染物屋を営んでいる男だ。

染物屋は王都から三リーグばかり離れた村の土地を百エーカーほど借りて、染物の原料となるウォードを栽培している。

ウォードの葉からは美しい青色を染める染料が作られるが、最も美しい青が得られるのは花が咲く直前の葉を摘み取ったものだと言われていた。だから、アデルたちは花が咲く前にこの百エーカーの畑から葉を摘み取らなくてはならない。

アデルは一心不乱にウォードの葉を摘み麻袋に詰め込んでいく。ウォードの葉の色素のせいで、アデルの指は青く染まっている。

アデルは奴隷だ。奴隷の両親から生まれた。きっと、両親の両親も、そのまた両親も、奴隷だったのだろう。

奴隷の子は奴隷だ。アデルにとっては、大工の子が大工となり料理人の子が料理人となるのと同じく、しごく当たり前のことで、それを不思議だと感じたことは一度もない。

折からの陽気で額から流れ落ちた汗が目に入りそうだった。

アデルは頭巾《ずきん》の端でにじんだ汗を拭《ぬぐ》う。元は生成《きな》りだったはずの頭巾は、ウォードの色でまだらに青く染まり、ところどころ破れている。

ふと、顔を上げたのは視線を感じたからだ。

農場を見下ろす丘の上に黒い馬がいた。馬上には、男がひとり。

若い男だった。

距離があるため瞳の色まではわからないが、髪は砂色の短髪だ。

身なりは贅沢ではないがきちんとしていた。

あるいは、どこか裕福な家の使用人だろうか。

(誰……?)

不審に思い、アデルは馬上の男を見つめた。

元々、こんな村はずれの農場を訪れるものは限られている。たとえば、買い付けに来た商人とか……。

(ううん。違うわ)

アデルは、一瞬浮かんだその考えを、すぐに自分で否定する。

どうしてそう思うのか自分でもわからなかった。でも、たぶん、まちがいはない。あの男の目的はウォードの青とは全く別のところにある。

馬上の男は、じっと、こちらを見ていた。

自分を見ているのだ。

アデルはそう思った。

男のまなざしは、静かでありながら、穏やかさとは無縁な苛烈《かれつ》さを秘めている。

身体の芯がざわめいた。ぞくりとも、ざらりとも違う、いまだかつて一度たりとも味わったことのないような感触。

それが、男のまなざしによって点《とも》された熱なのだということに気づいたのは、呼吸を三つばかり繰り返したあとのことだ。

もしも、まなざしが手に触れられるものであったのなら、男のそれは、きっと、何もかも燃やし尽くす炎のように熱いに違いない――――。

「そこの女！　何を怠けているんだ!?」

監視役の男のだみ声だった。

「ぐずぐずしていると花が咲いてしまうぞ!!　咲くまでに摘み取りが終わらなかったら、晩飯は食わせないからな!!」

はっと我に返り、アデルは急いで作業に戻る。

監視役の男から距離があってよかった。でなければ、監視役の男がいつも手にしている馬用の硬い鞭《むち》で打《ぶ》たれていただろう。

アデルは、自身が幸運であったことに感謝しながら、ちら、と丘の上を窺う。

そこに男はもういなかった。

あの男は真昼の太陽が見せた幻だったのかしら。

(夢だったのかしら)

そうかもしれない。

少なくとも、生まれてから今まで、あのようなまなざしをした男は見たことがない。

アデルは、頭の中からあの不思議な男のことは追い出し、目の前に繁る緑の葉を摘むことだけに専念する。

ちゃんと働かないと、意地の悪い監視役の男はほんとうにアデルに夕食を食べさせないかもしれない。

ただでさえ、食事は朝と夜の二回だ。ふすまだらけの灰色をした硬いパンでもあればましなほうで、だいたいは薄いオートミールの粥《かゆ》に野菜が少々入っているだけの粗末なものだった。これ以上抜かれたら、自分はともかく、弟のダリルの幼い身体は労働に耐えられなくなるだろう。

(ダリル……)

アデルは、ウォードの葉を摘む手はゆるめないまま、隣の畝《うね》でアデルと同じようにウォードを摘み取っているはずの弟の様子を窺い見た。

ここのところ、ダリルは「お腹が痛い」とたびたび訴える。

ただでさえやせっぽちな手足は一段と細くなった。ほんとうなら、もっと背が伸びてもいい年ごろなのに、昨年から着ている服は、まだ袖口を幾重《いくえ》にも折り曲げたままだ。

胸の痛みを覚えつつ、隣の畝に向けたアデルの目に、ダリルの小さな身体が崩れ落ちるのが映った。

「ダリル！」

アデルは、急いで駆け寄り、腹をかかえうずくまっているダリルを助け起こす。

父と母は流行《はや》り病《やまい》で相次いで死んだ。妹も、アデルとダリルの間にいたもうひとりの弟も、父と母と同じ運命をたどった。

今となっては、ダリルはアデルのたったひとりの家族だった。父と母に代わってアデルが守らなければならない、たいせつなたいせつな弟。

「どうしたの!?　ダリル!!」

「おねえちゃん……。お腹が痛い……」

ダリルの額には脂汗《あぶらあせ》が浮かんでいる。熱はないが、顔は蒼白で唇も紫色だ。

「ダリル！　しっかりして！」

すぐに監視役の男が飛んできた。その手には鞭が握られている。

「そこ！　何をしている!?」

「弟が……！」

アデルは悲痛な声で訴えた。

だが、監視役の男は、アデルの声には耳を貸さず、手にした鞭でダリルの背中を打《ぶ》つ。

「この怠け者め!!」

ダリルが悲鳴を上げた。

アデルは急いでダリルの小さな身体を抱き寄せ懇願する。

「許してください。この子はまだ子供なんです」

ダリルはまだやっと十を過ぎたばかり。大人と同じように働けるわけがない。

「子供だろうがなんだろうが、飯を食うからには働いてもらわにゃならん」

監視役の男の言うことはもっともだった。働けない者を養う余裕がある者など、ここにはいない。

「大丈夫だよ。おねえちゃん……。ぼく、平気だから……」

青白い顔に微笑みを浮かべてダリルが言った。無理に作ったとわかる笑顔が痛々しい。

「ダリル……」

ダリルは、歯を食い縛って立ち上がり、再びウォードを摘み始める。

そんなダリルを見て舌打ちすると、監視役の男は鞭を手に去っていった。

アデルは、心配で心配で胸が引き裂かれるようだったけれど、これ以上監視役の男に逆らえば、事態がもっとひどいことになるのも承知している。

アデルにできることはといえば、黙々とウォードを摘み続けることだけだ。

日が暮れるまで畑でウォードを摘むと、そのあとは摘んだウォードの葉を石臼ですり潰す作業が待っていた。

青の染料は、すり潰したウォードの葉を甕《かめ》に入れ、発酵させて作られる。

作業が終わったのは、すっかり、夜も更けたころ。

くたくたの身体を引きずるようにして厨房で夕食をふたり分もらい、アデルはねぐらにしている納屋《なや》に戻る。

今夜の夕食も薄いオートミールの粥だった。それでも、昼間の監視役の男の口ぶりを考えたなら、ありつけただけましだと思わなければ。

ダリルは寝具代わりの藁《わら》の上にぐったりと横たわっていた。無理をして働き続けたせいか、容態はいっそう悪くなっているように見える。

「ダリル。夕ごはんをもらってきたわ。食べられそう？」

アデルは努めて明るい声を出して聞いてみたが、ダリルは力なく首を横に振る。

「いらない……。おねえちゃんが食べて……」

「だめよ。食べないと元気が出ないわ」

「でも、食べたくない……。お腹、痛い……。気持ち悪い……」

「どこ？　ここが痛いの？」

アデルは、そっと、ダリルの腹に手を当ててみた。

途端に、ダリルが小さく呻《うめ》いて身を強張らせる。

「痛い……。痛いよ……。おねえちゃん……」

痛みが強いのか、ダリルの額には汗がにじんでいた。顔色は定かではないが、肩が大きく上下するほどに吐息が荒くなっているのは、星明かりだけが頼りの薄暗い小屋の中でもはっきりと見て取れる。

「どうしよう……」

両親を早くに亡くし、なんとか今日まで生きながらえてきただけのちっぽけな小娘でしかないアデルには、こんな時、どうすればいいのかわからなかった。

知恵も、知識も、経験も、頼れる人もない。

できるのは、ただ途方に暮れることばかり……。

「大丈夫？　ダリル。しっかりして」

苦しいだろうに、ダリルが微笑む。

「大丈夫だよ。すぐによくなるから、心配しないで……」

こんな時でも、アデルのことを思いやってくれる弟がいとおしかった。

途方に暮れているだけではだめだ。なんとかしなければ。

せめてもの励ましになればと、ダリルの頬に手を当てたアデルは、何度洗っても落ちないウォードの青に染まった指先を見て、ふと、思い出す。

染料に使われる葉を摘み取ってしまったあとのウォードの根は、すべて、掘り起こし、乾燥させることになっている。

それはウォードの根が薬になるからだ。葉で染料を作り、根は薬屋に売る。そうして、染物屋は抜け目なく儲《もう》けている。

（薬……）

薬があれば、ダリルの病気もよくなるかもしれない。

咄嗟に閃いたそれは、アデルには天の啓示《けいじ》にも思えた。

乾燥され、納屋に収められたものは管理が厳しくて難しいが、畑に残っている根であれば、夜の闇に紛れ、こっそり引き抜いて盗んでくることも不可能ではないかもしれない。

「ダリル。ちょっといい子にしててね」

「おねえちゃん……。どこに行くの……？」

「大丈夫よ。すぐに戻ってくるから」

「やだ……。ぼくをひとりにしないで……」

「ひとりになんて、するわけないじゃない」

アデルは、ぐずるダリルの額にキスをすると、継ぎはぎだらけの粗末な麻の服の裾を揺らして納屋を出た。

あたりには灯火《とうか》一つない。

星明かりだけが頼りの夜は、ひっそりと静まり返り、なんの気配もしなかった。

こんな夜更けにうろつき回っているのは、よほどの物好きか、そうでなければ、夜の世界を棲家《すみか》とする魔の者かのどちらかだろう。

唯一気がかりなのは、狼避《よ》けに放たれている犬たちの存在だが、農場は広い。運が悪くなければ、彼らの鋭敏な嗅覚に捕らえられることもないはずだ。

怖いとは少しも思わなかった。

今のアデルを遮るものは何もない。

ただ、ダリルのため、ダリルを治す薬を手に入れる。

頭にあるのはそれだけだった。

元々、アデルたちが寝泊まりしている納屋は畑からさほど離れていない場所にある。

すぐに畑までたどりつくと、アデルは、いつもは監視役の男が開けてくれる柵を乗り越え、畑の中に忍び込んだ。

たくさんでなくていい。ほんの一株。それだけあればいい。いけないことをしているのはわかっている。

でも、小さなダリルのために、今だけは見逃してほしい。

アデルは、農場の一番隅の、こぼれ種から芽吹いたウォードの茎を慣れた手つきで掴む。

夜露にしっとりと濡れた土はやわらかく、ウォードはさしたる抵抗もなく、するり、と抜ける。

(やったわ……)

これで、きっと、ダリルの具合もよくなる。

アデルは、はやる気持ちを抑え、掌を使ってウォードを抜いたあとの穴を埋めた。

土をならし、枯れ草を上に載せておけば、ここからアデルがウォードを一株盗んだことなどわからなくなるだろう。

ほっとして、ウォードを手に立ち上がった時、ふいに、星明かりの中に黒い影が見えた。

「…っ……」

アデルは、息を飲み、手にしていたウォードを取り落とす。

黒い影は手にしていた長いものの先で土の上に落ちたウォードをつついた。

星明かりが、その長いものの輪郭を浮かび上がらせる。鞭だ。監視役の男が奴隷を打《ぶ》つためにいつも手にしている鞭……。

「あっ……」

その黒い影が誰だか悟って、アデルは急いで逃げようとした。

けれども、監視役の男は、それを許さず、うしろからアデルの腕を摑んで引き戻す。

「誰かと思ったらおまえか」

監視役の男の息は酒臭かった。

「ウォードを盗む気だったのか？　この農場に植わっているものは、葉っぱの一枚、根の一本にいたるまで旦那さまのものだってわかってるんだろうな？」

「ゆ、許して……」

アデルはか細い声で訴える。

「弟が病気なんです。お願い。見逃して」

星明かりに監視役の男の目が意地悪く光った。

「見逃せるわけないだろ。盗みは重罪だ。最低でも、鞭打ち百回だな」

「あたしはどうなってもいいんです。鞭打ちなら、百回でも、二百回でも、受けます。でも、お願いです。弟に薬を……。もう、ずっと具合がよくなくて、このままでは死んでしまうかもしれない……」

「そう言われても……」

「お願いです。なんでもします。なんでもしますから、見逃してください」

アデルが必死になって足元に取りすがると、ふいに、監視役の男の声音《こわね》が変化した。

「……ほんとうに、なんでもするか？」

ねっとりと、肌を逆撫でするような、気持ちの悪い声。

「おまえがなんでもするというのなら、俺も考えてやらんでもない」

「あ……。あたし……」

監視役の男の鞭の先が、アデルの胸元を撫でるように伝っていった。ぼろぼろの服の下では痩せた胸が遠慮がちに息づいている。

「まだ子供だと思っていたが、よく見りゃ、なかなか……」

いやらしい目で眺め回され、アデルは震え上がった。監視役の男が何を望んでいるのかわからないほど、アデルだって子供ではない。

「……いやっ……」

逃れようと身をよじったアデルを捕まえ、監視役の男が強引に上からのしかかってくる。

「おまえ、そんなことを言える立場だと思っているのか？」

「いやっ……！　離して……！　離して……！」

「静かにしろ。おまえは黙って俺の言うことを聞いていればいいんだ。そうすれば、今夜見たことは忘れてやる。ウォードを盗んだことも見逃してやる。どうだ？　悪い話じゃないだろう？」

アデルはがたがたと震えながら監視役の男を見上げた。

このまま監視役の男に蹂躙《じゅうりん》されるなんて絶対にいやだ。想像しただけで身の毛がよだつ。けれども、監視役の男を拒絶すれば、薬は決して手に入らない。

葛藤の針は、すぐに、薬のほうに傾いた。

（大丈夫……。ほんのちょっと我慢すればいいだけ……）

それでダリルを助けられるのなら安いものじゃないか。アデルにとって、この世でダリル以上にたいせつなものなんてないのだから……。

アデルは、ぎゅっと目をきつく閉じ、身を強張らせた。

監視役の男の酒臭い息が耳にかかる。

怖い。気持ち悪い。

（いや。やっぱり、こんなの、いや）

誰か助けて――――！

その瞬間、唐突に、身体の上から監視役の男の重みが消える。

驚いて瞠《みは》ったアデルの目に大きな影が映った。

星明かりに黒く切り取られたその影は、監視役の男の襟首を摑み上げると、無言で監視役の男を殴り飛ばす。

監視役の男の身体が土の上を転がっていった。

監視役の男は、獣が発するような気味の悪い呻きを上げながら、しばし、あたりを這いずり回っていたけれど、そのうち、ぴくりとも動かなくなった。

黒い影は、獲物を仕留める猛獣の冷静さでそれを確認してから、声一つ上げることもできずにいたアデルに近づいてくる。

その影は男の形をしていた。

背の高い男だ。

男の手がアデルに触れた。

叫んでいるつもりなのに声が出ない。まるで、夜明けに見る悪夢の中にいるようだ。手も、足も、指先さえ、自分の自由にならない。

土くれでできた人形のように強張るアデルの身体を、男はそっと抱き起こした。

男の顔に月影が射す。雲が途切れ、闇の中に男の顔が浮かび上がる。

(ああ……。あの人だ……)

昼間、丘の上でアデルを見つめていた黒い馬の男。

（灰色の目だったんだ……）

男がなぜここにいるのかとか、何をしているのかとか、そんなことよりも、まず、それが頭に浮かぶ。

思っていたのよりも、ずっと、ずっと、澄んだ瞳だった。

見ているだけで、心が吸い取られてしまいそうな……。

「…あなたは…誰……？」

やっとの思いで喉から絞り出した声は、ひどくか細い上に、かすれていた。

「もしかして、死神……？　あたしを連れに地獄から来たの……？」

男は、子供のころ、母が聞かせてくれたおとぎばなしに出てくる死神とは違って、黒髪でも、黒い瞳でも、黒ずくめの衣装でもないけれど、その苛烈なまなざしは死神のそれに相応しい。

アデルの耳に唇を寄せ、男がささやいた。

「おまえが行くのは地獄ではない。生き地獄だ」

男の声は低く、それこそ地の底から響いてくるようだった。

「生者の地獄は、死者の地獄よりも、尚、無慈悲で残酷だ」

いやよ。そんなところには行きたくない。

言おうとして果たせなかったのは、灰色の瞳の男の背後で蠢《うごめ》く別の黒い影の存在を感じ取ったからだ。

闇の中で、黒い影が声を発した。

「その女か？」

灰色の瞳の男が答える。

「さようでございます。旦那さま」

灰色の瞳の男の声は平板だった。なんの感情も、人間らしい息づかいでさえ、感じ取れない声。

旦那さまと呼ばれた男が近づいてきた。

「こんな汚らしい女が、ほんとうにあれに似ているというのか？」

黒いマントのフードを目深《まぶか》にかぶっていて顔立ちはわからないが、男が、命じることに慣れていて、なおかつ、尊大で傲慢な性質であることは、その声を聞いただけで十二分に伝わってくる。

（知ってるわ……。こういう人……）

こんな相手には慣れている。

監視役の男も染物屋の主人もそうだ。同じ農場で働いている奴隷でない農民たちも、染物屋の召使や職人も、皆が奴隷であるアデルを、侮《あなど》り、蔑《さげす》み、見下した。

黒いマントの男の冷たい視線が値踏みするようにアデルの全身を這い回る。

この男の視線は、監視役の男のようにいやらしくも気持ち悪くもないが、でも、ずっと、ずっと、怖い。

「まあ、よいだろう。連れていけ」

黒いマントの男が灰色の瞳の男に命じた。

灰色の瞳の男がアデルの腕を摑む。

「え……？　どこに……？」

「染物屋には話がついている。金も払った。おまえは、もう、旦那さまのものだ」

「そんな……」

アデルは愕然とした。

奴隷とはそういうものだ。わずかな金銭で取引される家畜同然――いや、ことによっては、それ以下の存在。

わきまえてはいても、自身の預かり知らぬところでこのように勝手に運命を決められれば、やはり、戸惑う。

「弟は？」

アデルは震える声で聞いた。

「弟がいるのです。弟も一緒に行けるのですか？」

灰色の瞳の男は答えず、主人《あるじ》に視線を向けた。黒いマントの男も何も言わない。つまり、それはアデルの望む答えではないことを意味している。

アデルは思わず黒いマントの男に取りすがった。

「お願いです。旦那さま。弟も……、弟も一緒に……」

だが、黒いマントの男は手にしていた杖でアデルを乱暴に振り払う。

「汚い手でさわるな!!」

「お許しを……。お許しを……」

「我は高貴なる者！　おまえのような下賤《げせん》の者が触れてよい身ではないわ!!」

黒いマントの男の怒りは凄まじかった。

確かに、男が身にまとっているものはすべて上質だった。継ぎ一つ当たっていないのはもちろん、手ざわりも光沢も普段アデルたちが目にする安物の生地とは大違いだ。

おそらく、この黒いマントの男は貴族なのだろう。そんな男が、深夜、いきなりやってきてアデルのような奴隷を買い取るなんて普通じゃない。

（いったい、どうして……？）

アデルは、土の上にひれ伏したまま、唇を噛み締め、思いを巡らせる。

（考えるのよ……。考えるの……）

このまま、アデルひとりが連れ去られれば、残されたダリルを顧みる者は誰もいない。そうなれば、ダリルを待っているのは死だけだ。

なんとかして、ダリルを一緒に連れていきたい。

この貴族の男のもとでアデルが何をさせられることになるのかはわからないが、それでも、ここにダリルを置き去りにすることはできない。

そのためには……。

眩暈《めまい》がするほどにぐるぐる回る頭の中で、はっと閃いたのは黒いマントの男が発した「あれに似ている」という言葉。

きっと、誰でもいいわけではない。アデルでなければならない理由が、この黒いマントの男にはあるのだ。

アデルは顔を上げた。深い青の瞳でフードの奥の見えない瞳をじっと見据える。

「お願いです。旦那さま。弟も連れていってください」

「まだ言うか！」

「弟は病気なんです！　ここに置いていけば死んでしまいます。もし、弟も一緒でないのなら、あたしはここで舌を噛み切って死にます!!」

本気だった。もし、ダリルが死んでしまったら、自分も生きてはいられない。

「私と交渉するつもりか!?　奴隷の分際で生意気な!!」

黒いマントの男が手にしていた杖を振り上げる。

しかし、アデルは目を逸らさなかった。殺されるのならそれでもいい。ダリルより一足先に神の御許《みもと》に行くだけだ。

星明かりの下、杖が振り下ろされるのが見えた。

アデルは、思わず、ぎゅっと目をつぶったけれど、杖が打《ぶ》ったのはアデルではなくあの灰色の瞳の男の肩だった。

一度だけではない。二度、三度、四度、五度……。飽くことなく肩に背中に浴びせかけられる打擲《ちょうちゃく》を、灰色の瞳の男は呻きもせず受け止める。

頑丈《がんじょう》なせいばかりではない。慣れているのだ。同じように打《ぶ》たれ慣れているアデルにはわかる。

呆然とするアデルを睥睨《へいげい》し、黒いマントの男は言った。

「今、この男が私に打《ぶ》たれたのは、おまえのせいだ。おまえが粗相《そそう》をしたゆえ、その責任をおまえの代わりに取ったのだ」

「そんな……」

「覚えておくがいい。女。もし、再び、この私に生意気な口を利くようなことがあれば、その時は、この男の腕と足を一本ずつへし折るぞ」

「…ひっ……」

アデルはうつむいてぶるぶる震える。

怖かった。自分の腕と足を折ると言われるよりも、よほど恐ろしかった。

これがこの男のやり口か。

自分が傷つくよりも、自分のしたことで自分以外の誰かが傷つくことのほうが、より人の心を砕く。

わかっていて、その弱みにつけ込むのは、人ではなく、悪魔の所業ではないのか。

青ざめるアデルに、黒いマントの男は意地悪く言った。

「そんなに弟が大事か？」

アデルは言葉を選びながら慎重に答える。

「…大事…です……。この世でたったひとりの家族ですから……」

しばし無言だった黒いマントの男が灰色の瞳の男に視線を向けた。

「よかろう。弟も一緒に連れていけ」

信じられない言葉を耳にして、アデルは黒いマントの男を見上げる。

「寛大な主人を持ったことに感謝するのだな」

黒いマントの男が笑った。虫唾《むしず》が走るほどいやな笑い声だったが、そう思うことすらアデルには、もう、許されていない。

「……あ、ありがたき、しあわせ……」

アデルが頭を下げると、黒いマントの男は苦々しげに言った。

「私はもう行く。ここの匂いはひど過ぎる。頭が変になりそうだ」

ウォードの葉を染料として使用するために、すり潰し、発酵させたものは、大変な悪臭がする。

いつも農場で作業をしているアデルの身体にも、それが芯から染みついている。

「女。おまえはこの男に従え」

「……は、はい……」

「よいか。決して逆らうでないぞ。逆らえば、どうなるかわかっているだろうな?」

言うべきことはすべて言い終えたのか、黒いマントの男が背を向け立ち去る。

土の上にうずくまったままのアデルの腕を灰色の瞳の男が摑んだ。

「弟はどこだ？」

はっとして、アデルは急いで立ち上がる。

「あの……、こっちです……」

アデルとダリルが暮らしている納屋には星明かりも届かない。その影は暗闇に静かに溶け込んでいる。

先に立って案内しようとしたアデルは、ふと、思い出し踵《きびす》を返した。

いまだ転がったままの監視役の男の身体の横から拾い上げたのは、先ほど引き抜いたウォードの根。

見咎めて灰色の瞳の男が言った。

「どうするつもりだ？」

この男の言葉は簡潔だ。余計な事は言わないたちなのだろう。

アデルは答えた。

「弟に……。弟が病気で薬が必要だから……」

灰色の瞳の男がアデルの手からウォードを奪い取って値踏みするように月明かりに透かす。

「弟の病状は？」

「あの……、お腹が痛いって、ずっと苦しんでて……」

灰色の瞳の男はウォードを投げ捨てて言った。

「これは効かない」

「え……」

「ウォードは咳や喉の痛みには効くが、腹の痛みには逆に毒になることがある」

「そんな……」

アデルはへなへなとうずくまった。

効くと思ったのに。これでダリルを救えると思ったのに。

自分がしようとしていたことは全部無駄だったのだ。

「うっ……、ううう……」

嗚咽《おえつ》が溢れる。

自分の無知が悔しく悲しかった。


そのまま、ダリルとふたり、荷馬車に乗せられた。

ダリルは相変わらず苦しそうだ。息は荒く、両手で腹を押さえている。額に手を当てれば、熱が出てきたのか、少し熱かった。

「大丈夫よ。ダリル。新しい旦那さまがよくしてくださるわ」

口にするのも虚しい慰めだった。

あの黒いマントの男は、監視役の男などよりも、よほどひどい男だ。

尊大で傲慢。人を人とも思わない。アデルやダリルのような奴隷など、死んだところで痛くも痒くもないだろう。

唯一の心のよりどころは、あの黒いマントの男は自分を必要としているに違いないという思いだ。もしも、アデルでなければならない理由があるのなら、アデルを簡単に害することはあるまい。

もちろん、それはただの憶測でしかないが、今のアデルにはそれに一縷《いちる》の望みを託すよりほかはなかった。

どのくらい時間が過ぎ、荷馬車はどれほど距離を移動したのか。

やがて、馬が歩みを止め、荷馬車ががたがたと大きく揺れながら停まる。

あの灰色の瞳の男がやってきて、ダリルの小さな身体を抱き上げた。

荷馬車を操っていたのはこの男だ。男の手は巧《たく》みで、ひとりでなんなく馬たちをさばく。

アデルも荷馬車を降りてついていこうとすると、低い声で命じられた。

「おまえは来るな」

「でも……」

「ここで待っていろ」

男の言葉は、その主《ぬし》のように威圧的ではなかったが、やはり、抗《あらが》い難い響きを持っている。

仕方なく、アデルは男の腕に抱かれているダリルの手を握った。

「大丈夫よ。ダリル。何も心配することはないの。すぐによくなるわ」

「おねえちゃん……。やだ。ひとりにしないで……。おねえちゃんと一緒がいい……」

「ずっと一緒に決まってるでしょ。旦那さまにご挨拶したらすぐに行くから」

握っていた手が離れた。

男の腕の中から身を乗り出すようにして、ダリルはずっとアデルを見ている。

「おねえちゃん……。おねえちゃん……」

アデルを呼び続けるダリルの頬は涙でぐっしょり濡れている。

アデルも泣いた。声を殺して、ただ、泣き続けていた。

それがダリルとの別れになるなどとは思いもせずに。

しばらくして、男はひとりで戻ってきた。

「ダリルは？　弟は？」

飛びつくようにして男に問《と》い質《ただ》すと、男はこれ以上ない簡潔さで言った。

「預けてきた」

「誰に？　弟の具合は？」

「弟のことより自分の心配をしろ」

「え……？」

それはどういうこと？

聞き返すより先に腕を摑まれ、引きずられるようにして、奥まった場所にある小屋に連れていかれた。

小屋の床は板張りで、真ん中に大きな桶《おけ》が置かれている。桶の中にはなみなみと湯が張られていた。

「脱げ」

男が命じる。

驚いて背の高い男の灰色の瞳を見上げると、男が繰り返した。

「脱げ。身体を洗うんだ」

なぜ？

奴隷の自分がどうして身体を洗わなければならないのだろう？

立ち尽くすばかりのアデルを強引に引き寄せると、男はアデルの服に手をかける。

下着の一枚も買うことのできないアデルは、継ぎの当たった上下ひとつながりの服をたった一枚きり身にまとっているだけだ。

抗ういとまもなく、あっという間に全裸にされた。

頭巾を奪われ、いつもは頭巾の中に無理やり押し込まれている髪がアデルの痩せた胸元を覆う。

身に着けるものはほかに何もない。

裸で若い男とふたりきり。

恥ずかしいよりも恐ろしかった。いくらアデルがとことん無知な小娘でも、男が裸の女をどういう目で見るかは知っている。

アデルは両手で自分の身体を隠しながらあとずさった。

だが、男は、それを許さず、アデルの身体を引き戻す。

「いやっ……。いやっ……」

男の力は強い。逃げ出すことはおろか、身をよじることもできず、ただ震えているアデルに男が言った。

「俺が怖いか?」

がくがくとうなずけば、何を考えているのか少しも読めない声音が返ってくる。

「洗うだけだ。おまえの処女を奪うのは俺の役目ではない」

何をどう受け取ればいいのかわからぬまま呆然と立ち尽くすアデルに、男は小さな桶で湯をすくい浴びせかけた。

湯は少し熱かったが、荷馬車の荷台で風にさらされ冷えた身体には気持ちよかった。

奴隷の子として生まれたアデルは、今まで一度も風呂を使ったことがない。せいぜい、川で足を洗うくらいで、もちろん、湯を浴びることなど生まれて初めてだ。

沸かすための水を運ぶのは重労働だし、湯を沸かすにはたくさんの薪《まき》が必要になる。そんな贅沢は、高位の貴族でもなければ許されないだろう。

（なのに、なぜ、あたしが……？）

長い月日に渡ってこびりついた汚れは簡単には落ちず、男は、自身の服が濡れるのもいとわず、何度も何度もアデルに湯をかけ続けている。

男の無言に不安が募った。

いったい、これから自分は何をさせられるのだろう？

男は「おまえの処女を奪うのは俺の役目ではない」と言った。では、このあと、別の誰かがアデルを蹂躙《じゅうりん》するのだろうか？

（まさか、旦那さまが？）

想像して、アデルはゾッとする。

あの尊大で傲慢な男が女を扱う時だけは紳士になるとは思えなかった。もし、あの男がアデルの相手なら、きっと、アデルは想像もつかないほどむごい時間を過ごすことになるに違いない。

「あの……。あたし……」

黙っているといっそう不安になりそうで、思わず口を開いたアデルに、男がぴしゃりと言った。

「あたし、ではない。『わたし』と言え」

「……わ、わた…し……？」

「これからは必ずそう言え。『あたし』などと言う貴婦人はいない」

「貴婦人……？」

「おまえの役目は、おまえのその身体を使って、とある男を誘惑することだ。とても身分の高い男だ。そういう男に近づけるのは貴婦人だけだからな」

なんの冗談だと思った。正気の沙汰《さた》だとはとても思えない。

「そ、そんなの無理です。だって、あたし……」

だが、男は取り合わない。

「わたし、だと言っただろう」

「あ……」

では、本気なのか。本気でアデルにそういう女になれと言うのか。

「……それが旦那さまの命令なの……？」

「そうだ。そのために旦那さまはおまえを買った」

「できない……。あたし、そんな罪深いこと……」

相手がどんな男かは知らないが、命じられるがままに、誘惑し、虜《とりこ》にすることは、金で身体を売ること以上の悪なのではないかとアデルには思われた。

「では、逃げ出すか？　病気の弟はどうする？　染物屋にはもう戻れないぞ。住む場所も働く場所もないのに、どうやって生きていくつもりだ？」

「……それは……」

「俺が教える。甘い香りと蜜で虫を引き寄せ捕食する花のように、男を喜ばせ捕らえることのできる特別な女に、俺がおまえを作り変える。それが旦那さまから命じられた俺の役目だ」

「……」

「俺は俺の役目を果たす。おまえはおまえの役目を果たせ」

何一つ言い返すこともできなくなって、小屋の床にへなへなとうずくまるアデルに、男がオリーブ色をした四角い塊を渡す。

「これは石鹸《せっけん》だ。貴婦人はこれで身体を洗う」

男の言うことに納得したわけではなかった。

だが、抗う気力は既にない。

アデルは、しばらくためらっていたけれど、やがて、おずおずと手を伸ばし、促されるままに男の手から石鹸なるものを受け取った。

石鹸は、とても高価で、庶民の手の届くような代物ではない。アデルは、もちろん、見るのもさわるのも初めてだ。

「……なんだか、気持ち悪いものね……」

世の貴婦人たちは、こんなぐにゃぐにゃしている上にぬるぬるしているもので、どうやって身体を洗うのだろう？

不思議そうに見ているアデルの手から石鹸を奪い取ると、男はやわらかいリネンで石鹸を包み両手で泡立ててみせる。

「石鹸はこうやって泡立てて使う」

目の粗い織物の上で真っ白い泡がこんもりと盛り上がっていた。ふわふわとした泡が珍しくてじっと見つめていると、男はその泡をアデルの腕に塗りつける。

男がアデルの腕を何度も撫でないうちに、白い泡はすべて消えてなくなった。

「身体が汚れていると泡が立たない。だから、白い泡が立つようになるまで、何回でも湯で流しては泡立て直してこれで擦るんだ」

アデルは、渡された布で石鹸を泡立てると、自分の腕を擦ってみた。泡はすぐに消えてなくなるが、そのたびに皮膚を分厚く覆っていた垢《あか》がぼろぼろと剝がれ落ちていく。

（おもしろい……。それに、なんだか、いい匂い……）

この匂いは知っている。農場の隅で咲いている、小さな野薔薇《のばら》と同じ香りだ。

（でも、もっと、ずっと、濃厚で、頭の芯がくらくらするほど甘い香りだわ……）

アデルは夢中になって腕を洗った。

五回ほど洗って白い泡が立つようになったら、もう一方の腕。腕が終わったら、次は足。

最初は気味が悪いと思ったぬるぬるした感触にも慣れた。何より、洗い上がった肌がさっぱりとして心地よい。

その間、男はアデルの長い髪を洗っていた。

ろくに洗われたこともなく、何色かも定かでなくなっていた髪が、次第に、元の色味を取り戻していく。

くすんだ金髪。

アデルでさえ知らなかった自身の色がよみがえる。

男は、アデルが足を洗い終えるのを待って、手を差し出した。

「貸せ。背中を洗ってやろう」

「でも……」

他人――しかも、名前も知らぬ若い男に身体に触れられるのは抵抗があった。ぐずぐずしていると、無理やりリネンを奪い取られる。

アデルは咄嗟に両腕で胸を隠しうつむいた。

男の力は強い。力任せにごしごしやられるのを覚悟したが、男の手は思いのほか心地よかった。石鹸の泡を足しながら、決してアデルの肌を傷つけることがないよう、汚れだけを丁寧に拭い取る。

大きな手に似合わぬ男のやさしい手つきに、アデルは、ふと、男がアデルの代わりに杖で打《ぶ》たれたことを思い出した。

「……さっきは、ごめんなさい……」

「なんのことだ？」

「……だから……、あの……、肩……、痛くない……？」

両手で胸を隠したままそっと振り向くと、男はその灰色の瞳でアデルをじっと見る。

「おまえが気にすることではない」

「旦那さまは高貴な方だ。高貴な方には我々下々には計り知れぬお考えがある」

「でも……」

ほんとうに、そんなことを考えているの？

あなたの心の中にあるのは、もっと別のものではないの？

聞いてみたかったが、アデルは口をつぐむ。

男の灰色の瞳は、びっくりするほど澄んでいて、そこからはどんな感情もすくい取れない。

再び、うつむき、されるがままになっていると、ふいに、男の両手が前に回ってきた。

あわててアデルは身をよじる。

「そこは自分で……」

だが、男はそれを許さなかった。

アデルの痩せた身体を引き寄せ、その広い胸に抱き入れると、泡の立ったリネンでアデルの胸と腹を撫で回す。

「いや……。離して……」

逃げようにも、男の力は強く、その腕は檻《おり》のようだった。

「じっとしていろ」

耳元で低い声が命じる。

「役目を果たせと言っただろう？」

逃げ出したい気持ちを抑え込み、アデルは自分に言い聞かせる。

こんなの、男にとっては、家畜の世話をするのと同じ。

牛か馬にでもなった気持ちで、おとなしく男に身を委《ゆだ》ねることこそが、アデルの務め。

男は、リネンでたっぷりと石鹸を泡立たせると、そっと、アデルの胸から腹を擦った。

敏感な場所を他人にまさぐられるのは、恥ずかしく、くすぐったい。

思わず、唇から声が溢れる。

「……ぅ……ふ……」

「痛いか？」

耳元に男の声が触れた。

首を左右に振るより先に、男が、リネンを放し、掌でアデルの肌を撫でる。

リネンとは違い、人の手は生々しかった。

掌から伝わる体温。ぬるぬると肌を滑る石鹸の泡。二つの感触が混ざり合って、何かぞくぞくするような、おかしな震えがどこからか肌を伝う。

「……ぁ……」

男の低いささやきが耳をなぶった。

「どうした？　掌なら痛くないだろう？」

「……痛く……ないけど……」

泣きそうになりながら、アデルは答える。

「……くすぐったい……。くすぐったくて、つらいの……」

「くすぐったい？　では、これは？」

男が乳房を下からすくい上げるように摑んだ。

「あっ……」

思わず視線を落とせば、男の大きな掌の中に硬く痩せた乳房が慎ましく収まっているのが見える。

男は、そのまま親指と人差し指を使って、白い泡に包まれた薄桃色の頂を摘《つま》んだ。

「やっ……。いやっ……。やめて……」

「まだ、くすぐったいのか？」

アデルは首を左右に振る。

「変なの……。びりっとして、背中がぞくってなるの……」

「痛いか？」

「痛くない」

「では、痒《かゆ》いか？」

「痒くない。ねっとりしてて、重くて、じくじくする……」

最も近いのは『疼く』だろうか？

「そういう時には、『気持ちいい』と言うんだ」

「気持ちよくなんかない」

「それでも、『いい』と言うんだ。どんな男でも、女の身体に触れている時に『いい』と言われれば喜ぶ。たった一言で男をいい気持ちにさせる魔法の言葉だ」

「……魔法の……言葉……」

「言ってみろ。気持ちいい」

思ってもいない言葉を口にすることには大いにためらいがあった。

それでも、アデルはおずおずと口を開く。

「……気持ち、いい……」

この男の言うことには従わなければならないと思った。

だって、アデルが逆らったことを知ったら、あの残酷な旦那さまは、きっと、この男の腕をへし折るだろう。

男が促す。

「もう一回」

「気持ち、いい……」

「もう一回」

「気持ちいい」

男の指先が薔薇の蕾《つぼみ》のような尖《とが》りをこね回していた。

びりびりと痺れるような疼きが強くなる。背筋の痺れが、身体の芯に集まって、ぐるぐると渦巻く。

「いい……。いい……。気持ち、いい……」

言葉は不思議だ。

最初は口先だけだったはずなのに、何度も繰り返しているうちに、ほんとうに気持ちよくなってきたような気がする。

次第に息が弾んできた。喘ぎながら胸元に視線を向ければ、白い泡の中から尖り始めた胸の先だけが顔を出している。

男はその周囲をなぞるように指先でくるくると円を描いた。

白い泡を弾いて、ピン、と乳首が立ち上がるのを目にした瞬間、ふるふると漣《さざなみ》のような震えが背筋を這い上る。

「あぁっ……。いいっ……」

「今のはよかった」

男の吐息が耳に触れた。

男が笑っているような気がしたが、男はどんな顔をして笑うのか、そもそも笑ったりすることがあるのか、アデルには想像もつかない。

男の片方の手が胸元を離れた。

もう片方の手は変わらず胸の尖りを泡まみれにしているというのに、それがひどく物足りない気がしたことに、アデルはおののく。

怖い。

このままでは底知れぬ深みにはまってしまいそうだ。

そうなったら、きっと、もう二度と抜け出せない。

そんな予感がするのに、自分で男の腕から逃げ出すこともできない……。

下腹部を伝った男の手が、ふいに、両の足を割って入った。

「あっ……」

慌てて足を閉じようとしたアデルを男は叱責《しっせき》する。

「閉じるな」

「でも……」

「痛いことはしない。俺を信用しろ」

男の言葉を信じる気になったのは、これまで男がアデルにはいっさい乱暴な真似をしなかったからだが、一方で、男に対する不思議な親近感を覚えたせいでもある。

アデルは奴隷だ。買われたからには、どんなにいやな主人でも、あの黒いマントの男に服従しなければならない。

きっと、男も同じ。

この灰色の澄んだ瞳をした男の身分が奴隷なのかそうではないのかは知らないが、アデルと同じくあの黒いマントの男に支配されていることはまちがいなかった。

自分とこの男はどこか似ている。

命じられたことを言われるがまま受け入れるしかない、ちっぽけで、つまらない存在。

虐げ続けられた我が身が、いつしか男と重なっていく。

アデルは、大きく息を吐き、そろそろと足を開いた。

ようやくわずかにできた隙間を男の手が這い回る。

たっぷりと泡立てた石鹸であわいを何度も洗うと、髪よりもわずかに濃い色をした叢《くさむら》が泡の下から現れた。

男の指先は、やさしく、丁寧に、すべての汚れを洗い流していく。

「中も洗うぞ」

いやだと言うこともできず、アデルは仕方なくがくがくとうなずいた。

白い泡をたっぷりとまとった指先が叢をかきわける。男の指先を拒むようにぴったりと閉じられた両の花弁の際を爪の先で伝うようにしてたどる。

「……ぅ……」

たまらず声が溢れた。

男の片方の掌はアデルの乳房を揉みしだいている。そこから立ち上る痺れに呼び覚まされるように、男の指先が触れている場所が、ぴくん、と揺れる。

「痛くないだろう？」

男は、そう言いながら、泡にまみれた指先を、ゆっくり、ゆっくり、と沈めていった。

何度も何度も泡を足しながら、指先が隙間の内側を滑る。ふっくらした丘の外側を掌で撫でられ、内側から指先でやさしく擦られると、何か、わけのわからない熱がこみ上げてくる。

「あ……」

どういう理由によるものかはわからないが、じっとしていられない気持ちだった。

内腿が強張《こわば》り、爪先が板張りの床の上であがく。

耳元で男が促すように低くささやいた。

「そういう時は、どう言うんだ？」

少しだけ考えて、アデルは男が望んでいる言葉を選び出す。

「……気持ち、いい？」

「そうだ」

褒められたと思った。男の満足する答えを返せたことがどこか誇らしい。

アデルは、教えに忠実な生徒となって、淫らな言葉を繰り返す。

「…っ……、いい……。気持ち、いいの……」

戸惑いのすべてがなくなったわけではない。だが、よりいっそう男に褒められたいと思っている自分が、自分の中のどこかにいる。

「いい……。いいわ……」

「もっと甘く」

「あ……っ…、いい……」

「もっと誘うように」

「あぁっ……。いいの……。いい……。いい……」

背後から、男がアデルの耳に吐息だけのささやきを吹き込んだ。

「いいぞ。上手になった」

「あぁっ」

アデルは、思わず、身をよじり、痩せた身体をしならせる。

男の吐息が耳に触れた途端、身体の中に直接湯を流し込まれたような気がした。

腹の一番深いところがじゅんと熱くなり、そのあと、ぎゅうっと絞り上げられるような衝撃が背筋を貫いていく。

アデルはもがいて男の腕から逃れようとしたけれど、男は、それを許さず、アデルの耳殻をねっとりと舐め上げた。

ぞくぞくする。

耳の拾う男の吐息が、直接腰に響く。

胸と、下腹と、双方から与えられる刺激と合わさって、アデルの身体に火を点す。

「あっ……。だめっ……。耳、やめて……」

「なぜだ?」

「だって、変なの……。熱くて……、びりびりして……、身体、おかしくなる……」

「それを、気持ちいい、というんだ」

男が言った。

てい る。

「見ろ」

男がアデルの目の前に差し出した指先からは、湯とも石鹸とも違うねばつくものが滴《したた》っている。

「ほら。こんなに濡れている」

「あ……」

「気持ちがよければそうなるように女の身体はできている。これが快楽というものだ。おまえは素直にそれを受け入れればいい」

男の指が再びアデルの女の部分の内側に沈んだ。

しかし、男は、それ以上の深みを犯すことはせずに、普段は慎ましやかに閉じている左右の花弁を二本の指でやさしく挟み込む。

そのまま、ゆっくり、ゆっくり、上下に指を動かされた。

石鹸とアデル自身のぬめりが合わさって音を立てる。くちゅり、くちゅり、と誰もいない夜の中に響き渡る。

「あぁっ……。だめぇ……。だめぇっ……」

アデルは男の腕の中でただ震えていた。

「熱い……。熱いの……。身体、溶けちゃうっ……」

「名は?」

ささやくように男が問うた。

「おまえの名はなんという？」

浅い吐息を繰り返しながら、アデルはようよう答えた。

「ア、アデル……。あたしの名はアデル……」

男の低く深みのある声がアデルの名前を呼ぶ。身体の芯まで貫きとおすような響き。

「アデル」

瞬間、わけがわからなくなった。

熱が集まってくる。腹の奥の深いところに雪崩《なだ》れ込んでくる。

もう、だめ。もう、入らない。身体の中にこの熱を収めきれない。

あっという間に溢れた熱が、アデルを一気に呑み込んだ。

「……あぁっ……んっ……あああ……」

頭の中で火花が散っている。真っ白な閃光を放ち、頭の中身を全部焼き尽くす。

アデルは声を上げることもできないまま、ただ、びくん、びくん、と身体を大きく痙攣《けいれん》させていた。

何度も、何度も、何度も……。

やがて、ぐったりと力の抜けたアデルの身体を男が抱きかかえ膝の上で横抱きにする。

アデルは男のなすがままだ。

だるかった。身体が重くて、腕や足どころか、指一本さえ動かせない。

いまだに荒い息で胸を大きく弾ませたまま、アデルは男を見上げた。

アデルを見下ろしている灰色の瞳は、やはり、どこまでも澄んでいて、どんな感情もアデルには伝えてくれない。

「気持ちよかったか？」

聞かれて、アデルは首を横に振る。

「苦しかった……」

限界まで熱を蓄えた身体が一気に弾け飛んだみたいだった。

「このまま死んでしまうかと思った……」

「そういう時は『いく』と言うんだ」

男が言った。

「それも男が喜ぶ魔法の言葉だ」


アデルが落ち着くと、男は再びアデルの全身を丁寧に洗った。

アデルは、もう、抗わなかった。何もかも、男にされるがままだ。

無理やり身体の中から引きずり出された初めての快楽——あれがほんとうに快楽というものならばだけれども——に、身体はくたくただった。

身も、心も、折られ、挫《くじ》かれて、正直、何も考えられない。

男は、力のないアデルの髪と身体から雫《しずく》を拭うと、腰をコルセットで容赦なく締め上げ、美しいガウンを着せた。

ガウンは鮮やかな薔薇色だった。

襟は大きく開き、袖は、肩のところがぴったりしていて、袖口にいくに従って大きく広がっている。

ペチコートはガウンと共布。袖の下に付ける飾り袖は、蝉《せみ》の羽よりも薄くて軽い金色の織物でできていた。

最後に、髪を結われ、首には宝石のたくさんついたチョーカーを着けさせられる。

まるで、貴婦人だった。

そう。装いだけは。

男は履き慣れない踵《かかと》の高い靴でよろよろするアデルの手を恭《うやうや》しく取って歩き出す。

まるで貴婦人にそうするような手つきだった。

改めて、思い知らされた気がする。

この人は、ほんとうに、あたしを貴婦人に仕立て上げるつもりなんだ。

小屋から出て、男がアデルを誘《いざな》ったのはすぐ目の前にそびえ立つ大きな屋敷だった。

男はあたりを見回しながら、誰もいない裏木戸をそっと開く。

中へ入ってみると、屋敷は驚くほど広かった。行けども行けども、廊下の果ては見えてこないほどだ。

その中を、男が手にした燭台《しょくだい》の明かりだけを頼りに進んでいく。

これほどの屋敷なのだ。使用人もたくさんいるのだろうが、皆、寝静まっているのか、あたりからはなんの気配もしない。

ようやく扉が見えた。

中央に大きな宝石の飾られた、金色の扉だ。

男は、ドアを軽くノックすると、扉を開き、アデルを中へと誘う。

瞬間、室内のあまりの明るさに目が眩《くら》んだ。

室内には、たくさんの蝋燭《ろうそく》が惜しげもなく点されていた。

おそらく、とても上等な蝋燭なのだろう。黒い煙が出ることもないし、それに、なんだか甘い香りがする。

部屋の奥に向かって男が言った。

「連れて参りました」

はっとしてアデルがそちらに視線を向けると、そこにはひとりの男がいた。

その男は、金糸銀糸の刺繍《ししゅう》で宝石を縫い取った肘掛け椅子にゆったりと腰を落ち着け、両手で杖を床についてこちらを見ている。

はっきりした年齢はわからなかったが、まだ、若いように思えた。灰色の瞳をした男より、少しだけ上といったところか。

瞳は美しい青で、髪は黄金の輝きを放っている。顔立ちも整っていて、そうしていると、まるで、教会に飾られている聖人の絵のようだ。

だが、アデルの目を最も強く引いたのは男の服装だった。

男は目も覚めるような美しい青のダブレットを身にまとっていた。

染物屋の奴隷だったアデルはよく知っている。

ウォードから作られた染料で濃い青を染めることはできない。どんなに上等な染料を厳選して使用しても、染まりつく色は、浅黄《あさぎ》か、せいぜい水色といったところだ。

だから、濃い青を出したい時には、染めて乾かすことを何度も繰り返す。たくさんの染料と職人たちの手間暇によって、青は作られる。

男がまとっているダブレットは、おそらく、最高級品で、とても高価なものだ。

あのダブレット一着を染めるのに、いったい、どれくらいの広さの畑が必要だったのだろう？　その畑で栽培されたウォードを摘み取るのに、いったいどれくらいの日数がかかったのか。

金髪の男は、椅子に深々と腰かけたまま、値踏みするようにアデルの全身を眺め回した。

「ちゃんと洗ったのか？　まだひどく臭うぞ」

聞き覚えのある声だった。

尊大で傲慢。あたたかみなどかけらも感じぬ声。

(旦那さまの声だ)

緊張に、ぴくん、と身体が震えた。

強張るアデルの胸元に、金髪の男の杖が伸びてくる。

(打《ぶ》たれる!)

アデルは思わずすくみ上がったが、杖の先が触れたのはガウンの胸元だった。

「貧弱な胸だな」

汚らしいものでも調べるように、金髪の男はアデルのガウンの胸元を杖の先で何度か無遠慮につつき、それから、顔をしかめる。

「それに、なんだ? その青い手は。気味が悪い」

アデルの手は青い。長年ウォードの色素に触れ続けていたせいだ。先ほど、石鹸を使って何度も擦ってはみたけれど、肌に染みついた青は、ほんの少し色が薄くなっただけだった。

アデルは、居心地悪く、ただ立ち尽くしていた。

金髪の男は、興味をなくしたのか、それとも、最初からどうでもよかったのか、杖を下ろし肘掛けに肘をつく。

「まあ、よい。所詮は下賤の女だ。これだけ似ていれば上出来というものではないか。おまえもそう思うだろう?」

同意を求められ、灰色の瞳の男がほんの少しだけ頭を下げた。

「旦那さまの仰せのとおりでございます」

そう答える男の姿は主人に従順な使用人そのものだったけれど、アデルにはそれが借り物のように思える。

この灰色の瞳の男には、そんなの似合わない。

彼に似合うのは、もっと、別の……。

「青き手の女よ」

アデルの名前など聞く気もないのか、アデルの主人はアデルのことをそう呼んだ。

「おまえには、これからあの女になってもらう」

杖の先が部屋の片隅に投げ出すように置かれた肖像画を指す。

肖像画には、今のアデルと同じような薔薇色のガウンをまとった若い女性が描かれていた。おそらくは、貴族の家の女性だろう。

「どうだ？　自分と似ていると思うところがあるか？」

聞かれて、アデルは肖像画をまじまじと見つめた。

秀でた額と、すっと伸びた首筋が、少し、自分と似ている気がした。

違うところは髪と瞳の色か。

肖像画の女性は、輝くような黄金の髪と美しく澄んだ青い瞳をしているが、アデルの髪はくすんだ金髪だし、瞳は藍《あい》色に近い深い青だ。

「あれは呪われた女だ。高貴の生まれでありながら、家名に泥を塗った、邪悪な魔女であり、妖婦である」

アデルの主人は吐き捨てるように言った。この男が肖像画の女性を心の底から疎んじていることがありありと伝わってくる声音だ。

「青き手の女よ。おまえも魔女となり妖婦となれ。そして、あの女のように男の心を虜にしてみせよ」

「無理です」とは言えなかった。言えば、アデルの主人となったこの残酷な男は、灰色の瞳をした男の腕を即刻へし折るだろう。

「おまえの面倒は、すべて、その男が見る。衣食住から、立ち居振る舞い、読み書き、ダンス、およそ、貴婦人ならば覚えなければならないことは全部だ」

「……はい……。旦那さま」

「せいぜい励むがよい。わかったな」

それだけを言うと、金髪の男は、邪魔な犬でも追い払うように片手をひらひらと振って、ふたりに退出するように命じた。

アデルは、踵《きびす》を返そうとして思いとどまり、金髪の男に向かっておずおずと頭を下げる。

「あの……、旦那さま……」

名前も知らないアデルの主人が、話しかけられて心底不快だとでもいうように、アデルに視線を向ける。

気後れしながら、アデルはおどおどと礼を述べた。

「……弟のこと……、ありがとうございました……」

「よいよい。私は気前のいい男だからな」

そう言って、アデルの主人はアデルに意味ありげなまなざしを、ちらり、と向ける。

「おまえの働きによっては、おまえの弟が将来身を立てられるよう、しかるべき教育を受けさせてやってもよいのだぞ」

「え……？」

「私は気前のいい男と言っただろう？」

もし、それがほんとうなら、どんなにありがたいことか。

ちゃんとした教育を受け、読み書きの一つもできるようになれば、ダリルの将来は一気に開けることになるだろう。あるいは、どこかの家の家令《かれい》にだって雇ってもらえるようになるかもしれない。

ろくな食べ物も与えられず、あの薄汚れた納屋の片隅で泥と埃にまみれて一生ウォードを摘み続けることを考えたら、天と地以上の違いがある。

「どうだ？　私のために働く気になったか？」

「はい……。旦那さま……」

アデルは大きくうなずいた。

ダリルのためだったらなんだってできる。

たとえ、人の道に背《そむ》くことになっても、それでダリルがしあわせになれるなら、自分はどうなったっていい。

「青き手の女。私に心よりの忠義を尽くせよ」

アデルは、両手を握り合わせ、おどおどと復唱した。

「……だ、旦那さまに…忠義を尽くします……」

「すべてはおまえ次第だ」

アデルの主人の唇が、に、と弧を描く。

口元は確かに笑みを刻んでいるのに、まなざしは笑っていない。

思わず、ぞっと背筋を震わせたアデルに、アデルの主人はやさしいやさしい声をして言った。

「覚えておくのだ。青き手の女よ」

「……は、はい……」

「すべては、おまえの働き如何《いかん》だ。おまえがいかに私に忠義を尽くすかによって、おまえの弟の将来も決まるということをゆめゆめ忘れるでないぞ」

二

「これがサテン。こちらがタフタ。これはシフォン」

机の上に載り切らないほどのガウンを並べると、灰色の瞳をした男は言った。

「これはベルベットで、これがダマスク織り。これはブロケード」

並べられたガウンは、それぞれ色味の違いはあれど、どれも美しい薔薇色だ。

そういえば、あの肖像画の女性も薔薇色のガウンを身にまとっていた。きっと、薔薇色が好きな人なのだろう。

「貴婦人たちは、みな、お召《め》し物の話が大好きだ。何がどの素材なのか、どこの産地のものが上質か、おまえも覚えておかなくてはならない」

アデルは、肘掛け椅子に行儀よく座り、男の言葉にうなずいた。自分では優雅にうなずいたつもりだったが、男の気には召さなかったようだ。

「うなずく時は、もっと、ゆっくり、小さく」

「はい」

「やり直してみろ」

命じられて、再びうなずいてみる。

今度はそれなりに見られるものだったのか、男は何も言わなかった。

ほっとして、アデルは庭に目をやる。

サンルームの向こうの楡《にれ》の枝では、緑色の小鳥が愛らしい声で囀《さえず》っている。

あの日、『旦那さま』に命じられて、アデルは、男とふたり、夜も明けきらぬうちに屋敷を出発した。

連れてこられたのは、森の中にあるこの小さな館だ。

住んでいるのは、アデルと男のふたりだけ。

下働きの夫婦が通ってくるほかは、訪ねてくる者もいない。

ここで、アデルは男から様々な教えを受けていた。およそ、貴婦人に必要なことすべてと、それから、男を喜ばせる特別な女になるためのこと。

昼間は昼間の作法を。

そして、夜には夜の作法を――――。

アデルが並べられたガウンの一つひとつの手ざわりを覚えていると、男は行李《こうり》から白い織物を出して広げアデルの肩にかけた。

アデルの唇から歓声が上がる。

「きれい……！　それに、なんて軽いの……！」

「これは、空中手編みレース」

「くうちゅうてあみ？」

「ボビンという道具を使って手織りで作られる。こちらはニードルレース。薄い布に刺繍をして、あとで布だけを切り取る」

手渡されたのは、金糸でできた付け袖だ。こちらもため息が出るほど美しい。

「この世にはこんなにも美しいものがあるのね」

アデルは手にしたレースを陽に透かして見ながらうっとりと言った。

「あた……わたし、こんなに美しいものを初めて目にしました」

あたしではなく「わたし」と言うのにも少しは慣れた。時々、今のように言いまちがいをしてしまうけれど、でも、きっと、すぐに、それもなくなるだろう。

ここは、それまでアデルが知っていたのとは全く別の世界だった。

何もかもが、やさしく、穏やかで、美しい。

マナーはもちろん、食材や料理の名前を覚えるために必要だからと出される食事は――それも、三食もだ！――どれもびっくりするほど美味しく、滋養に富んでいて、ここに来てからというもの、みすぼらしく痩せていたアデルの身体つきもふっくらと丸みを帯びた女性らしいものになりつつある。

男は、アデルの教師であり、侍従《じじゅう》だった。朝も、昼も、夜も、アデルに付き添い、アデルの身の回りの世話のすべてをたったひとりでこなす。

男の教えのお陰で、アデルは文字さえ書けるようになった。

奴隷だったアデルがだ。

まだ難しい言い回しや長い文章を読み下すことはできないが、簡単なものなら読むこともできる。

貴婦人らしい言葉づかいも、優雅な振る舞いも、徐々にだが、身についてきた。

何より、美しいものを見たり、触れたり、身に着けたりすると、気持ちがわくわくする。

こんな悦びがあることを、今までのアデルは想像したことすらなかったのに。

男の手助けもあって、アデルは思いのほか早くここでの生活になじんでいた。

ただ一つ気がかりなのは、ダリルのこと。

あわただしく屋敷を出てしまったので、結局、ダリルとは会えずじまいだった。

男から馬番の夫婦にダリルを預けたことと、薬を飲ませ養生させていることを、短い言葉で聞かされただけだ。

今ごろ、ダリルはどうしているだろう？

アデルは約束を守って、これ以上ないほど男に従順な日々を送っている。

旦那さまは、アデルとの約束を守って、ダリルにちゃんと教育を受けさせてくれているだろうか？

「あの……、ダ……」

口にしかけて、アデルはその言葉を飲み込んだ。なぜだか、男にダリルのことを聞いてはいけない気がしたのだ。

「どうした？」

灰色の瞳に見つめられて、アデルはうろたえた。

どうしよう？　いったい、なんと言って、ごまかそう？

「あの……、だ、旦那さまは……」

期せずして、唇から滑り落ちたのはそれだった。

「旦那さまがどうした？」

「だから……、あの……、旦那さまは足が悪いのですか？」

すかさず、男がアデルの言葉づかいを正す。

「そういう時は、『旦那さまはおみ足がご不自由なのですか？』と言え」

「……はい……。あの……、旦那さまはおみ足が、ご不自由、なのですか……？」

「なぜ、そう思う？」

「杖を持って……、あの……、えっと……、杖をお持ちでした」

病人や年寄りならば足腰が弱くなって杖に頼る者も多いだろうが、旦那さまは、まだ若いし、顔色もよく、杖が必要な病気にかかっているようにも見えない。

「あれは、杖ではない。笏《しゃく》だ」

「笏？」

「弱った足腰を支えるためのものではなく、権威の象徴として高貴な身分の方に代々伝えられる類《たぐい》のものだ」

では、あの笏というものは実用品ではなくただの飾りなのか。

「旦那さまは高貴な方で、誰か……、ではなくて、えっと、どなたかから、あれを受け継がれたのですね？」

「いや。そうではない。あれは旦那さまがとある方の笏を真似て特別に作らせたものだ」

「どういうことですか？」

「旦那さまは高貴な方だ。だが、上には上がいる」

男の言うことはアデルには少しも理解できなかった。理解しようとも思わなかった。

だって考えたって仕方がない。

自分は奴隷だ。

旦那さまに操られるだけの、ただの人形でしかないのだから。

「風が出てきたな」

男は、そう言って立ち上がると、サンルームの窓を閉じた。小さな館だが、あの裕福な旦那さまの持ち物らしく窓には透明なガラスがはまっている。

そろそろ日が傾き始めていた。

また、夜が来る。

背筋が、ぞくり、とした。

寒気のような、疼きのような、わけのわからない戦慄《せんりつ》が、アデルを身の置き所のない気持ちに落とし込む。

「何かあたたかいものでも用意しよう」

机の上のガウンの山を片づけながら男が言った。

「今日は、たしか、さくらんぼのパイがあったはずだ」

「さくらんぼのパイ！」

アデルは歓声を上げる。

男がよく言い聞かせているのか、下働きの老夫婦がアデルの前に顔を見せることはない。アデルも遠くから何度か姿を見かけたことがあるだけだ。

だが、ふたりは、とても働き者で、なおかつ、料理上手だった。

甘酸っぱく煮たさくらんぼをパイ生地で包んだこのデザートを初めて食べた時には、あまりの美味しさに思わず涙ぐんでしまったくらいだ。

こんなに美味しいものが世の中にあるなんて知らなかった。染物屋の奴隷でいたら、一生味わうこともなかっただろう。

（ダリルにも食べさせてあげたい）

ダリルのことを考えると涙がこみ上げてきた。

アデルは、男に見咎められないよう、指先でそっと眦《まなじり》を拭った。

夜が来ると、男とふたりで夕食を取った。

テーブルには、高貴な方々の食卓と同様に何枚もテーブルクロスが重ねられ、指を洗う鉢も用意された。

フォークとナイフを使う順番はもちろん、細かい匙《さじ》の上げ下げにも厳しく注文をつけられる。

時折いやになることもあるけれど、アデルは黙って男に従った。

手本だと言って男が見せる仕草は流れるように美しい。

アデルは、生まれながらの貴族が食事をするところを見たことはないが、それは、きっと、こういうものなのだろうと思っている。

夕食が済むと、男はアデルを風呂に入れる。

この小さな館には、館の大きさには見合わぬほど立派な湯殿《ゆどの》があった。

床には大理石が敷かれ、壁は美しい青いタイルで装飾されている。

一度に大人が何人も入れるくらい広い湯船は南の国の宮殿を模したものだと聞かされた。

あるいは、この館はどこかの貴族が囲った愛人と愛欲の限りを尽くすためだけに建てられたものなのかもしれない。

男は、毎夜、毎夜、自《みずか》らのその両手で、アデルの髪を洗い、全身を磨きたてる。

男に触れられると、今でも、一瞬、身が強張る。

高貴な女性は使用人に身体を洗わせるのが常だと言われても、男の指がアデルの肌を這い回るたびに、羞恥のあまり逃げ出したくなった。

そのくせ、胸の鼓動は速くなり、身体の芯は熱くなる。

アデルの身体は覚えているのだ。

男の指がアデルの肌に刻み込んだ快楽の一部始終を。

男は、やわらかいリネンでアデルの身体の雫を拭うと、アデルを抱き上げ、寝室に運んだ。

今はアデルの背後でくすんだ金髪を丁寧に梳《くしけず》っている。

されるがままに身を預けながら、アデルは男のことを考えた。

男はなんでも知っている。

行儀作法はもちろん、読み書きも堪能で、計算もできる。女性の衣装や化粧のことにも詳《くわ》しいし、アデルの髪も毎朝器用に結ってくれた。

アデルは不思議で仕方がない。

今目の前にいるこの灰色の瞳をした男は、いったい、いつ、このような知識と教養を得たのだろう？

長い間、旦那さまに仕えて自然と身についたものかもしれないが、だとしたら、この男は、屋敷ではかなり上の役職を務めているのではないのだろうか。

旦那さまがこの男のことをあのように乱暴に扱うから自分と同じ奴隷なのだと思い込んでいたが、ほんとうは違うのかもしれない。

男との距離が少し遠くなったような気がした。

思わず身震いをすると、男が言った。

「どうした？　身体が冷えたか？」

アデルは全裸だ。夜着どころか、下着一つ、身に着けることは許されなかった。

夜の作法に、それは不要だからだ。

アデルは、小さく小さく首を横に振り、答える。

「いいえ……。大丈夫……。むしろ、暑いくらい」

うそではない。たっぷりの湯であたためられた身体はうっすらと汗ばむほどだ。

しかし、胸のどこかが、どうしようもなく、うそ寒い。

男はそれ以上何も言わなかった。

ほんとうに無口な男だ。必要なこと以外は何も口にしない。

くすんだ金髪を梳り終えると、男はアデルの全身をたっぷりのローズウォーターを使って、ゆっくり揉み解した。

薔薇の甘い香りに包まれて、かさかさだった肌が潤い、つやを取り戻していく。奴隷のアデルから、また一歩貴婦人に近づく。

仕上げに、男はアデルの首筋と乳房の下に薔薇の香りのする香油を塗りこんだ。

香水でなく香油を使うのは、そのほうが香りが穏やかだからだという。

『ふと身を寄せた時、それまで感じることのなかった香りが、胸元からふわりと立ち上る。

その時、男は自身が女の特別な距離に立ち入ったという悦びを感じる』

そう言う男の言葉が、うそなのかほんとうなのか判じる術《すべ》はないけれど、体温にあたためられ、時折立ち上る香りはアデルの心をほんのわずか癒やしてくれる。

まるで儀式のような夜毎の手順を終えると、男はその大きな両手でアデルの頬を包んだ。触れてくる唇。

アデルは、そっと目を伏せ、それを待ち受ける。

昼の作法には少しは慣れたけれど、夜の作法にはいまだ戸惑いのほうが大きかった。キス一つにでさえ、ひどく緊張してしまい、余裕をなくしてしまう。

思わず歯を食い縛ろうとした時、男の声が脳裏によみがえった。

『歯を食い縛るな』

『唇はほんの少しだけ尖らせろ。相手の男に唇のやわらかさを感じさせてやるんだ』

『その顔だ。その顔で、相手のキスを誘え』

アデルは、男に教えられたことを思い出し、なんとか、ほんの少しだけ唇を突き出してみせる。

男の唇が触れてきた。

アデルの唇を軽く吸い上げながら、薄い皮膚同士をなじませるように、何度も何度も触れては離れてを繰り返す。

やがて、頬を包む男の掌に力がこもり、少しだけ上を向かされた。

その仕草に導かれ、うっすらと唇を開けば、男の舌がアデルの中に入り込んでくる。アデルの口の中を容赦なくまさぐる。

舌と舌とが触れ合い、男が自身の舌でアデルのそれをからめとろうとした。

その寸前で、アデルはわずかに顎《あご》を引いて逃れる。

逃げられたら追いかけたくなるのが男というものらしい。

押されたら、引く。引いて、もっと深く誘い込む。

相手にそうとわからせないほどさりげない駆け引きを、男はアデルに教え込む。

拙《つたな》い手管だと叱責されるかと思ったが、男は、逃《のが》すまいとするように、アデルをきつく抱き寄せ、更に深くくちづけた。

ぬめる熱い塊がアデルの口の中で絡み合い暴れ回っている。

「んっ……」

くぐもった吐息が鼻に抜け、含みきれない唾液が唇の端を伝って顎に流れ落ちた。

息ができない。頭がくらくらする。

キスって、ただ、唇と唇を触れ合わせるだけのものだと思っていた。

キスが、こんなにも深く、動物的で、凶暴なものだなんて思いもしなかったのに。

「ん……んんん……」

どこからか熱が忍び寄ってきて、身体の芯にわだかまる。

苦しい。じっとしていられない。

快楽は、むしろ、痛みや焦燥《しょうそう》に似ている。

これが気持ちいいことだなんて、いったい、誰が決めたのだろう？

「……ぁあっ……」

耐え切れず、アデルは大きく身を震わせた。唇が離れ、抑えきれなかった声が溢れ出す。

男は、はあはあと息を荒らげるアデルの身体を、そっと寝台の上に横たえた。

男の大きな身体が上から覆いかぶさってくる。

既に硬く尖っていた薔薇色の頂にいきなりキスを落とされ、身体が勝手に大きく跳ねた。

「あっ……あっン……ぁ……」

喘ぐアデルを押さえ込んで、男がアデルの乳房に舌を這わせる。

ぬるぬるとした舌に薔薇色の翳《かげ》りを舐め回されて、その中心がいっそう硬く尖るのが自分でもわかった。

「ああ……、いいわ……、気持ち、いいの……」

口にすると、身体にこもる熱が更に温度を増した。

「いい……、いい……、ああ……、どうにかなりそう……」

男は『気持ちいい』は男性を喜ばせる魔法の言葉だと言ったけれど、それはアデルにとっても自分に魔法をかけるための言葉だ。

気持ちいい。

そう口にするたびに、頭の中から何かが抜け落ちていく。

羞恥も、戸惑いも、何も感じない、ただ、淫らな熱を追いかけるだけの自分に近づいていける気がする。

「あぁ……あぁ……あぁぁぁぁぁ……」

アデルは感極まった声を上げて両腕で男の首をかきいだいた。

もちろん、それも男に教えられたことの一つ……。

男は、アデルの大腿に手をかけると、両足を大きく割り開いた。

落ち着かない。しかし、アデルの両足の間には男の身体がしっかり収まっていて、閉じることは許されなかった。

開いた足のあわいをそっと男の指先が這う。そこは、しっとりと潤み始めているが、男にとっては満足できるものではなかったようだ。

「もっと心から快楽を受け入れろ」

男の要求は厳しかった。

「いくら口では『いい』と言ってみたところで、ここが濡れていなければ口先だけのうそだと相手にわかってしまうぞ」

「そんなこと言ったって……」

泣き言が口をついて出る。

「そんなの、自分の意志ではどうすることもできないもの……」

自分がまだすべての迷いを吹っ切れていないのは、アデル自身が一番よく知っている。

それでも、自分では、言われたことをきちんと守って、ちゃんと気持ちよくなっているつもりなのに……。

男の灰色の目がアデルの藍色の瞳を捕らえた。旦那さまのように尊大でも居丈高《いたけだか》でもないけれど、同じくらい、アデルに有無を言わせない強いまなざしだ。

「男はよく濡れる女が好きだ。なぜかわかるか？」

アデルは首を左右に振った。

男は、出来の悪い生徒を相手にした教師のように、辛抱強くアデルに言い聞かせる。

「濡れるのは感じている証拠だと男は考える。そして、この目の前の女を感じさせているのは自分なのだと認識することは、男の自尊心をこの上なくかき立てる。要するに、男がよく濡れる女を好むのは、自分が女を満足させることのできる立派な男であると自分に証明し、安心できるからだ」

「……証明……」

「人は誰しも他人の心の内を推《お》し量《はか》ることはできても、つぶさに知ることはできない。男は、いつも、自身が女に欺《あざむ》かれているのではないかと恐れているということを覚えておくんだ」

男の言うことは、アデルには少し難しかった。

だって、それじゃ、男という性がとても弱いもののように聞こえてしまう。

大きな身体と強い力で女を守ってくれるのが男のひとというものではないの？

「演技はもちろん必要だ。だが、わざとらしい下手な演技は無言でいるよりも男の心を白けさせる」

「……はい……」

「上手く演じるためには、まず、身も心も快楽に溺れるとはどういうことか知る必要がある。……そうだな。手始めに、自分で自分を知るといい」

「え……？」

どういうことかわからず戸惑うアデルの手を取ると、男はしっとりと潤んだ部分へと指先を導く。

「自分で弄《いじ》って気持ちよくなってみろ」

とんでもないことを命じられ、アデルは青ざめる。

「いや……。怖い……。そんなの、できない……」

だが、男はそれを許さない。

「やれ」

「だって……」

「どこにどう触れれば気持ちいいか自分で探すんだ」

男がアデルの大腿をいっそう大きく開いた。

淡い叢に隠された恥ずかしい部分が、男の眼前に露《あらわ》になる。

男には散々見られ、あまつさえ、毎日さわられこねくり回されてさえいる場所だけれど、こんなふうに近いところからつぶさに見られるのは初めてだった。

「や……。見ちゃ、いや……」

アデルは両手でそのたいせつな部分を隠す。

すると、男は、その大きな手でアデルの手を包み、上からそっとアデルの女の部分に押しつける。

「やっ……、やなの……」

「ほんとうに、そうか？」

アデルはがくがくと首を縦に振る。

「お願い……。許して……」

けれども、どんなに懇願しても、男はそれを聞き入れてはくれなかった。

男の掌がゆっくりと上下する。それにつれて、アデルの掌もゆっくりと動いて敏感な部分を撫でさする。

「濡れてきたな」

「いやっ……。言わないでっ……」

「見られているほうが感じるのか？　ほら、滴ってきた」

そんなこと、言われなくても、直接触れているアデルのほうがよく知っている。

男に見られている。あの灰色の瞳がはしたない自分をじっと観察している。

そう思うと、恥ずかしくて恥ずかしくてどこかへ逃げてしまいたいのに、裏腹に、身体が熱くなっていくのを止められない。

「はぁっ……ぁ……」

甘い吐息が溢れた。

アデルの手を押さえつけている男の手の動きは緩慢《かんまん》で、次第に物足りなくなってくる。

そこじゃない。もっと別の場所に触れてほしい。

でも、そんな恥ずかしいこと、とても口にはできなくて……。

戸惑うアデルの思いを見透かしたように、男がアデルの指の隙間から指先を差し入れて
今にもほころびそうな花弁を少しだけ開いた。

アデルの指が沈み込む。予期せず指先が敏感な部分に触れて、アデルは悲鳴を上げる。

「きゃうっ……」

今、腹の奥が、ズキン、と疼いた。

背筋は震え、腰から下が痺れたように重くなる。

「すごいな。また奥から溢れてきたぞ」

「だって……、だって……」

「どこが気持ちいい？」

「……」

「さあ。アデル。自分で弄って、俺に教えてくれ」

卑怯だと思った。

普段は名前など呼びもしないくせに、こんな時だけ「アデル」だなんて。

だが、男に「アデル」と呼ばれると、なぜか、背中がぞくぞくした。

初めて出会った夜に、屋敷で身体を洗われた時もそうだった。男がアデルの耳元で「アデル」とささやいた途端、わけがわからなくなって……。

男は、いつも、アデルに男を喜ばせる魔法の言葉を教えてくれるけれど、きっと、自身はアデルを自由に操る魔法を使っているに違いない。

でなければ、こんな恥ずかしいこと、自分にできるわけがない。

「ここが……いいの……」

喘ぎながら、アデルは濡れそぼつ自身の指先で女の部分の一番上の端にある小さな突起に触れた。

やわらかく芯を持ったそこは、アデルの蜜でぬめるほどに濡れている。

「どうすると気持ちいい？」

わからない。そんなところ、ろくにさわったこともないのだから。

それでも、自分の身体だ。触れてみれば次第にわかってくる。

「こうすると……、気持ちいい……」

やわらかな肉の真珠を、指先で、こね、擦る。そうすると、どこからか漣《さざなみ》のように震えが集まってきて、腹の奥の深いところに溜まっていく。

（ああ……。そうだわ……）

これは、あの日、強引に男がアデルから奪っていった熱と同じ。

限界まで熱を蓄えた身体が一気に弾け飛ぶみたいな苦しみ。

「あっ……、あんっ……んんっ……」

いつしか、アデルは自分から大きく足を開き、淫らな姿を男の前にさらしていた。

アデルの手を導いていた男の手は、もうとっくの昔に離れていて、アデルは自らの指先で快楽を育てている。

「あぁ……、あぁぁっ……、いい……、気持ちいいっ……いいのっ……」

作ったのではない言葉が唇から溢れ出した。

「いいっ……。いっちゃう……。いっちゃうからっ……」

足が、ぴん、と強張って、丸まった爪先がリネンの上をあがく。

背中は弓のように大きくしなり、二つの乳房の先では薔薇色の蕾が、ぴん、と立って上を向いている。

頭の中は空っぽだ。

いきたい、いってしまいたい、と、頂点を目指して、熱だけが身体の中をひたすら駆け上がっていく。

「……っ……」

張りつめたものがぷつんと切れ、身体が、ふわり、と宙に浮いた。

身体全部が心臓になったみたいに、鼓動に合わせて、どくん、どくん、と肌が脈打ち、息が弾む。

否応なく視界に入ってくるのは、大きく上下する、むき出しの胸……。

あまりにもはしたない自分の姿から目を背けることもできないまま、リネンの上にしどけなく横たわるアデルを、灰色の瞳が見下ろしていた。

こんな時でさえ、男の瞳からは、およそ感情らしいものは何も窺えない。

熱の片鱗《へんりん》さえ見せない男の冷静さが恨めしかった。

自分だけがこんなにも乱され喘がされていることが悔しい。

男は、アデルの額から汗で張りついた髪を指先で払い除けると、そこにそっと触れるだけのキスを落として言った。

「いい子だ。よくできたな」

まるで、小さな子供にするみたいなキス。

もっと淫らなキスだって幾度も交わしているのに。

それでも、アデルには、そのキスのほうがずっと神聖なものに思えてならなかった。その証のように、胸の奥からは痺れるような陶酔がにじみ溢れてくる。

「……ぅ……」

眦が熱くなった。涙が一滴こめかみを伝い落ちていく。

アデルは、声も立てず、ただ静かに涙をこぼし続けた。

これは、きっと、うれしい涙。

思えば、今まで、虐げられ、罵《のの》しられるばかりの人生だった。

こんなふうに誰かに褒められるなんて、母が死んでからは初めて……。

男の指先が、先ほどまでアデルが弄っていた快楽の真珠に触れる。そっと、そっと、指の腹で押し潰すようにしてこねる。

「おまえはここでいくことを覚えた」

「……っ……」

たった今、頂点を極めたばかりだというのに、身体の芯に甘美な震えが走った。

「……あっ……あぁ……」

こらえきれない喘ぎが唇からほとばしる。

あっけなく、二度目の波にさらわれてびくびくと全身を痙攣させるアデルの中に、男が指先をわずかに沈めた。

今まで、決して、男が触れようとしなかった場所。

誰の侵入も許したことのない、純潔の洞《うろ》。

「今度はこっちでいくことを覚えるんだ」

途端に怖気づいて、アデルは男の顔を見上げる。

男は何も言わなかった。アデルの脅えなど承知の上で見なかったことにしたのに違いない。

そういう男だ。

ひどい男だが逆らえない。彼もまた自らの運命には逆らえないのだということを、アデルも知っているから。

観念して、目を閉じ、顔を背けると、男は指先を更に深く沈めた。

「痛いか？」

聞かれて、アデルは首を小さく横に振る。

アデル自身が暴き出した蜜でしとどに濡れているせいか、それとも、男が充分過ぎるほど気をつかったせいか、痛みはまるでない。

むしろ、ぬるり、と勝手に滑り込んでいくようだった。

たとえば、剣が鞘《さや》に収まるように、男の指先は自然と奥深いところへ導かれていくようでもある。

「…ぁ…ふ……」

自然と息が浅くなっていた。

痛くも苦しくもないけれど、自分の体内に自分でないものの存在を感じるのは、とてつもなく、気味が悪い。

アデルは、唇を噛んで、ただ、耐えていた。

これが気持ちいいことなのだろうか？

これで、先ほどのような快楽を得られるようになるとはとても思えない。

それ以上は奥に行けないというところまで来たのか、男の指が止まった。

「動かすぞ」

言われて、アデルは、唇を噛み締め、こくこく、とうなずいた。

ずるり。

男の指が狭い洞の中から抜き出される。

それは、慎重の上にも慎重を重ねたゆっくりした動きだったけれど、違和感のあまり、ぶるり、と背中が震える。

男の指はすべて抜き取られることはなく、途中で再び奥へと向かって押し入れられた。

どうやら、抜かれるより押し入れられる時のほうがつらいようだ。

男の指の動きは緩慢といえるほどゆっくりだし、痛いとか、苦しいとか、そういうのではないけれど、指先で内側の粘膜をざりざりとこそげ上げられているような、何か、変な感触で全身の皮膚の下がむずむずする。

「痛いか？」

再び同じことを聞かれた。

アデルは、きつく眉を寄せたまま、か細い声で答える。

「……痛くは、ありません」

「俺の指を締めつけてみろ」

「え……？」

アデルは目を瞠った。

「できない……。そんなこと……、どうしたら、いいか……」

頭ごなしに「やれ」と命じられるかと思ったが、男は、それ以上は何も言わず、アデルの大腿に手をかけ足を更に大きく開かせた。

腰が浮く。

秘密の場所を男の眼前にさらすことになり、アデルは羞恥のあまり頬を真っ赤に染めたが、男がしたのは、それ以上に恥ずかしいことだった。

男の舌が肉の襞を這う。中をかき分け、包まれた肉の真珠を舌先でつつく。

「やっ……。いやっ……」

アデルは驚いて身をよじった。

「だめっ……。そんなとこ、舐めちゃ、いやっ……」

だが、男の力は強かった。男は、なんなくアデルを押さえ込むと、舌と唇を使ってアデルを翻弄し続ける。

「やあっ……。いやっ……。いやあぁっ……」

舐め回され、ざらざらとした舌の感触に、身体が、ぶるっ、と震えた。唇で挟まれ、乳を含む赤子のように吸い上げられると、背筋をぞくぞくと痺れが這い上る。

「ああっ……、あっ……、あああ……」

男の指は、アデルの体内に奥深く収まり、隘路《あいろ》をゆっくりと出たり入ったりし続けている。

アデルの内側は先ほどよりもはるかに生々しく男の指の感触を伝えていた。かすかな隙間もゆるみも感じない。ぴったり張りついて、まるで、自ら男の指に吸いついていっているようだった。

「いいぞ。締まってきた」

男のささやきが真珠に触れる。

それだけで、びくん、と大きな波が全身を貫いていく。

「はあっ……、あっ…あん…んんっ……」

自分の身体が、今、どうなっているかなんて、アデルには、もう少しもわからない。

アデルの中の何かが、アデルの知らないどこかを目指して、勝手にアデルの中から飛び出していこうとしていた。

アデルには、それを止める術はない。

いや、むしろ、飛び出していってしまいたい。もう、飛び出していくことしか考えられない。

早く。早く――――。

「あぁぁぁぁぁっっっ……、いくぅっ……」

快楽の頂点を極めた時、自分の体内が男の指を、きつくきつく抱き締めたのを感じた。

長く尾を引く余韻の中、アデルのそこは、物欲しげに男の指にむしゃぶりつき、びくびくと痙攣を繰り返す。

（ああ……。気持ちいい……）

なんて、気持ちいいの。

アデルは、初めて、心からそう思った。

身体が内側からとろとろと溶けていくみたい。

これが快楽。これが悦楽。

確かに、これは癖になりそう。

「わかったか？」

男が冷静な教師の顔をしてそう聞いた。

アデルは、いまだ冷めやらぬ熱に頬を上気させたまま、かすかに、けれども、しっかりと、その言葉にうなずいてみせた。


「まず、褒め言葉を覚えろ」

男が言った。

「男というものは、概《おおむ》ね、褒められるのが好きだ。些細なことでも、褒めてやればそれだけで驚くほど喜ぶ」

男の手にはコルセット。

海にいる鯨《くじら》とかいう大きな獣の髭《ひげ》で作られているそれは、とても硬くて、まるで鎧のようだ。

「男でなくたって褒められれば喜ぶ、と思ったか？」

心の中で考えていたことを言い当てられて、アデルはうろたえた。

男はアデルの顔色を窺うことに長《た》けている。いや、アデルが表情を取り繕うことがあまりにも下手過ぎるのか。

「もちろん、人間であれば――いや、犬や馬だって、褒められれば喜ぶ。だが、男は女が考えている以上に矜持《きょうじ》を尊ぶ生き物だということを覚えておくといい」

「……はい……」

「男の誇りは傷つきやすい。そして、一度受けた傷は、深くなることはあっても、元どおりになることは稀《まれ》だ。ゆえに、決して傷つけてはならない。常に褒めることを心がけろ」

男は、アデルの腰にコルセットを着けると、背後から容赦なく紐を締め上げる。

「……はうっ……」

苦しさに、思わずアデルは呻いた。

もともと痩せていて腰は細かったが、コルセットのお陰でいっそう細くなった。裏腹に、胸はふっくらと盛り上がり、尻や腿は女らしい丸みを帯びている。

美とは、こうして作られるものなのだ。

貴族のお姫さまたちは、皆、生まれた瞬間から美しいのだと思っていたけれど、それがただの無知に過ぎなかったことをアデルは知った。

「それから、無駄口は控えろ。過ぎたおしゃべりは身を滅ぼすだけだ。それよりは聞き上手になれ。聞いているだけならボロは出ないし、それに、おしゃべり女よりも、聞き上手な女のほうが、ずっと、男には愛される」

そう言う間も、男の手は止まらない。慣れた手つきでコルセットの紐を結び、ガウンをアデルに着せかける。

男は、いつも、そうだった。どんな時も時間を無駄にしない。それだけ、アデルが覚えなければならないことは膨大なのだ。

あるいは、旦那さまは急《せ》いておいでなのだろうか？

アデルには何も聞かされることはないけれど、男のもとには時々書状が届いているはずだ。そこには、あの旦那さまらしい、横暴で無慈悲な言葉が綴られているのかもしれない。

男にされるがままになりながら、アデルは聞いた。

「あの……、聞き上手って、たとえば、どんなふうに……？」

今日のガウンも、やはり、薔薇色だ。

薄い薔薇色の生地に、濃い薔薇の花を一面に刺繍した美しい絹。

飾り袖のレースも、刺繍とそろいの薔薇の模様だった。

ガウンの襞《ひだ》を整えながら男が言う。

「相手の話を聞く。聞いて考える。その上で話す。簡単だろう？」

アデルには何も答えられない。

それのどこが簡単なのだろう?

「わからないか?」

聞かれて、アデルは、こくん、とうなずいた。

男は、辛抱強く、根気よく、アデルにもわかる簡単な言葉で、噛んで含めるようにアデルに言い聞かせる。

「まず、相手が話している時に口を挟むな。必ず、最後まで聞け」

それは理解できた。

アデルが、こくん、とうなずくと、男は更に言葉を募らせる。

「話を聞く時は、相手の目を見ろ。決して上の空になってはいけない。相手の話を真剣に聞いているのだという態度を見せることが大事だ」

アデルは振り向いて男の目を見た。

灰色の瞳は、わずかさえも揺らぐことなく、ただ静かにアデルを見下ろしている。

「時々相槌《あいづち》を打つのもいい。相槌は『ええ』とか『そう』とか短い言葉を選べ。それなら、相手の話の腰を折らずに済む」

「……はい」

「最後まで聞いたあとで、もし、意見を求められたら、その時、初めて口を開け。意見を口にする時は、決して相手を否定してはならない。どんなに相手がまちがっていると思っても、まず、一度は受け入れる。そうね、そのとおりね。あなたの気持ちはよくわかるわ。そんな言葉が有効だろう」

教えられた言葉を、アデルは口の中で繰り返した。

「そうね、そのとおりね……。あなたの気持ちはよくわかるわ……」

ほんとうに？

こんな言葉に効果があるの？

「おまえに意見を求める時、多くの場合、相手はおまえにこう言ってほしいという願いを抱いている。おまえはそれを相手の言葉の中から、探り当て、口にするんだ」

「そんなこと……」

「できないか？　でも、やるんだ。相手の言葉の中には、多くの示唆《しさ》が隠されている。注意深く耳を澄ませていれば、きっと、何か糸口が見つかる」

「……」

「考えろ。頭を使え。でも、もし、考えても、考えても、どう言えばいいかわからない時は……」

男が短く言葉を切った。

「そうだな。その時のために、俺が魔法の言葉を教えてやろう」

魔法の言葉。

男は魔法の言葉をたくさん知っている。そして、惜しげもなくアデルに教えてくれる。

「いいか。その時は、こう言うんだ。わたしがいるわ。いつだって、わたしだけは、あなたの味方よ」

アデルは男の灰色の瞳を見上げた。

男の灰色の瞳には、どこか頼りない表情をした自分が映っている。

「……わたしがいるわ……。いつだって、わたしだけはあなたの味方よ……」

「もう一度言ってみろ」

「わたしがいるわ……。いつだって、わたしだけはあなたの味方よ……」

「今度は、もっと、心をこめて」

「わたしがいるわ。いつだって、わたしだけはあなたの味方よ」

くらり、と眩暈がした。

アデルは教えられた言葉を繰り返しただけ。飼い主に躾けられた犬のように、ただ男の言うままに従っただけ。

なのに、ほんとうに自分が男の味方になろうとしているような気分になった。

なるほど。言葉には、これほどの威力があるのだ。男が『魔法』と言うのも、あながち、大げさではないのかもしれない。

アデルは思わず胸元に掌を当てた。掌の下では、いまだに何かがざわざわと波立っている。

裏腹に、男は乱れのない手つきでアデルの衣装と髪を整えると、アデルの目の前にびろうど張りの箱を差し出した。

箱の中では、数々の宝石が目も眩むような輝きを放っている。

「宝石は見分けられるようになったか？」

アデルは、おどおどとうなずいて、端から、一つずつ指差し、声に出して言った。

「これがダイヤ。この赤いのはルビー」

「それから？」

「これは珊瑚《さんご》……。それから、ガーネットに、エメラルド、オパール、真珠……」

貴婦人なら誰でも知っていることだった。だから、アデルもそれを覚えなくてはならない。

「今日は自分で選んでみろ」

「わたしが？」

アデルは、戸惑いながら、宝石箱の中に手を伸ばす。

首飾り。耳飾り。指輪に、ブローチ。確かに、どれもとても美しいものだとは思うが、同時に、恐ろしくもあった。

この小さな石一つが、いったい、いくらするのだろう？　それで、アデルのような奴隷が何人――いや、何十人、何百人、買えるのだろう……？

アデルが、今にも震え出しそうな手でおそるおそる箱から取り出したのは、金の首飾りだった。蔓《つる》を模した東洋風の金細工の先には、とても美しいサファイアがぶら下がっている。

その青に、ただ、心をひかれた。

だが、男は……。

「それはだめだ」

「え……？」

「今、おまえが身に着けているガウンに、この色は似合わない」

アデルははっとした。

薔薇色のドレスには、確かに、青い宝石は似合わない。

「では、これは？」

指差したのはダイヤだ。これなら、どんな色のガウンにでも似合うだろう。

けれども、男はそれにも首を横に振った。

「この細身の鎖はおまえには少し地味過ぎる。それよりも……」

男が取り出したのは、首にぴったりと沿った幅広の首飾りだった。中央にはピンクがかったルビーがはまっている。

「既婚の女性がこのように大きく胸元の開いたガウンを身にまとうことはない。首や肩を出すのを許されているのは未婚の女性だけだ。未婚の娘なら未婚の娘らしく、この細く長い首と大きく開いた胸元を強調する首飾りを選んだほうがいい」

男の手によってルビーの首飾りが巻かれた。

「どうだ？」

渡された手鏡で、アデルは自分自身を見る。

鏡の中には、きちんと髪を結い、化粧をした自分が映っていた。

首飾りは、あまりにもぴったりとし過ぎていて少し息苦しかったが、鏡で見ると、確かに、薔薇色のガウンにとても似合っている。

（これが、わたし……）

今のアデルを見て、元の色もわからないほど薄汚れた髪を頭巾の中に押し込み、継ぎはぎだらけのぼろをまとって農場を這いずり回っていた奴隷を思い出す人は、誰ひとりいないだろう。

アデル自身の記憶すら、薄れつつある。

そんな自分が、時々、無性に怖くなる。

（わたしは誰？　この先、いったい、どうなってしまうの？）

そこはかとない、けれども、決して拭い去れない脅えに胸を震わせながら、アデルは鏡越しに男に聞いた。

「あの方のことを聞いてもいいでしょうか？」

「あの方？」

「旦那さまのお屋敷にあった肖像画の……」

答えてはもらえないのではないかと思った。そんなことはおまえには関係ないことだと叱責されるのでは？

だが、アデルの危惧《きぐ》をよそに、男はあっさりと言った。

「あれは旦那さまの姉君だ。名前はモードリン」

意外だった。

旦那さまがあの肖像画の女性のことをひどく悪し様《あざま》に罵っていたから、仇敵《きゅうてき》か、そうでなければ、何か相当な因縁のある間柄なのだと思っていたのに。

でも、いったい、何があったのだろう？

実の姉のことを『家名に泥を塗った、邪悪な魔女であり、妖婦』とまで言うからには、何か、よほどのことが起きたのだろうが……。

聞いてもよいことか、それとも、聞かないほうがよいことなのか。

迷いながら、アデルは問いかけた。

「わたし、似ていますか？」

「似ていなければ、おまえはここにはいない」

男の灰色の瞳がアデルに向く。

全身を隈《くま》なく観察する男のまなざしが痛い。

「旦那さまは高貴な方なのでしょう？　その姉君となれば、当然、その方も高貴な方。わたしに、そんな高貴な方の身代わりが務まるでしょうか？」

不安を口にすると、男はこともなげに言った。

「心配することはない。あれは、もう、この世にはいない女だ」

「この世にはいない？　それって、死んだということ？」

「そうだ。だから、全く同じでなくていい。少し似たところがありさえすれば、それだけで、相手の心は揺れ動く」

相手。

つまり、アデルが誘惑しなければならない誰か。

「その方は旦那さまの姉君を愛していらしたの？」

「そうでなくて、これだけの手間暇をかけると思うか？」

男の言葉のあまりの冷酷さに、思わず背筋が冷たくなった。

愛する女性を失った人の前に、その女性によく似せた人形を差し出す。

それは、嘆き悲しむ心を、抉《えぐ》り、いたぶることにほかならないのではないか。

「わたし……」

そんなことできない。

言おうとした言葉をアデルは飲み込む。

言えない。

今更、引き返せない。

だって、いやだと言えば、あの旦那さまのことだ。アデルだけでなく、この灰色の瞳をした男にも、ひどい罰を与えるだろう。

もしも、ダリルにまでも咎《とが》が及んだら――――。

ゾッとした。

残酷で傲慢な旦那さまは、ダリルが子供だとか身体が丈夫でないとか、そんなことにはいっさい頓着《とんちゃく》しないだろう。

すべてはアデル次第なのだ。

できなくても、やるしかない。

たとえ、それが、どんなに人の道に外れたことであっても……。

男は、アデルの身支度《みじたく》を整えるために使ったものをすべて片づけ終えると、うつむくアデルの手を取った。

「今日はダンスのレッスンだ」

「……はい」

「この前教えたステップは覚えているか？」

答えられないのが答えのようなものだった。

叱られるのではないかとアデルは身をすくめたが、男は、舌打ち一つすることなく、アデルの横に立ち、手本を見せてくれる。

アデルには男のことがわからない。

やさしいのか、そうでないのか。

その心の内には、いったい、何がある？

「そうだ。右。左。右。左。もっと、速く。もっと、軽やかに。頭で考えるんじゃない。身体で覚えるんだ」

アデルは必死になって男の言葉のとおりに足を運ぼうとするけれど、焦れば焦るほど、うまくいかない。

ついには、足がもつれて、身体がふらつく。

今にも転んでしまいそうになったアデルを、男は両腕で抱き留めた。

ドキリ、と胸が騒ぐ。

おかしな話だ。

夜毎あれほどぴったりと寄り添って淫らなことを繰り返しているというのに、昼間、男に触れられることにはいつまでも慣れなかった。

男の、広い胸、力強い腕、そして、伝わってくる体温が、アデルを落ち着かなくさせる。

「大丈夫か？　足をひねらなかったか？」

男の言葉は、労りというよりは、大事な商品に傷がついていないか確認する商人のそれのように思われた。

「いいえ」

アデルは首を横に振る。

「うまくできなくて申し訳ありません……」

「今日はこのくらいにしよう」

男が言った。

「その足では、まともなステップは踏めまい」

正直、足はとても痛かった。貴婦人の履く踵《かかと》の高い華奢《きゃしゃ》な靴は履いているだけでつらい。

ほっとする一方で、男の鋭い観察眼にアデルは震え上がった。この男の前では、たとえ隠し事をしても、すぐに見破られてしまうだろう。

「貴族の娘にダンスは必須だ。実際、モードリンもダンスはうまかった」

「……はい……」

「不安か？　だが、心配することはない。おまえの相手は、滅多にダンスなどすることのない男だからな」

男の口ぶりから、アデルは男がアデルの相手のこともモードリンのこともよく知っているのだと察した。

いったい、どういう人たちなのだろう？

ふたりはどんな間柄だったのかしら？

恋人同士？

それとも、結婚していたの？

聞いてみたい。

しかし、それを口に出す勇気はない。

考え込んでいたせいで、上の空になっていた。

「聞いているのか？」

問いつめられて、思わずしどろもどろになる。

「はいっ……。あの……、だから……、いいえ……」

男は、呆れも怒りもせず、ただ、必要な言葉を繰り返す。

「足の痛みが取れるまで、ダンスのレッスンは中止にする」

「は、はい」

「代わりに、空いた時間に、頭の中で練習しろ。ステップを踏んでいる気持ちになって、手順を繰り返し確かめるんだ」

みじめな気持ちがこみ上げてくる。

（やっぱり、無理よ……）

自分は生まれながらの奴隷だ。貴族の娘のふりをするなんて、土台、無理な話なのだ。

うなだれるアデルの肩を抱くようにして椅子に座らせ、男は言った。

「ダンスができないなら、代わりに歴史を教えよう」

「……申し訳ありません」

「用意をしてくるから、少し待っていろ」

男のぬくもりが離れ、少しだけ、心が軽くなる。

ほっと息をついて、アデルは男の顔を見上げた。

灰色の瞳には、相変わらず、感情らしいものは何一つ浮かんではいない。ただ、静かに、冷たいまなざしがアデルを見下ろしているだけだ。

そのまま、男はアデルに背を向け部屋を出て行こうとした。

振り向いたのは、今しもドアに手をかけようかという時だ。

「そうだ。忘れていた」

再びアデルのそばまで戻ってきた男が、上着の懐《ふところ》から一通の封書を取り出した。

「おまえあての手紙だ」

「わたしに……？」

いったい、誰が？

アデルは、生まれてこの方、一度だって、手紙というものを受け取ったことはなかった。

奴隷だったアデルは文字が読めなかったし、アデルが知っている人も、奴隷でないにしても身分の低い人ばかりで、読むことも書くこともできない人ばかりだった。

アデルは、おそるおそる受け取った手紙の封を開く。手紙はきちんと蝋《ろう》で封をされ、誰のものかは知らないが、印《いん》まで押されていた。

封筒の中に入っていたのは、一枚の便箋。

便箋には、判別するのも難しいくらい下手な文字で、でも、精いっぱい丁寧に言葉が綴られている。

大好きなお姉ちゃんへ

お姉ちゃん。元気ですか？

ぼくは元気です。旦那さまにもとてもよくしてもらっています。

お姉ちゃんがしあわせでありますように。

ダリル

「ああっ……」

思わず嗚咽《おえつ》がほとばしった。

「ああ……、ああ……、ああ……。ダリル……。ダリル……」

よかった。ダリルは無事だった。元気になっていた。しかも、こんな手紙を書けるようになっていたなんて。

旦那さまは約束を守ってくれたのだ。

アデルが旦那さまに命じられた役割をきちんと果たせば、ちゃんとダリルの面倒を見てもらえる。こうして、読み書きができるよう、教育も受けさせてもらえる。

「ダリル……。よかった……。よかった……」

アデルは、ダリルの手紙を両手で胸元に押し当て、ただ涙をこぼし続けた。
これでいい。
ダリルさえしあわせになれるなら、自分はどうなったっていい。
たとえ死んだって、そのまま地獄に落ちたって、後悔しない。
心の底から、そう思えた。

三

親愛なるアデルさま

姉さん。いかがお過ごしでしょうか？

ぼくは充実した毎日を過ごしています。充実という言葉は、昨日先生に習ったばかりです。うれしくて、さっそく使ってみました。

こうして姉さんに手紙を書けるのも旦那さまのお陰です。旦那さまには、いくら感謝してもしきれません。

どうぞ、ぼくのことは心配しないで、姉さんは姉さんのお務めを果たしてください。

いつまでも姉さんのしあわせを祈っています。

あなたのダリルより

初めてダリルからの手紙を受け取ったのは、ここに来て、まだ間もないころだった。

あれから季節が一つと半分過ぎた。

時折、思い出したように、ぽつり、ぽつり、と届けられるダリルからの手紙は、既に、十通ほどになっている。

いつもと同じ封筒に、赤い封蝋《ふうろう》。

誰のものかはわからないが、封印も同じだ。

一枚きりの便箋に綴られた文字は、驚くほど上手になっている。

言葉も達者になり、最近では、アデルよりもダリルのほうが手紙を書くのがうまいのではないかと思うほど、しっかりとした手紙を寄越すようになった。

だが、文面からにじみ出てくるような思いやりは少しも変わっていない。

こうして手紙を読んでいると、アデルのよく知るダリルの息づかいさえ聞こえてくるような気がする。

「ダリル……」

アデルは、ほっ、と息をつくと、便箋を封筒の中に入れ、書きもの机の引き出しの中にたいせつにたいせつにしまった。

代わりに取り出したのは、便箋とインク。それと、羽根のペン。

アデルは、羽根のペンにたっぷりとインクを吸わせると、息をひそめるようにして、便箋の上に文字を綴った。

いとしいダリル。


元気でいますか？　病気をしていませんか？

手紙をいただくたびに、あなたの字がとても上手になっているので、姉は驚いていますよ。

あなたからの手紙は、何にも替え難い姉の宝物です。毎日読み返しては、あなたのことを思い出しています。

だから、どうぞ、また手紙をくださいね。必ずですよ。お願いします。

姉もあなたのしあわせを心から願っていることを忘れないでください。

あなたの姉より

言葉というよりは、一つひとつの文字を刻むように手紙を書き上げ、アデルはペンを置く。

拙い文字。拙い言葉。

それでも、読み書きができるようになったことを心から感謝せずにはいられない。

奴隷のままのアデルだったら、こうしてダリルに手紙を書くことはもちろん、ダリルからの手紙を読むことさえかなわなかった。

インクが乾くのを待って、アデルは便箋を畳み、ダリルからの手紙と一緒に書きものの机の引き出しにしまう。

アデルに許されているのはここまでだ。

ダリルあてに書いた手紙は、まず男に渡す。

男は、その手紙を限なく確認し、問題がないと判断したら、男が所持している封筒に入れ、封をしないまま、旦那さまのもとに送る。

そのような手順を踏むのは、アデルが旦那さまにとって都合の悪いことを書いたり考えたりしていないか監視するためなのだろう。

あるいは、ダリルの手紙も、そのような次第を経てアデルの手元に届いているのかもしれない。

旦那さまは、残酷なだけでなく、恐ろしく疑い深い方でもあるのだ。

自分たち姉弟にあるのは、旦那さまからのお目こぼしでいただいたわずかな自由だけ。

それでも、とアデルは思った。

（それでも、農場の奴隷でいるよりはましよ……）

あそこにいたら、ダリルの生命は風前の灯火だった。こうして生き長らえているだけでもありがたいことなのに、読み書きまで教えてもらえる。

おまけに、旦那さまがダリルに就けてくれた先生は、たぶん、とても優秀な人なのだろう。

ついこの間まで奴隷だった子が書いたとは思えないほど、きちんとした手紙が送られてくるのがその証拠ではないか。

紙だって高価だ。この封筒も便箋も、聞いたら、きっと、驚くような値段がするはず。それを惜しげもなくダリルに使わせてくれる旦那さまには心から感謝しなければ。

「よかった……。これでよかったのよ……」

旦那さまは、残酷で傲慢で恐ろしく疑い深い方ではあるけれど、約束だけは守ってくださる方だった。

ダリルはもともと賢い子だったたし、このまま、ちゃんと先生の言うことを聞いて真面目に勉強していれば、将来は、きっと、よい職業にも就けるに違いない。

自分はまちがっていなかった。

たとえ、自分がしていることがどれほど愚かであったとしても、それでダリルの未来が購《あがな》えるのなら価値がある。

思わず、溢れそうになった涙を指先でそっと拭い、アデルは読みさしの本を手に取る。

男は、アデルを残し、ひとりで昼から出かけていた。

男がこうしてアデルのもとを離れるのは日に一度か二度ほどで、帰ってくるのは、いつも、そろそろ日も暮れようかというころあいだ。

滅多にないひとりの時間をのんびり過ごしたい気持ちはあったけれど、でも、男がいない間は、ひとりで本を読んでいるよう言いつけられている。

帰ってきたら、男は、どのくらい読んだか、そして、その内容はどうだったか、アデルに問い質すだろう。

その時のことを思うと、無為に時間を過ごすのははばかられた。

男に失望されたくない。

叱責されるより、そのほうが怖いと、なぜか、思う。

男がアデルのために選んだのは、古《いにしえ》の王の伝説が書かれている本だった。

アデルには難し過ぎて、仕方なく飛ばし飛ばし読めるところだけを拾いながら読んでいるが、それでも、いつしか物語に引き込まれ、時間を忘れた。

我に返ったのは、雨粒が葉を濡らすぱたぱたという音が窓の外から響いてきたせいだ。

気がつけば、雨が降っていた。

空には重たい雲が低く垂れ込め、じきに本を読むこともできないほど、部屋の中が暗くなる。

明かりをもらってくるべきだろうかと少し悩んだが、男が不在の時に勝手なこともできない。

第一、アデルは、普段、下働きの老夫婦がどこにいるのかも知らないのだ。

結局、本を読むことをあきらめるほかはなく、アデルは窓際に立って外を見た。

雨足は激しくなっている。

遠くから響いてくるのは雷だろうか。

思わず身をすくめると同時に、あたりを閃光が青く染め上げる。

いくつも数えないうちに、大地を揺るがすような轟音《ごうおん》が響き渡った。

アデルは小さく悲鳴を上げ両手で耳を塞ぐ。

こんな嵐の日は、今までだって何度もあった。ずぶ濡れになりながらウォードを摘んだこともある。

あの時は何も感じなかった。

なのに、今は、ひとりでいることが、ひどく心細い……。

やがて、屋根を叩く雨の音に混じって、何か別の音が聞こえてきた。

もっと規則的で、重い響き。

たぶん、馬の蹄の音。

はっとして、窓の外に目をやると、厩舎へ向かう馬の姿が見えた。

あの大きな黒い馬はいつも男が乗っている馬だ。

アデルは急いで玄関へと向かった。

時折、男がひとりで出かけるのは、おそらく、旦那さまに会うためだ。旦那さまのところへ行ったのなら、もしかして、ダリルからの手紙を預かっているかもしれない。

扉を開くと、厩舎から、こちらへ向かって歩いてくる男の姿が見えた。

男はずぶ濡れだった。砂色の髪は肌に張りつき、上着からは雫が滴り落ちている。

途端に、アデルは自分のことが恥ずかしくなった。

ダリルの手紙のことだけでなく、ほかにも考えなければならないことは色々あったはずなのに、余裕のない自分が自分でもいやになる。

「……あの……、お帰りなさい……」

男は何も言わなかった。

ただ、灰色の瞳を静かにアデルに向けただけだ。

「今、何か拭《ふ》くものを持ってくるわ」

言い訳のように言って、アデルは急いで湯上がりに使う大判のリネンを取りに行く。

玄関に戻ると、男は上着の釦《ボタン》を外して館の中へ入るところだった。

アデルは、雨に濡れてずっしりと重くなった上着の襟を両手で引っ張り、男が上着を脱ぎ落とすのを手伝う。

アデルが思っていた以上に雨足は激しかったのだろう。見れば、上着だけでなく、その下のシャツもびっしょり濡れている。

男がシャツを脱ぐ間、アデルは持ってきたリネンで男の髪の雫を拭ってやった。

こうしていると、少しだけ、昔を思い出す。

雨の日は、作業のあと、よく、こうしてダリルのことも拭いてやったのに……。

胸の痛みに唇を噛み締めながら、アデルは露になった男の背を拭おうとした。

思わず、その手が止まったのは、男の背中一面に広がる無数の傷痕にはっとしたからだ。

小さいの。大きいの。ほとんどは古い傷だが、中には、ようやく皮が張ったばかりといった新しいものもある。

一番新しい傷からは、まだ、うっすらと血がにじんでいた。

これは、何日も前にできたものじゃない。たぶん、できてからほんの少しの時間しか経っていない傷……。

「この傷、もしかして、旦那さまが……？」

アデルは泣きそうな気持ちで聞いた。

「もしかして、わたしのことでお叱りを受けたの？」

そうして、また、あの笏で好き放題に殴りつけられたのだろうか。

だが、男は小さく首を横に振った。

「おまえのせいではない。旦那さまが俺を殴るのはいつものことだ」

「どうして、そんなひどいこと……」

「さあな」

一度はその言葉ではぐらかされた。

しかし、アデルにじっと見つめられて、男が口を開く。

「旦那さまが俺を殴るのは、旦那さまにかけられた呪いのせいだ」

「呪い？」

「旦那さまはなんでもお持ちだ。旦那さまが望めば、名誉も、財産も、女も、この世で手に入らぬものはない。だが、旦那さまが最も欲しいものだけは別だ。それだけは、どうすることもできないと、旦那さまが生まれる前から決まっている」

意味がわからなかった。

あの傍若無人な旦那さまでも手に入れられないものとは、いったい、なんなのだろう？

戸惑い押し黙るアデルに、男は更にこう言った。

「旦那さまが俺を殴るのは、俺の血も、また、呪われているからだ」

「呪われている……？」

「俺と旦那さまは同じ呪いに囚われている。だから、旦那さまは俺のことを放っておけない」

思わず見上げた男の目は、いつもと変わらぬ冷たい光を宿していた。

だが、その奥に、今は炎が見える。何もかもを焼き尽くすほどに、赤々と燃え盛る、驚くほどに強い感情が。

だが、アデルがその正体を見極めるより先に、男はその炎を周到に隠してしまった。

男の灰色の瞳からは、もう、どんな感情も窺い知ることはできない。ただ、静かにアデルを見下ろしているだけだ。

己の胸をよぎったのが、安堵《あんど》だったのか、それとも、失望だったのか、それは、アデル自身にもわからなかった。

ただ、戸惑いを持て余しながら、男から視線を外す。

「……手当てをしなくては……。今、用意を……」

だが、男はアデルの腕を摑んで引き止めた。

「手当ては必要ない」

「でも……」

「たいした傷じゃない。放っておいてもすぐに治る」

自然、男の胸に抱き寄せられるような格好になって、アデルは、思わず、ドキリ、とする。

こんなふうに、男の素肌に触れるのは初めてだった。

毎夜のように繰り返される夜の作法の時間にだって、男は、アデルを裸にしても、自分が服を脱ぐことはなかったから……。

(これが男の人の身体……)

服を着ていてさえ生々しいと思った体温が、今は抱き寄せられた頰に直に伝わってくる。

気持ちいいと思った。

自分が服を着ていてさえこうなのだ。もしも、肌と肌で触れ合ったのなら、いったい、どんな心地がするのだろう？

身体のどこか奥深いところがひそやかに蠢くのがわかった。

それは餓《かつ》え。何かを求めて震える疼き。

そんな自分にうろたえながら、アデルはおずおずと口を開く。

「あの……、今日は弟からの手紙は……」

期待はあっさりと裏切られた。

「今日は預かっていない」

「そう……、ですか……」

落胆しながらも、アデルは更に言い募る。

「今日は旦那さまのところにおいでだったのでしょう？」

「それを聞いてどうする？」

「旦那さまのところでダリルにお会いになりませんでしたか？　もし、そうなら様子を聞きたくて……」

だが……。

「旦那さまの屋敷でおまえの弟と顔を合わせたことはない」

「弟は旦那さまのお屋敷にはいないということですか？　では、弟はどこにいるのでしょう？」

「わからない。俺も聞かされてはいない」

男の言葉は明快で、そこからうそは感じ取れなかった。

次第に、男と触れ合っていることが息苦しくなって、アデルは両手で男の胸を押しやる。

男と自分の間に隙間ができたことでほっとする一方で、それと同じくらい残念に感じている自分が、自分でも不思議だ。

「急いで着替えたほうがいいわ。このままだと身体が冷え切ってしまう」

「それより、湯を使おう。もう用意ができているそうだ」

アデルが湯を使うのは、いつも、夕食のあとだった。

だが、今日は、雨の中濡れて帰ってくる男のために、下働きの老夫婦が気を利かせて早めに湯を用意していたのだろう。

アデルは男が先にひとりで湯を使うのだと思ったが、男はアデルの手を強引に引いて湯殿へと導く。

男の慣れた手が、アデルのガウンをはぎ取り、コルセットの紐をゆるめた。あっという間に下着も奪われて、全裸で湯殿に押し込まれる。

いつもと違う手順に、戸惑い、震えながら、アデルがうずくまっていると、すぐに、男が湯殿の中に入ってきた。

男はその身に何もまとってはいない。

初めて見る男の肉体の荒々しさに、アデルは、驚き、脅え、怖気づく。

まるで、別の生物を見ているようだった。

自分とは違い、なんの丸みもやわらかさもない身体。

どこもかしこもが、大きくて、ごつごつしていて、力を漲《みなぎ》らせている。

そして、自分にはない器官の、その禍々《まがまが》しいことといったら……。

思わず目を背けたアデルの腕を掴み、男が言った。

「目を背けるな。見るんだ」

「……いや……。わたし……、わたし……」

「さわってみろ。何も怖いことはない。俺もおまえも、同じ人間だ」

促されて、アデルはおそるおそる男の胸に手を伸ばす。

男の肌は滑らかだった。

押してみると、想像していたのよりも、ずっと、弾力があって硬い。

自分の身体とは、全く違う感触だ。

「どうだ？　まだ怖いか？」

アデルは小さく首を横に振る。

怖くはない。でも、なぜか、すごく、ドキドキする。

「洗ってくれ。洗い方はわかるだろう？」

大丈夫。いつも、男がしてくれるようにすればいい。

アデルは、がくがくとうなずいて、桶で湯をすくい、男の身体を流してから、リネンで石鹸を泡立てる。

まずは、肩。それから、腕。

男は、いつも、自分の強い力でアデルの肌を傷つけぬよう細心の注意を払っているようだったが、アデルのか弱い腕では、むしろ、力を込めなければならなかった。

背中を洗う時は、傷に触れぬよう注意した。

間近で見ると、男の背中は、ほんとうに傷だらけだ。

いったい、どうすればこんなになるのか。

男の過去を思うと、アデルまで息苦しくなった。

「次はこちらだ」

男が指示したのは胸。

背中や肩に比べて、ひどく恥ずかしい気がするのは、男の視線をまともに浴びるせいか。

なるべく、男のまなざしを意識しないように、肩から胸、腹へと擦っていくと、やがて、リネンは男の下腹部へたどりつく。

「あの……」

戸惑いながら、アデルは男の顔を見上げた。

それ以上何も言わなくても、男にはアデルの言いたいことがわかったようだ。

「そこも洗うんだ」

知っている。男が女を抱く時、ここを使う。

（でも、どうやって……？）

途方に暮れるアデルの手を取り、男がそっと自らそこに導いた。

「そこは手で洗うんだ。石鹸を泡立てて、両手でやさしく包むように」

言われたとおり、泡まみれの両手でおそるおそるそれを包む。

奇妙で異様な器官。とても、人間の身体の一部だとは思えない。

びくびくしながら表面を掌で擦っていると、ふいに、手の中のものが、びくん、と震え、大きくなった。

「きゃっ……」

あわてて離そうとしたアデルの両手を、男の手が押さえつける。

「離すな。そのまま続けるんだ」

「でも……」

「男はここをやさしくさわられるのが好きだ。気持ちいいからな」

「……気持ち、いいの……？」

「ああ。ほら。大きくなってきただろう？　これが、その証拠だ」

アデルは両手の中のものをまじまじと見つめた。

アデルの視線に応えるように、男のそこは、どんどん張りつめ、大きくなっていく。

「なんだか怖い」

アデルは小さく身震いした。

「いったい、どれほど大きくなるの？」

「見ていればわかる」

「……」

「さあ。もっと気持ちよくしてくれ」

男のささやきが耳に触れた。

ぞくり、と身体の芯を熱が駆け抜ける。自分が触れられているわけでもないのに、なぜか熱に浮かされたような気分になっていた。

アデルは、そっと、そっと、手の中のものを揺すった。そのたびに、そこが大きくなっていくのが、なんだか、ひどくいとおしい。

これは、男が気持ちいいと感じている証拠。そう思うと、ぞくぞくするような震えが、どこからか湧き上がってくる。

いつしか、男のそこはアデルの手には余るほど大きく育っていた。最初に感じたようなやわらかさはなりをひそめ、猛々しいほどに硬く漲り張りつめている。

「……っ……」

ずくん、と身体の奥が疼いて、アデルはへなへなとうずくまった。

男は、湯をすくい、石鹸を洗い流すと、乱れたアデルの髪をかき上げて言う。

「どうだ？　わかったか？」

アデルは、呑まれたようになって、がくがくとうなずいた。

「こんなに大きくなるのね……。すごく硬くて……、それに、熱い……」

男の手がアデルのくすんだ金の髪を撫でる。唇が耳元でささやく。

「口で、できるか？」

「……え？」

「掌もいいが、口でされるのは、更に、気持ちいい」

「あ……」

そんなことできない。

頭のどこかで誰かが言ってる。

怖い。気持ち悪い。恥ずかしい。

なのに、気づけば男に言われるまま、その猛ったものにキスをしている自分がいる。

男は、アデルの髪を撫でながら、いつにない甘い声で言った。

「まず、全体を舐めて濡らすんだ」

アデルは言われたとおり熱い怒張《どちょう》に舌を這わせる。

「おまえだって、濡れてもいない時にいきなりさわられたら痛いだろう？」

確かに、そうだ。この男はそういう乱暴なことはいっさいしない。

「男だって同じだ。乾いたまま、強く動かされれば痛い。だから、最初に濡らして、それから、そっと、口の中に入れ、歯が当たらないように唇と舌を使って扱《しご》くんだ」

「……はい……」

「扱く時は、上下に、やさしく、ゆっくり……。決して乱暴にしてはいけない」

「……んっ……ん……んん……」

「そうだ。上手いぞ」

アデルの口の中で男のそれがまた一段と大きくなった。びくびくと蠢いて、アデルの舌を叩く。

「……何か、出てきたわ……」

アデルは、口を離し、男のそれを見つめた。滾《たぎ》る肉の剣の先端からは、透明な雫が溢れ出している。

「指ですくってみろ」

言われるがままに指先で触れると、その透明な雫は糸を引いて垂れ落ちた。

「これは快楽が昂《たか》ぶってきた証だ」

「気持ちいいってこと？」

「そうだ。そして、もっと、気持ちよくなると……」

男はアデルの手を取り昂ぶる自身へと導いた。

男の昂ぶりをそっと包んだアデルの両手を、男の大きな手が包み込む。

男は、そのまま、アデルの両手を動かした。

「いいか。いくぞ」

わずかにかすれた声で男が言った。

アデルの掌の中で、男が蠢動《しゅんどう》する。熱くなり、漲り、張りつめる。

低い呻きが聞こえた。

掌の中で男が弾ける。何度も何度も大きく身震いしながら、どくどくと熱い流れを吐き出す。

アデルは言葉もないまま、掌を滴り落ちるものを見ていた。

これが快楽の証。

今は顔も知らぬ誰かが、いずれ、アデルの身体の奥深くにこれを注ぎ込む。

アデルは、男のそれを手にしたまま、男の灰色の瞳を見上げて聞いた。

「気持ち、よかった？」

男が答える。

「ああ。よかった。すごく、気持ちよかった」

瞬間、得体の知れない戦慄が背筋を駆け抜けた。全身が粟立ち、頭の芯が、じん、と痺れる。

たまらず身震いするアデルの手を取って丁寧に洗い流しながら、男が言った。

「どうした？　のぼせたか？」

アデルは潤んだまなざしで男を見つめる。

「熱いの……。身体が、熱い……」

男の指がアデルの足の間の深い場所に潜り込む。

「なんだ。もう、ぐしょぐしょだな」

「……言わないで……」

「口でしただけで感じたのか？」

アデルは幼い子供のように首を横に振った。

自分がどうしてこんなふうになってしまったのか、自分でもわからない。触れられもしなかったのに、アデルの身体は、しとどに濡れ、疼き、わなないている。

「かわいいやつだ」

男は、陽の高いうちには、決してそんな言葉は口にしない。これは、夜の作法のための言葉。わかっていても、心は甘く打ち震える。

「見せてみろ」

そう言って、男がアデルの身体を湯殿の床の上に組み敷いた。

両足を摑まれ、大きく開かされる。そのまま、大腿をかかえ上げられ、押さえ込まれた。

苦しい。身動きできない。それに、たいせつなところが丸見えになって恥ずかしい。

「や……んっ……」

思わず頬を染め、顔を背けると、男の舌が、濡れた狭間に触れてきた。

ざらりとした感触が敏感な肉の真珠を舐め上げる。

身体の内側をざっと撫で上げられるような生々しい感触に嬌声《きょうせい》を上げれば、今度は、溢れる蜜ごとすすり上げられる。

「ああっ……、あんっ……、あ、あ、あ……」

アデルが、甘い喘ぎを上げながら、身をよじると、男の指が中に入ってきた。

たっぷりと溢れた蜜のぬめりと男の唾液とを借りて、男の指はたやすく侵入を果たす。

ぬるり、という感触に、背中がぞくぞくした。

もっと、もっと、奥へと誘い込むように、身体の中が勝手に蠢く。

アデルのそこは、男の指をきゅうきゅうと締めつけていた。最初は命じられてもどうしていいのかわからなかったのに、知らず知らずのうちに覚え込まされていた。

「あぁっ……」

甘い吐息がこぼれ落ちる。

背中がしなり、指が湯殿の床の上でもどかしくあがく。

気がつけば、アデルは何かを追い求めるように身体を揺すっていた。

もっと深く、もっと奥まで、男をくわえ込みたい。そこには、きっと、更なる快感があるはずなのに、あと少しで届かない。

「あっ…あっ…あん……」

男は、跳ねるアデルの身体を押さえ込み、巧みに快楽をはぐらかす。

男がそうするのは、アデルが処女でなければならないからだ。万が一にも、アデルを傷物にしないよう、男が日々細心の注意を払っていることを、アデルは知っている。

だが、一度火の付いた身体は止まらない。

せつなくて、もどかしくて、頭がおかしくなりそうだった。

高められるだけ高められ、焦らされた肌は、火で炙《あぶ》られたように熱い、熱い……。

「いや……、離して……、離して……」

アデルは、眦を濡らして、切々と訴える。

「だって……、苦しいの……。息も、できない……」

何も知らなかったアデルをこんな身体にしたのは、ほかでもない、この男だ。

だから。

「お願い……。いかせて……。もう、いかせて……」

「しょうのないやつだな」

男が言った。

その灰色の瞳が笑っているように見えたのは、ただの気のせいなんかじゃない。

昼間に比べて、夜の男はやさしい。こうして、昼間は決して見せてくれることのない微笑みを浮かべることもある。

それが男の手管なのかもしれない。

(でも……、こっちのほうが、好き……)

甘やかされ、かわいがられているみたいで、心もとろける。

くちり。

濡れた音がして、男の指がゆっくりと引き抜かれた。

滴る蜜をかきわけ、男の指が再び入ってくる。一番気持ちのいいところだけを指の腹で擦り上げるようにして、何度も何度も出たり入ったりを繰り返す。

「あ、あ、あ……」

アデルはか細い声を上げて身を強張らせた。

来る。来る。

怖いほどの快感が顎《あぎと》を大きく開いてアデルを呑み込む。

「いっちゃう……。もう、いっちゃうからぁっ……」

びくん、びくん、と全身を大きく痙攣させ、アデルは快楽の階《きざはし》を駆け上った。

快感は責め苦だ。つらくて、苦しくて、自分ではどうにもならない。

いくということは、そこから解放されることだった。

それがこんなに気持ちのいいことだったなんて――。

「よかったか？」

目を開くと、灰色の瞳がアデルを見下ろしていた。

はあ、はあ、と荒い息を吐きながら、アデルは小さくうなずく。

「中でもいけるようになったな」

ずるり、とぬめった感触を残して、男の指が引き抜かれた。

余韻の残る身体は、そんなことにさえ敏感に反応して、びくびくとわななく。

自分はこんなにも乱されているというのに、男はまだ余裕を残していた。ほんの少し前、アデルの前でいってみせはしたが、あれだって男のほんとうの痴態をさらしたわけではあるまい。

それがなんだか悔しくて、アデルは男のそれに手を伸ばした。

戯れに触れてみる。

男のそこは、再び、熱く張りつめている。

「大きくなってる……」

アデルは、熱い漲りを両手で包んだ。

「あなたはいいの……?」

快楽は行き着くところまで行き着いた先にある。少なくとも、自分はそうだ。男だって、このまま放置されるのはつらいのではないだろうか?

やさしく揺すってやると、男が低く呻いた。

「気持ち、いいの……?」

「ああ。気持ちいい」

「口で……、する?」

だが、男は、首を横に振り、アデルを抱き寄せる。

唇が触れ合った。

すぐに舌が入ってきて、アデルの舌を吸う。

アデルは、男の欲望を育てながら、くちづけに応え、自らも男の舌を吸っていた。

もつれ合い、絡み合う二つの舌は、まるで、それだけで生き物のようだ。触れ合って、抱き締め合って、どこまでも熱を高めていく。

唇が離れた。

アデルは潤んだ瞳で男を見つめ問いかける。いつもは涼しげな男の灰色の瞳にも、今だけは、情欲の炎が灯っている。

「……あなたの……、名前は……？」

男はアデルに自分の名を名乗らなかった。名乗らなかったということは、名前を知る必要はないと男は考えているのだと受け取った。

だから、今まで、その名を尋ねたことはない。

でも、今、なぜか、無性に、男の名を知りたいと思った。その名を呼びたいと思った。

男はすぐには答えなかった。あるいは、言うべきか言わざるべきか迷っていたのか。

少しだけ間があって男が口を開く。

「メイナード。俺のことは、そう呼ぶといい」

「……メイ……ナード……？」

「そうだ。アデル」

耳元へのささやきはふいうちだった。

「んんっ」

頭のてっぺんまで突き抜けるような快感に打ち震えるアデルを、男はすばやく抱き上げてうつぶせにした。

獣のように床に這うアデルの背中に、男の大きな身体が覆いかぶさってくる。

びっくりしてアデルはもがいたが、けれども、アデルを押さえ込んでいる男の腕はとても強くて、身じろぎ一つかなわない。

「じっとしていろ」

唸《うな》るような声が耳元で聞こえた。

男の滾ったものがしとどに濡れたあわいに触れてくる。

まさか、とアデルは身を強張らせたが、男のそれがアデルの中に入ってくることはなかった。

いつもは慎ましく閉じている花弁の内側に包まれて、熱く張りつめたものが行き来する。

そのたびに、敏感な肉の真珠が擦れ、中からは新たな蜜が溢れ出す。

「は……、あ……、いや……」

アデルは、けだもののような格好で、自由を奪われ、ただ、快楽を注ぎ込まれていた。

行き場のない快感が身体じゅうを駆け巡り、何もかもぶち壊していくようだ。

「ああっ……、いい……、気持ちいいの……」

アデルにできることは、そうして甘い吐息をこぼし続けることだけ。

「ああっ……、あああっ……、メイナード……。メイナード……」

びくん、びくん、と身を大きく震わせながら、アデルは男の名を呼んだ。

「メイナードぉ……っ……」

背後で男が息を飲むのがわかった。

びくびくと震えながら、男のそれがアデルの大腿を熱く濡らすのを感じて、アデルは陶然とする。

気持ちいい。気持ちいい。

もう、死んでしまいそう。

絶頂の大きな波が過ぎ去っても、身体の芯ではまだ快楽が燻《くすぶ》っているようだった。

身を起こすこともできないまま、湯殿の上にぐったり身を預けていると、男がアデルを仰向けにして真上からアデルの顔を見下ろす。

「どうだ？　気持ちよかったか？」

アデルは答える代わりに両腕で男の背中をかきいだいた。

男の体温を直接感じる。

ぴったりと重なった胸からは男の鼓動さえもが伝わってくるようだ。

男の手がアデルの背に回った。

そのまま強く抱き締められて、なぜかほっとする。

人の肌は、思っていたのよりも、ずっと、生々しく、そして、心地よかった。

そうして、日々は静かに過ぎていった。

アデルと男のふたりだけの時は、ただ淡々と繰り返され、積み重ねられて、やがて、幾度か季節も変わった。

アデルの手はもう青くない。今のアデルの手は、傷一つない、真っ白な手だ。

古の王の伝説も飛ばし飛ばしでなく読めるようになった。

数は多くないけれど、流行だという詩をそらんじることもできる。

ダンスはまだ苦手だが、それでも、簡単なステップならどうにか踊れるだろう。

少しは貴婦人らしくなれたのだろうか？

近ごろ、アデルは奴隷だったころの自分をだんだん思い出せなくなっている。

食べるものもろくにないまま、作業小屋の片隅で藁にくるまって眠っていたのは、ほんとうに、わたしだったのかしら？？？

それでも、ダリルのことを思う時だけは、アデルの心もあのころに否応なく引き戻された。

ダリル。ダリル。この世でたったひとりの弟。

今ごろダリルはどうしているだろう？

ダリルからは時折手紙が届く。その数は、既に、数十通にも及んでいた。

ダリルからの手紙は宝物だ。手紙をもらうたび、うれしくて泣いてしまう。

でも、ほんとうは顔が見たい。会って話をしたい。

いつかその日がきっとくる。その思いだけが、アデルを支えている。

「どうした？」

聞かれて、ふと我に返った。

アデルは、小さく首を横に振り、男の灰色の瞳に向かってそっと微笑みかける。

こうして、微笑みを作るのも上手くなった。

『相手の目をじっと見ろ。見つめて、逸らさず、ほんの少しだけ笑みを浮かべるんだ』

男は、繰り返し、繰り返し、アデルに命じた。

『言葉は剣を凌《しの》ぐというが、微笑みは、時に、その言葉よりも雄弁になる。どんなふうに見られているのか常に意識しろ。騎士が剣の腕を磨くように、おまえは自分を磨くんだ。おまえ自身が、巧みな言葉も剣も持たないおまえの武器だということを忘れるな』

男の言うことはいつも簡潔だった。

何を、なんのために、どうすればいいのか、わかりやすい言葉ではっきりとアデルの前に指し示してくれる。

いつしか、アデルは、余計なことは口に出さず、常に控えめで、ただそっと微笑んでいる、そういう女を装うことに慣れた。

下手に口を開けば付け焼刃の教養であると見破られてしまうだろう。でしゃばれば反感を買うだろうし、不安な表情は他人の不安をも誘う。

男がアデルのために作り上げたこの仮面は、しごく正しいのだと思えた。

華やかさには欠けるとしても、敵を多く作らない。

あるいは、モードリンという人も、そういう女性だったのだろうか。

「続きを」

命じられて、アデルは小さく息を吸い込む。

男がつまびくリュートの音が、アデルをやさしく音楽の世界へと促す。

男は、最初、アデルに絵を描かせようとしたが、アデルに絵心がないと知ると、早々にあきらめて、次は音楽をやらせた。

館には数々の楽器が次々に運ばれた。

ヴィオール。ハープ。フルートにハープシコード。

なんに使うのかわからないそれらを目にするたびに、アデルは、驚き、戸惑い、そして、打ちひしがれることとなる。

最後に男が選んだのは歌だ。

アデルには楽器を演奏する才能は全くなかったが、歌うことだけは嫌いではなかった。

奴隷だったころのアデルも、弟のために、よく歌を歌ってやった。アデルとダリルに許された娯楽らしいものといえばそれしかなかったからだ。

男のリュートに合わせて、アデルは、昨今、宮廷で流行っているというソネットを歌う。

決して結ばれぬ恋に身を焦がす恋人たちの歌だった。

もともと庶民の間で歌われていた素朴な歌だが、仰々しい宗教曲に飽きた貴族たちには、それが新鮮に感じられるのだろう。自分の屋敷におかかえ芸人を幾人も住まわせている貴族も少なくないという。

アデルは、話す時よりは幾分高い声で、恋人たちの歌を切々と歌い上げる。

最後の高音部分は思い切り伸びやかに。

この声が、高く、遠く、風に乗ってどこまでも響けばいいのに。同じ空の下、どこかにいるダリルの耳にも届けばいいのに……。

男がつまびくリュートの音が止んだ。

いまだ物悲しい余韻の中にいるアデルを呼び戻したのは、緩慢な拍手の音。

はっとして、音のしたほうに視線を向ければ、そこに、輝く黄金の髪と美しい青い瞳をした男が立っていた。

「……旦那さま……」

今まで、旦那さまがこの館を訪れたことは一度もない。会うのは、初めて屋敷に連れていかれたあの夜以来だ。

呆然とするアデルとは裏腹に、男は冷静だった。あるいは、今日、旦那さまがここにやってくることを予め《あらかじ》知っていたのだろうか？

男がリュートを置いて椅子から立ち上がった。そのまま、旦那さまの前に膝をつき、胸に手を当てて深々と礼をする。

アデルもあわてて男にならった。

旦那さまは、男が座っていた椅子に、ちらり、と目をやったが、そこに腰を下ろすことはなかった。旦那さまの青く美しいまなざしが、今まで使用人が座っていた椅子に座るくらいなら立っていたほうがましだと言っている気がする。

アデルと男を睥睨《へいげい》して、旦那さまが言った。

「雀《すずめ》だと思っていたが、実は、カナリアであったか。なかなかに美しい声だ」

褒められたのであれば、何か返さなければならない。

アデルは、うまく働かない頭の中からこういう時に口に出すべき言葉をなんとか選び出し、口を開く。

「……お褒めに預かり、光栄でございます……」

声が震える。今でも、この男のことは怖い。こうしてそばにいるだけで、全身が粟立ちすくみ上がる。

「ほう」

旦那さまが鼻で笑った。馬鹿にするような、冷たい笑いだ。

「なるほど。鸚鵡《おうむ》の真似も上手いと見える」

なんと答えていいのかわからない。そんな時は、口をつぐんだままでいる。それが、男から教わったこと……。

「顔を上げろ」

笏の先で顎を持ち上げられ、アデルは素直に従った。

全身を舐め回すような視線が気持ち悪い。震えが止まらなかった。背中を冷たい汗が伝う。

「久しぶりだな。青き手の女よ」

旦那さまはアデルをそう呼んだ。

（わたしの手は、もう、青くないのに……）

ここで過ごすうちに、ウォードの青い色素は薄れ、消えてなくなった。せいぜい庭程度にしか外に出ることのないアデルの手は、今では、血管さえ透けて見えるほどに白く、滑らかで、やわらかい。

（きっと、旦那さまは、今でもわたしの名前をご存知ないんだわ……）

旦那さまにとって、自分は、名前を覚える必要さえ感じないほど、どうでもよい存在なのだと思い知らされた気がした。

この方の前に立つと、どうしようもないほどみじめな気持ちにさせられる。旦那さまのことを怖くてたまらないと思うのは、きっと、そのせいなのだろう。

「立ってみろ」

命じられるままに立ち上がる。

「その場で一回転しろ」

それも、素直に命令に従った。

「まるで猿だな」

旦那さまが噴き出す。

「それとも、犬か？　命じれば、どんな恥知らずなことでもしそうだな」

そうかもしれない。自分は命じられればなんでもする愚かで浅ましい女かもしれない。

(でも、命じるのは旦那さまよ)

自分は器。空っぽな人形。それに生命を吹き込むのは、操り師のほうではないか。

逃げ出したい気持ちを抑えて、アデルは微笑みを作った。自分を主張しない、あえかな微笑み。そうして、藍色の瞳で旦那さまをじっと見つめる。

旦那さまの青く美しい瞳が、一瞬、ひるんだような気がした。

「まあ、よい」

旦那さまがアデルから視線を逸らす。

「よくぞ、ここまで仕込んだものだな」

声をかけられ、男が低い声で答えた。

「恐れ入ります」

「これなら、そろそろ、あの男に会わせてもよかろう」

その言葉に、アデルは、はっ、とした。

では、ついに、その時が来るのだ。モードリンの代わりに、誰かを誘惑する。

旦那さまは、再びアデルに視線を戻し、居丈高に命じた。

「青き手の女よ。おまえには、ラングフォード伯爵夫人の姪という触れ込みで、王宮に行ってもらう」

「王宮……？　わたしが……？」

「せいぜい貴婦人らしく振る舞えよ。本来であれば、おまえは王宮に近づくことさえ許されぬ身分だ。決して、奴隷だと悟られてはならぬ」

「……はい……」

「宮殿の近くに伯爵夫人の姪に相応しい屋敷も用意した。必要と思われるものは、衣装も、宝石も、馬車も、馬も、使用人も、充分にそろえてある」

返事をしようとしたが、声が出ない。

王宮？　伯爵夫人？　屋敷？

（わたしが……？）

アデルの戸惑いなど気にも留めず、旦那さまは笏の先で傍らの男を指し示した。

「こいつを家令として連れてゆくがよい」

アデルは男に視線を移す。男の横顔からはどんな動揺も窺えない。最初からすべてを承知していたようにも見える。

「今までどおり、私からの指示はこいつに伝える。おまえは、こいつの言うことに、ただ素直に従っていればよい。簡単だろう？」

何が簡単なものか。

ここでは、男とふたりきりだった。でも、王宮なんて、そんな想像もつかないところで、いったい、どう振る舞っていいのか……。

だが、拒否することはできなかった。アデルにはその権利がないのだ。

貴婦人のようななりをして、それに相応しい教養を積んでみたところで、アデルは今でもただの奴隷だった。

「……はい。旦那さま……。かしこまりました……」

やっとの思いでそう口にしたアデルを冷ややかに一瞥して、旦那さまが踵《きびす》を返す。

アデルは思わずその背中を呼び止めていた。

「あの……！」

旦那さまがゆっくりと振り向いた。

その美しく青い瞳を見て、アデルは、自分が旦那さまの不興を買ったことを悟ったけれど、それでも、言わずにはいられない。

「あの……、旦那さま……。弟は……、どうしていますでしょうか……？」

「弟？　なんの話だ？」

「わたしの弟でございます。弟は元気にしていますでしょうか？」

旦那さまは、誰のことかわからないようで、しばらく考えを巡らせていたようだったけれど、やがて、「ああ」と小さくうなずく。

「弟……。おまえの弟か……」

今の今までそんなこと忘れきっていたと言わんばかりの態度が腹立たしかったが、旦那さまのように高貴な方が奴隷のことなどいちいち覚えていないのは当然だった。

「おまえの弟のことなら心配することはない。元気にしている」

旦那さまの言葉に安堵しながらも、そう聞くと更に欲が出る。

「お願いでございます。旦那さま。一目でよいのです。弟に会わせてくださいませ」

アデルは旦那さまの足元にひれ伏すようにして懇願した。

「会うのが無理なら、遠くから顔を見るだけでもかまいません。後生《ごしょう》でございます。出過ぎた真似をしているとわかってはいますが、弟のことが心配でならないのです」

だが、旦那さまの答えはにべもない。

「ならぬ。おまえと弟を会わせることはできぬ」

落胆し、うなだれるアデルに、旦那さまがいささか芝居がかった声で言った。

「青き手の女よ。私は何も意地悪で会わせないと言っているわけではないのだぞ」

「……はい……」

「おまえの弟は寄宿学校にいる」

「……寄宿学校……?」

「そうだ。そこで、様々なことを学んでいるのだ。おまえが行けば弟の勉学の邪魔にもなろう。だから、今は会わぬほうがよい」

噛んで含めるように諭されて、アデルは押し黙る。

寄宿学校。たしか、良家の子息ばかりが通うと聞いた。まさか、そんなところへ通わせてもらっているとは……。

「弟に教育の機会を与えてくださって、ありがとうございます」

アデルは床に頭を擦りつけるようにして礼を言った。

「ほんとうに、なんと、お礼を申し上げたらよいか……」

「私は気前のよい男だと言っただろう？」

「はい……。はい……。仰せのとおりでございます……」

「わかったのなら、忠義を尽くせ」

忠義。つまり、それは、王宮に行き、誰かは知らないが、高貴な方を誘惑すること。

アデルは、顔を上げ、小さくうなずく。

「……心得ております」

「主人への忠義に篤《あつ》いおまえのことを、おまえの弟も誇りに思うだろう」

「……はい……」

「せいぜい私を喜ばせてくれよ。私を喜ばせることができたら、その時は弟にも会わせてやろう」

旦那さまが笑った。

ぞっとするほど、やさしげな笑いだった。

「出発は明日だ」

旦那さまが去ると、男はそう言った。

「明日の朝、迎えの馬車が来る。おまえはそれに乗るだけでいい。用意はすべてできている」

男の声も、その灰色の瞳も、いやになるくらい冷静だった。そこからは、かすかな動揺の気配さえ窺えない。

きっと、男は最初から何もかも知っていたのだろう。

あるいは、男のほうから旦那さまを呼び寄せたのかもしれない。

なんのために?

もちろん、アデルの仕上がり具合を旦那さまの目で確認してもらうために。

アデルだけが何も知らされていなかった。

いつだって、そう。

運命はアデルを遠巻きにして勝手にぐるぐると回っていく。ただ、操られ、流されていくよりほかに何ができる?

アデルは、深い深いため息をついて、寝台の縁に腰かけた。

いつもなら既に床に就いているころあいだが、今夜は眠れそうにない。

まさか、王宮に行けと命じられるなんて思いもしなかった。

自分が誘惑しなければならない相手が貴族なのはわかっていたけれど、いったい、どれほど高貴な人なのだろう。

旦那さまは、自分を使って、その人をどうするつもりなのか……。

ぼんやり考え込んでいると、男が燭台を手にやってきた。

男は、無言のまま、燭台を机の上に置き、アデルの隣に腰を下ろす。

部屋には甘い香りが漂っている。初めて旦那さまの顔を見た時に嗅いだ甘い香りは蜜蝋《みつろう》の香りだった。アデルはそれをこの館に来て知った。

男の手がアデルの肩をそっと抱き寄せる。

唇が触れたと思うと、もう、舌を捉えられている。上顎《うわあご》を舐め回され、舌を甘噛みされると、それだけで、気持ちよさに喉が鳴る。

男のくちづけに懸命に応えながらも、アデルはいささか意外な気持ちを味わっていた。

男はここでの役目を終えたはず。アデルの寝室へやってくることはもうないと思っていたのに……。

唇が離れた。

アデルは男の腕の中から灰色の瞳を見上げる。

「どうして？　なぜ、わたしに、キス、したのですか？」

男のくちづけの巧みさに、問いかける声も吐息もかすかに乱れている。

男は言った。澱みも揺るぎもない声だった。

「これが最後だ。おまえがどんな女になったか見せてみろ」

男とはこのまま離れ離れになるわけではない。新しい屋敷でも、アデルの世話をするのは今と変わらずこの男になるのだろう。

男が口にした『最後』とは、男がアデルに夜の作法を教えることはもうないということ。

わかってはいたが、アデルの胸もせつなく疼いた。男のことを愛しているわけではないが、だとしても、何度も合わせた肌が男のぬくもりを惜しむ。

男が着ているものを脱ぎ始めた。

灰色の瞳に促されて、アデルも夜着を脱ぎ落とす。

蜜蝋は、甘い香りを漂わせながら、部屋の中をあかあかと照らしていた。

アデルと男。ふたりの裸身が何に遮られることもなく露になる。

アデルは、両手で男の頬を包むと、その唇にそっとくちづけた。

「愛してるわ。メイナード」

旦那さまの言うとおり、確かに、自分は鸚鵡だ。男に教え込まれた言葉が、その意味するところなど考えることもなく、するり、と口からこぼれていく。

「わたしはあなたのものよ。わたしだけは、いつだって、あなたの味方よ」

男の強い腕がアデルをかきいだく。

アデルは、両手を伸ばして男の広い背中にすがりつき、ふっくらと盛り上がった胸を男の硬い胸に押しつける。

くちづけは、最初から、深く激しかった。

唾液も、吐息も、すべて分け合って、溶け合っていく。

唇と唇でつながりながら、男は両手でアデルの胸を鷲摑《わしづか》みにした。

男の大きな手の中で乳房が潰れた。

その頂の薔薇色の蕾は、既に、ピン、と硬く立ち上がっている。

「ああっ……」

唇が離れた途端、甘い喘ぎが溢れ出した。

「ああっ……。いいわ……。気持ちいいの……」

「どこが、いい？　どこをどうしてほしい？」

耳朶を甘く嚙まれながらささやきを吹き込まれる。

「好きにして」

アデルは喘ぎ混じりに答えた。

「わたしはあなたのもの。だから、あなたの好きにしていいのよ」

「愛しいアデル」

「……メイナード……」

「なんと、かわいいことを言う」

アデルの言葉がすべてうそであるように、男の言葉もまたほんとうではない。

それでも、睦言をささやかれ、甘く名前を呼ばれると、心が震え、身体が応える。

自分でもわからぬほど、どこか深い深い場所で官能が目覚め始めていた。

身体の芯が、とろり、と溶け出す。溢れ出して、そこかしこに染み出していく。

快楽に染められた肌は、どこに触れられても、敏感に快感を拾った。

これが夜のわたし。

昼間の物静かで貞淑なわたしの下に隠れている、もうひとりの女。

男は、アデルの胸を両手で鷲摑みにしたまま、一方の頂に舌先で触れる。そのまま、舌の腹でざらりと舐められたり、舌を巻きつけられたり。

もう一方の頂は、親指で転がすように弄られて、それだけで、頭のてっぺんまでカッと熱くなるような快感が突き抜けていく。

「はぁっ……、っ……、ぁっ……」

溢れ出す喘ぎ。

それでさえ、男に仕込まれた。

わざとらしくなってはいけない。浅まし過ぎてもだめ。

我慢して我慢して、それでも、我慢しきれずに、唇から溢れ出してしまった甘い吐息。

『そのほうが、男には喜ばれる』

敏感になった肌は、一気に熱を増し、アデルの中に快楽を溜めていく。

身をよじり、腰をくねらせ、アデルは全身で応えた。

触れなくてもわかる。蜜の泉は、もう、ぐしょぐしょだ。あとからあとから溢れ出してきて、髪と同じくすんだ金の叢をも濡らす。

すごい。まだ胸だけなのに、身体がおかしくなったのではないかと思うほど感じる。

あるいは、顔も名も知らない男に身を任せなければならないことへの恐れと脅えから逃れたいと願う本能のせいなのだろうか。

男の手が乳房を離れた。アデルを寝台の上に寝かせると、男の手は肌の上を滑り降りるように動いてアデルの両足を押し広げる。

男の視線を感じた。

とろとろに濡れた部分を隈なく観察され、羞恥に頬が熱くなる。

「いや……。そんなとこ、見ちゃ、いや……」

男が笑った。

「俺の好きにしていいと言ったじゃないか」

「だって……、だって……」

「こんなに濡らして恥ずかしいか？」

「うぅ……」

「確かに、はしたないほどの濡れ方だな。蝋燭の光に照らされて、ぬらぬらとオレンジに光っている」

男の舌が触れた。しとどに溢れた蜜をすくうように、下から上へと動かされて、背中を甘い痺れが駆け抜ける。

「あっ……、あ、あ……」

くちづけ同様、男の舌は巧みだ。

蜜に濡れたあわいを舐め回し、中で震える二つの花弁を吸い上げる。

「ひぁっ……」

突き刺さるほど強い快感が背中を駆け上った。

もどかしくて、せつなくて、じっとしていられない気持ちだったけれど、男の両手はアデルの足をがっちりと寝台の上に押さえつけていて、身じろぎ一つかなわない。

「いや……。だめ……。だめ……。離して……」

「何がいやなんだ？　ここはこんなにひくついて悦んでいるぞ」

「怖いの……。気持ちよ過ぎて、おかしくなりそうなの……」

気持ちよくて、どうしようもなくて、自由にならない足が、強張り、びくん、びくん、と何度も痙攣する。

「かわいいやつだ」

男は笑っていた。

偽りの微笑み。だが、それを目にするたびに、胸の奥でわけのわからない疼きが生まれ、ざわざわと心が乱れる。

ずるり、と中に何かが入ってきた。

すぐに男の指だとわかる。アデルのそこは、もう、男の指の形と長さをすっかり覚え込んでいる。

「あぁっ……」

ぎゅっと身体の中心が絞り上げられるような気がした。

痛みにも似た快感。

男は、アデルの肉の真珠を舌先であやすようにしながら、指でアデルを穿《うが》つ。

もどかしいほど、ゆっくりとした動き。しかし、アデルの身体を知り抜いている指先は、アデルが最も気持ちよくなれる場所を的確に捉え、擦るように撫でる。

「あっ…あ、あ、あ……」

そうされると、もう、どうすることもできなかった。

あっという間に快楽に捕まえられて、恍惚《こうこつ》へと導かれる。

アデルはそう作り替えられた。

男の指がアデルをそういう女にした。

ぐったりと寝台の上に身体を預け、はあはあと荒い息をついているアデルを、男がそっと抱き起こす。

「今度はおまえの番だ」

男のそこが、既に、隆々と漲っているのがわかって、アデルの胸は小さく疼いた。

この顔色一つ変えない男も、膚《はだえ》の下にはほかの男となんら変わることのない欲望を隠している。

アデルは、寝台の上に両手をつき、四つん這いの獣のような姿勢で、男の足の間にそっと顔を伏せた。

教えられたとおり、最初は幹に舌を這わせ、たっぷりと濡らしてから、口の中に迎え入れる。

男の両手がアデルの頭を摑みくすんだ金の髪をまさぐった。

「そうだ。上手いぞ」

「ああ。気持ちいい。ほんとうに、上手になった」

それが口先だけの空音《そらね》でないことは、一段と大きく膨らんだ砲身と、アデルの口の中に広がる男の味とが教えてくれる。

もっと、もっと、男のそれをかわいがってあげたくなって、アデルは、夢中で、ぴちゃぴちゃと音を立てながら、吸いつき、締めつけ、扱き上げた。

身体が熱い。頭の芯がくらくらする。

自分は奉仕するばかりで、触れられてさえいない。

なのに、身体の芯にじっとりと重い快楽がうずたかく積もって……。

「……んんっ……」

気がつけば、びくびくと震える花弁から蜜が溢れ、大腿をゆるく伝っていた。

男に弄られた中がまた疼き出している。

耐え切れず、足をぴったりと閉じて擦り合わせると、ぞくぞくとするような震えがそこから広がってきた。

「……あっ……」

一際大きな波にさらわれそうになって、アデルは思わず喘いだ。

開いた口から、ぽとり、と男の滾ったものが落ち、含みきれなかった唾液が口の端から滴る。

男は、指先でアデルの唇をなぞるようにしてそれを拭うと、強い力でアデルの顔を引き上げ噛みつくようなキスをした。

「んんっ…んっ…んっ……」

深く噛み合った唇の間で、互いの舌と舌とがもつれ合う。

ざらりとした感触が擦れ合うたびに、頭の芯まで官能が響き渡る。

激しいキスを交わしながら、男が自らの腹の上にアデルを抱き上げた。

アデルは、両手で男の首をかきいだきながら、大きく足を開いて男のたくましい腰の上にまたがる。

男の両手が、アデルの細い腰を摑んだ。

「自分で動いてみろ」

命じられ、アデルは、がくがく、とうなずく。

男の胸に両手をついて少しだけ腰を浮かせると、男の昂ぶりがアデルのあわいに収まった。

　男の唾液とアデルの流す蜜とが混じり合ってぬるぬるするほど濡れた女の部分に、男の昂ぶりがぴったりと密着する。

　こうしているだけで、熱い。昂ぶりのその硬ささえ、生々しいほどに感じ取れる。

　アデルは、ほ、と小さく息を吐き、それから、意を決して、ゆっくりと腰を揺すった。

　大きくて硬くて熱いものが、ずるり、ずるり、とあわいを行き来する。ぽってりと熟れた花弁と敏感な肉の真珠が擦れて気持ちいい。

「あっ……、あっ、あっ、あっ……」

　アデルは、男の熱に自らを強く押しつけ、腰をくねらせる。

　傍から見ている人がいたら、男の腰の上にまたがって踊っているようにも見えただろう。

　男が下から押し上げるようにしてアデルの乳房を揉みしだく。

「…あんっ…ぁっ………」

　両手で摑まれ、親指でその頂を転がされ、腹の奥のほうが、きゅう、とせつなく疼いた。

　ぴったりと合わさった部分からは、間断なく快感が湧き上がってくる。

「……気持ち、いい……。いいの……」

　敏感な場所を二つ同時に弄られて、身体の芯を痺れるような戦慄が突き抜けていった。

　でも、まだ、足りない。

　もっと、もっと、と身体は更なる高みを望んで熱を増す。

「ああっ……、はあっ……ん……」

がくり、と足の力が抜けた。

「感じ過ぎて力が入らなくなったのか？」

男が笑う。

頬を染めるアデルの腰を再び男の両手が摑んだ。

抱き寄せられ、くるり、と簡単に上下を入れ替えられる。

腰を折られ、今度はぴったりと閉じた足の間に男の昂ぶりが突き入れられた。

「ひあぁっ……」

アデルの喉から引きつれた悲鳴が上がる。

男の強い力で敏感な場所を擦り上げられて、皮膚の下が粟立つような快感が全身を駆け巡る。

男は、そのまま、何度も、何度も、ぬるつくその場所を突き上げた。

「ああっ……。だめ……、だめぇ……。激し……」

いったばかりの身体は過敏になっていて、立て続けに大きな波が現れてアデルをさらっていこうとする。

奥が疼いた。

抉られたい。

その太いもので、奥の奥まで突き上げられたい。

この猛る剛直がアデルの中に一気に入ってきたら、いったい、どんな心地がするだろう？

「はあっ……あんっ……。きちゃう……。また、いっちゃうぅ……」

びくん、びくん、と全身が震えていた。

「メイナード……。メイナードぉっ……」

快楽の嵐が、出口を求め、身体の中で荒れ狂っている。

「いいぞ。アデル」

男がとりわけ甘い声でささやいた。

「俺もいきそうだ」

「あ――――」

それまで、アデルをがんじがらめにしていた綱がいきなり、ぷつん、と切れたみたいだった。

苦しさからも、もどかしさからも、解放され、身体の中から重たいものが全部すうっと抜け出していく。

アデルのあわいで男のそれがぶるりと震えた。

痙攣するように熱いものを吐き出して、アデルの胸を濡らす。

アデルは指先でその熱いものをかき混ぜ自らの乳房に塗りつけた。

意味なんかなかった。ただの戯れだ。

男の視線にかすかに揶揄《やゆ》するような色が浮かんだ。

「俺はそんなことをしろと言った覚えはないぞ」

男が、こうして、感情らしきものを見せてくれるのは、夜の間だけ。

あるいは、触れ合う肌のぬくもりが、固く閉じた男の心の鍵を、ほんの少し溶かすからなのだろうか。

「いつの間に、そんな淫らな真似を覚えた？」

そんなこと知らない。

わたしを仕込んだのはあなたのほうじゃないの。

アデルは男の灰色の瞳を見上げて問いかけた。

「……わたしは失格？」

男が静かに首を横に振る。

「いや、合格だ」

「メイナード……」

「あの男は、必ず、おまえを気に入る」

男の力強い腕がアデルを抱き寄せた。

自らも男の背中を強くかきいだき、アデルは男のくちづけに応える。

甘く胸に染み入るようなくちづけだった。

まるで、恋人同士のくちづけのようだとアデルは思った。

四

「わたくしには妹がいたのよ」

ラングフォード伯爵夫人はそう言った。

「六つも年が離れていて、わたくしたちはふたりきりの姉妹だったの」

アデルにも弟がいる。今となっては、たったひとりの家族となってしまった弟が。

「わたしも」と言いそうになって、アデルはあわてて口をつぐんだ。

ダリルのことは秘密にしなければならない。どんなことから自分の素性《すじょう》が知れてしまうかわからないし、警戒するに越したことはないだろう。

今になって、男に何度となく言い聞かされた言葉が正しかったことがわかる。

『無駄口は控えろ。過ぎたおしゃべりは身を滅ぼすだけだ。それよりは聞き上手になれ。聞いているだけならボロは出ない』

男が無口なのも、だからなのだ。

寡黙《かもく》であることが男を守っている。きっと、アデルのことも守ってくれるだろう。

アデルが黙ってうなずくと、ラングフォード伯爵夫人が馬車の外に向けた目に憂いを乗せる。いつでもおっとりと微笑んでいるこの老婦人にしては珍しい表情だ。

「年ごろになって、妹は妹の家庭教師のひとりだった苦学生と恋仲になったの。当然、父がそれを許すはずもなく、カンカンになってふたりの仲を引き裂こうとしたわ。でも、よほど彼のことが好きだったのね。妹は、父の言うことを聞かず、その若者と手に手を取って家を飛び出し、そのまま、外国で死んでしまったの」

「まあ……。お気の毒に……」

「体面を気にする父は、妹はとある外国の貴族に嫁いだとうそをつき、そのうそをかかえたまま神に召されたのよ。このことを知る人はほんのわずか。だから、あなたのことをわたくしの妹の娘だと言っても疑われることはないわ」

アデルは、控えめに微笑みを作り、ラングフォード伯爵夫人に頭を下げた。

「ありがとうございます。奥さま。なんとお礼を申し上げてよいのか……」

「伯母さまと呼んでちょうだい」

「……はい……。あの……、伯母さま……」

「夫が亡くなって、もう五年が経つわ。わたくしには子供もいないし、父も妹もわたくしを置いていってしまった。だから、家族ができたみたいでうれしいのよ。ね。アデル」

ラングフォード伯爵夫人のふくよかな手がアデルの手にそっと触れた。

罪悪感が疼いた。

もしも、アデルが奴隷だと知っても、この人はこんなふうにやさしい言葉をかけてくれるのだろうか？

　なんとか微笑みを取り繕って、アデルはこの人のいい伯爵夫人と初めて出会った日のことを思い出す。

　それは、アデルが王宮にほど近い屋敷に移ってすぐのことだった。


　その夜、いきなり屋敷を訪れた旦那さまは、アデルに外出の用意をするよう命じた。

　馬車は目立たない地味なもので、従者はあの灰色の瞳の男ただひとり。

　旦那さまはいつか見た黒いマント姿でフードを深々とかぶっていて、アデルも同じようなマントを身に着けさせられた。

　どこへ行くのかも告げられぬことに戸惑いながらもおとなしく従うと、馬車はアデルの住まう屋敷からさほど遠くない一軒の屋敷の前で停まる。

　立派な屋敷だった。

　家令《かれい》に案内され、待っていたのは、ふくよかな年配の女性。

　その人は立ち上がると、いかにも人のよさそうな笑みを浮かべ、旦那さまを迎えた。

『お待ちしておりましたわ。オーウェンさま』

　そうか。旦那さまの名は『オーウェン』というのか。

　アデルは、今、初めてそれを知った。

　オーウェンは、深々とかぶっていたフードをうしろに払うと、いつになく愛想のよい笑みを浮かべた。その青く美しい瞳には、平素アデルに向けられるような侮蔑《ぶべつ》の色はかけらもなく、ただ自信に満ちて燦然《さんぜん》と輝いている。

『夜分に申し訳ない。オーウェンさまなら、いつでも大歓迎ですわ』

『いいえ。オーウェンさまなら、いつでも大歓迎ですわ』

では、この女性がラングフォード伯爵夫人なのか。

しかし、伯爵夫人と対等に会話を交わしているなんて、どうやら、オーウェンの身分はアデルが思っていたよりも、ずっと、高いらしい。

『それで？　こちらがそのお嬢さま？』

既に、何らかの話し合いがなされていたのだろう。ラングフォード伯爵夫人は、そう言って、アデルのほうに視線を向けた。

オーウェンから手振りで命じられて、アデルはフードを下ろし膝を曲げて挨拶をする。

『初めまして。ラングフォード伯爵夫人。アデルと申します』

顔を上げた。

その瞬間、ラングフォード伯爵夫人が驚きの声を上げる。

『まあ……。なんということでしょう……』

ラングフォード伯爵夫人は、唖然として、アデルの顔をまじまじと見つめた。

『……ほんとうに、よく似ていらっしゃること……』

誰と『似てる』かなんて、そんなこと聞くまでもない。

モードリンがオーウェンの姉であるというのなら、オーウェンと親しげなラングフォード伯爵夫人がモードリンのことを知っていても当然なのだ。

『オーウェンさまが自分がうしろ盾であることを隠しておきたいとおっしゃるということは、何か仔細《しさい》がおありなのだろうと思ってはいましたが、まさか、こんな……』

ラングフォード伯爵夫人が、戸惑ったように、オーウェンとそのうしろに控えていた灰色の瞳の男とを交互に見比べる。何か言いたいことがあるのだが、それを口にしていいのかどうか迷っているようにも見えた。

オーウェンは何も答えない。ただ、意味ありげな笑みを口元に浮かべただけだ。

しばらく何か考え込んでいたラングフォード伯爵夫人は、やがて、小さく何度かうなずいてオーウェンに微笑みかける。

『わかりました。このお嬢さまのことは、わたくしが責任を持ってお引き受けいたしましょう』

『ありがとう。ラングフォード伯爵夫人。恩に着る』

『いいえ。ほかならぬオーウェンさまの頼みですもの。それに……』

ラングフォード伯爵夫人の微笑みが深くなった。

『それに、陛下もさぞかしお喜びになることでしょう』

やがて、馬車の窓の向こうに大きな建物が見えてきた。

「あれが王宮よ」

指差すラングフォード伯爵夫人に、アデルは、こくり、と小さくうなずいてみせる。

見上げるほどに大きな門が開かれ、そろいの制服に身を包んだ衛兵が整列して出迎える中を、馬車は、奥へ進み、やがて、停まった。

アデルは、気味が悪いほど恭《うやうや》しく差し出された灰色の瞳の男の手を借り、馬車を降りる。

そこにいた者たちがいっせいにぬかずき、アデルのために道を作る。

呆然と立ちすくむアデルに、ラングフォード伯爵夫人が声をかけた。

「さあ。行きましょう。アデル。陛下がお待ちですよ」

「陛下!?」

まさか、国王陛下のことだろうか？

(そんな偉い方にお会いするの!?)

わたしが？　奴隷のアデルが？

アデルの驚いた顔を見て、ラングフォード伯爵夫人は微笑んだ。

「大丈夫。陛下はとてもおやさしい方なのよ」

「……はい……」

「先代の国王陛下と王妃さまが相次いで病で亡くなられ、若くして国王となられたことを危ぶむ者もいたけれど、わたくしは国王としてのお務めを精いっぱい果たしていらっしゃると思うわ」

「……そう、なのですね……」

「誠実な方なのです。だから、あなたはいつものとおりにしていればいいの。何も心配することはありません」

灰色の瞳の男はとても優秀な教師だったのだろう。ラングフォード伯爵夫人はアデルのことを疑いもしない。きちんと躾けられた生まれついての貴婦人だと信じ込んでいる。

初めて足を踏み入れた王宮は、驚くほどきらびやかだった。

昼間だというのに、シャンデリアの高価な蝋燭《ろうそく》には惜しげもなく火が点され、見上げるほど高い天井にはびっしりと天使の絵が描かれている。

柱は金色に塗られ、壁には、大きな絵や、精緻《せいち》な刺繍《ししゅう》のタペストリ。床には二色の大理石が交互になるよう敷きつめられていた。

どこもかしこも、ぴかぴかに磨かれ、光り輝いている。

これが王宮。

ここが王のおわすところ。

アデルが知っている世界とは、あまりにも違い過ぎる。

お仕着せをきちんと着込んだ侍従《じじゅう》に案内され、やがて、薔薇《ばら》のレリーフが刻まれた大きな扉の前に至った。

扉が開く。

部屋の中には机がある。その机で、輝くような黄金の髪をした男性が何か書きものをしていた。

ラングフォード伯爵夫人に連れられアデルが中に入っていくと、その男性が顔を上げる。

ラングフォード伯爵夫人は優雅な仕草でお辞儀をした。

アデルもそれにならって頭を下げる。

「おお。ラングフォード伯爵夫人」

男性が言った。思っていたのよりは、ずっと、若々しい声だった。

「よく来てくださった。息災《そくさい》であったか？」

ラングフォード伯爵夫人がおっとりと答える。

「陛下よりのお陰を賜《たまわ》り、元気にしております」

「いやいや。余などまだまだ若輩《じゃくはい》だ。至らぬことばかりで、ウェルズワースに苦労をかけてばかりだよ」

ふたりの会話に、アデルは、ドキリ、とする。

（この人が国王陛下……）

確かに、ラングフォード伯爵夫人の言うとおり、おやさしそうな方ではある。

ふいに、国王の声が弾んだ。

「ギデオン!? そこにいるのはギデオンではないか！」

国王の視線は、アデルを飛び越し、アデルのうしろに付き従っていた灰色の瞳の男に向けられていた。

「そなたも余に会いに来てくれたのか？」

ギデオンと呼ばれた男は、静かな声で国王に答える。

「お久しぶりでございます。陛下」

「陛下などという他人行儀な呼び名はやめてくれ。余はそなたの兄ではないか」

アデルは咄嗟に驚きを呑み込む。顔を伏せていてよかった。でなかったら、あからさまに表情を見せてしまうところだった。

では、この男は国王の弟。

そして、名前はギデオン……。

驚愕の事実を自身に刻み込むアデルをよそに、国王は更に驚くべきことを口にする。

「確かに、そなたは身分の低い母から生まれたかもしれぬ。だが、その血の半分は、余と同じく先代の国王陛下から受け継いだもの。余にとっては、オーウェンもおまえも、何一つ変わらぬ。いずれも、かわいい弟だ」

驚き過ぎて、もう、わけがわからなくなりそうだった。

オーウェンも、また、国王の弟。

ということは、オーウェンとギデオンは兄弟だったのか。

(だったら、なぜ……？)

オーウェンはギデオンを下僕のように扱い、ギデオンはオーウェンを『旦那さま』と呼ぶ？

「ギデオン。これからは、もっと、顔を見せておくれ。そうだ。オーウェンも呼んで、三人で酒でも酌《く》み交わそうではないか」

無邪気にそう言う国王の声を、ギデオンの低い声が遮る。

「申し訳ございません。陛下。過日より私はこちらのお嬢さまにお仕えしております。主人《あるじ》のある身でございますゆえ、どうぞ、お察しくださいませ」

つまり、主人をほったらかしにして勝手なことはできないと、そういう意味だ。

「お、おお……。そうか……。そういうことであったか……」

国王が残念そうに肩を落とす。

弟思いのやさしい人なのだ。

アデルはそう思った。

あの傲慢なオーウェンと同じ血が流れているのだとは思えないほどに。

「だが、たしか、おまえはオーウェンのところにいたのではないか？」

国王に問いかけられて、ギデオンではなくラングフォード伯爵夫人が答える。

「かねてより、ギデオンは有能であると評判でございます。かわいい姪ですもの。よい従者を付けたいと思い、オーウェンさまにお願いして譲っていただきましたのよ」

予《あらかじ》め言い含められていたのか、ラングフォード伯爵夫人の言葉はごくごく自然だった。

「なるほど。そのような次第であったのか」

国王がうなずく。

「それで……、そちらのご婦人がラングフォード伯爵夫人の姪御かな」

「さようでございます」

「顔を上げるがよい」

ようやく許しを得て、アデルは視線を上げ国王を見た。

オーウェンと同じ、輝くような黄金の髪と、美しく青い瞳。

だが、顔立ちも、まなざしも、オーウェンに比べたら、ずっと、やさしげだった。

とてもこの国一国の重圧をその双肩で担《にな》っているとは思えないほど、国王の気配は猛々しさとは無縁だ。

アデルの顔を見た途端、国王の表情が強張った。

「……あね…うえ……」

モードリンがオーウェンの姉だというのなら、国王にとっても血のつながった姉か妹のはずだ。

「いや……。そんなはずはない……。姉上は死んだ……。塔の上から落ちて死んだ……」

国王が視線を逸らす。その頬はまるで魔物でも見たかのように青ざめ、唇はぶるぶるとわなないている。

「ご婦人。そなたの名は？」

おそるおそるとでもいうようにアデルに視線を戻し、国王はそう聞いた。

「アデルと申します」

「アデル……」

「この子は、長く外国で暮らしていたので、行儀作法が行き届いておりませんの。ですから、わたくしが手元に引き取ってきちんと教えることにしましたのよ」

だが、国王の耳には、もう、ラングフォード伯爵夫人の言葉は届いていないようだ。

「アデル……。そうか……。アデルというのか……」

口の中で何事かをぶつぶつとつぶやいたあと、国王はアデルを熱のこもったまなざしで見つめた。

「アデル。よく来てくれた。そなたに会えて余もうれしいぞ」

こういう時、答えるべき言葉は決まっている。

アデルはギデオンに教えられたことを思い出しすらすらと口にした。

「もったいないお言葉でございます。陛下」

だが、国王は……。

「陛下ではない。メイナードだ」

「……え？」

「どうか、余のことはメイナードと呼んではくれまいか？」

メイナード。

その名は、あの灰色の瞳をした男のものではなく、国王のものだったのだ。

だとしたら、なぜ、ギデオンは自分のことを「メイナードと呼べ」などと言ったのだろ

う？　男の名がメイナードだと思ったから、アデルだって、肌を合わせるたびに思いを込めてその名を呼んだのに……。

だが、戸惑いは一瞬だった。

わずかも経たぬうちに、ギデオンが国王の名を名乗ったその理由にたどり着き、アデルの身体を今日一番の衝撃が貫いていく。

この男だ。

アデルが誘惑しなければならないのは国王だ。

（なんてこと……）

相手は高貴な方だと言われていたけれど、まさか、これほど高貴な方だとは思っていなかった。

（わたしは奴隷よ……。奴隷なのよ……）

奴隷の自分が国王を誘惑する。

そんなことができるのだろうかと思った。

あまりの恐れ多さに全身が震えた。

「どういうこと!?」

屋敷に戻るなり、アデルはギデオンに詰め寄った。

「ちゃんと説明して！　頭がおかしくなりそうよ！」

ギデオンは何も言わない。何を考えているのかわからない灰色の瞳が、静かにアデルを見下ろしているだけだ。

「あなた、ほんとうはギデオンというのね」

いらだちがこみ上げてくる。どんどん噴き上げてきて、胸の中をいっぱいにする。

言葉には棘《とげ》が宿った。アデルがかつて一度たりとも口にしたことがないほど、鋭く残酷な棘だ。

「メイナードだと名乗ったのはうそだったのね」

「……」

「どうして、そんなうそをついたの？　いったい、いくつうそをついているの？」

「……」

「簡単にだまされるわたしは、さぞかし滑稽《こっけい》だったでしょうね！」

怒鳴り散らせば散らすほど、みじめさだけが募った。

「まさか、あなたが王子さまだったなんて……」

「王子ではない」

返ってきたのは、なんの感情も感じられない平坦な声。

「どうして？　国王の子なら王子でしょう？」

言い返すと、腕を摑まれる。

「離して！」

アデルはギデオンの手を振り払った。

「あなたの役目は終わったはずよ！　二度とわたしにさわらないで！」

あの夜を限りに、自分とギデオンが肌を合わせることはもう二度とない。

今のギデオンは、アデルの従者であり監視役なのだ。

さすがに激昂《げっこう》するのではと思ったが、ギデオンのまなざしは静かなままだった。

「違う。俺の母は確かに王の子を産んだが、俺が王子であったことは一度もない」

「どういうこと？」

「俺を産んだのは王宮で下働きをしていた身分の低い女だ。たまたま美しく生まれついたのが不運の始まりだった。そのせいで、ある日、王の気まぐれにより、戯れに身体を弄《もてあそ》ばれ、俺を身ごもった」

いたましいことではあったが、よくあることでもあった。

身分の低い者は身分の高い者には逆らえない。それが国王であるなら尚更だ。

「嫉妬深い王妃は母を許さず、迫害を恐れた母は隠れて俺を産んだ。俺は、生きるために、盗み、人をだまし、陥《おとし》れた。獣のようだった俺を拾ってくれたのは旦那さまだ」

「だから、旦那さまの言うことならなんでも聞くの？」

あんなふうにひどく殴られても許すの？

自分だったら、いくら拾ってくれた恩人だとしても、あのように残酷な扱いをされたら、オーウェンのことを恨むに違いないとアデルは思う。

オーウェンの振る舞いは恩人のそれではなかった。ましてや、兄のそれでは有り得ない。あれは人の扱いではない。まるで家畜だ。

オーウェンは言葉と暴力でギデオンを支配することを楽しんでいるように見える。あるいは、そうやって、自身の優越感と嗜虐性《しぎゃくせい》を満たすためだけにギデオンを拾ったのではないかと思いたくなるほどに。

ギデオンだって、わかっているはずなのに、なぜ、旦那さまの言いなりになっているのだろう？　逃げ出すこともせず、おとなしく飼われているのだろう……。

「陛下はあなたのことを弟だとおっしゃっていたわ」

「そうだな」

「陛下のほうが、旦那さまよりあなたにやさしくしてくださるでしょうに」

そう言って、アデルはギデオンの灰色の瞳を見つめる。けれども、そのまなざしはわずかたりとも揺らぐことはなかった。

ギデオンの心は、計り知れないほど深いところに、隠され、匿《かくま》われている。そこに、アデルの手は届かない。

いっそうみじめな気持ちになって、アデルは、うつむき、肩を落とした。

裏切られたと思った。

今まで、ずっと、ギデオンと自分は同じ境遇にあると感じていた。だから、ギデオンが自《みずか》らの運命に忠実であろうとするのなら、アデルもそうであろうと、努めてきた。

でも、そんなの、全部、アデルの勝手な思い込みに過ぎなかったというわけだ。

(少しは信じてたのに……)

でも、仕方がない。所詮、自分は奴隷だ。言われるがままに操られる人形だ。こんなふうに憤るほうがおかしいのだろう。

奴隷なら奴隷らしく、人形なら人形らしく、操られるほかはないのだ。

そう。ダリルのためにも。

(ダリル……。ダリル……)

ダリルのことを考えた途端、すっ、と気持ちが冷えた。

みじめさは消え去り、今にも折れそうだった意志が奮い立つ。

ギデオンが何を考えていようと、アデルにとっては、そんなの、どうだっていいことだった。

アデルにはオーウェンの期待に応えなければならない理由がある。

もしも、オーウェンを喜ばせることができたなら、きっと、ダリルにも、もっと、目をかけてくださるはずだ。

反対に、失望させてしまったら。その時のことを想像するだけで背筋も凍る。

失敗はできない。やるしかない。

たとえ、相手が誰であっても。

「わたしは陛下を誘惑すればいいのね」

その問いに答えはなかったが、それ以外に有り得ないことは、もう、わかっていた。

「旦那さまは、私を使って、陛下をどうするおつもりなの？」

どうせ、これも答えてはもらえないと思っていたが、意外にもギデオンは口を開いた。

「欲しいもの？」

「旦那さまは欲しいものがあるのさ」

「そう。旦那さまが喉から手が出るほど欲しくて欲しくてたまらないものを国王は持っている」

兄が持ち、弟が持たないもの。

それって、いったい、なんだろう？

「もしかして、わたしの口からそれを陛下にねだれということなのかしら」

ありそうな気がした。

メイナードがアデルに骨抜きになり、アデルの言うことならなんでも聞いてくれるようになれば、それもできないことではないのかもしれない。

やさしそうだったメイナード。見た目を裏切らず、あの男は、きっと、女には甘いだろう。

そう考えて、ふと、素朴な疑問が浮かぶ。

「でも、モードリンさまは陛下のお姉さまだったのでしょう？　そのモードリンさまによく似たわたしに陛下は心を動かされるかしら？」

「問題ない」

ギデオンが言った。

「国王の様子を見ただろう？」

「動揺なさっているようには見えたけど……」

「おまえが何もしなくても、きっと、向こうから食いついてくる」

ほんとうだろうか？

仮にも国王がアデルのような小娘に簡単に籠絡《ろうらく》されたりするだろうか？

ふいに、屋敷の前で馬車が停まる音が聞こえた。

ちらり、と窓から外を窺い見て、ギデオンがひっそりと告げる。

「来たぞ」

「……え？　何が？」

「あの馬車は王宮からの使いだ。国王の親書を持ってきたに違いない」

ギデオンの灰色の瞳がほのかに熱を帯び、アデルは目を瞠《みは》った。

長い長い身廊《しんろう》を、メイナードがゆっくりと歩いてきた。

うしろには、宰相《さいしょう》のウェルズワースを始めとする側近たちを従えている。

高いところにある明かり取りの窓から差し込む陽光が、祭壇へと進むメイナードの姿をまぶしいほどに照らしていた。

堂々たる行進を天井画の天使たちが静かに見下ろしている。

メイナードが一段高く作られた王の席に着くと、身廊の両側に立ち並んでいた貴族たちがいっせいにそちらに視線を向けた。

衣擦れの音が漣《さざなみ》のように広がり、司祭が祈りを捧げる厳かな声が礼拝堂の隅々まで朗々《ろうろう》と響き渡る……。

居並ぶ貴族たちの一番後方の側廊《そくろう》の片隅でそれを見守っていたアデルは、思わず、詰めていた息をそっと吐き出した。

国王であるメイナードは、日に一度、こうして、王宮の礼拝堂でミサを行う。

初めて見た時には、あまりの厳粛さ、荘厳さに、圧倒されてしまって、しばらくは身じろぎ一つできなかった。

王宮は、美しいもの、まばゆいもので溢れている。

自分が、今、こんな場所に立っているなんて、とても信じられない。

メイナードは、敬虔《けいけん》なまなざしで祭壇を見上げ、司祭の声にじっと耳を傾けていた。

貴族たちの列の先頭――――つまり、メイナードに一番近い場所には、オーウェンがいる。

メイナードは未婚だ。ゆえに、子もいない。

先王の王妃は、モードリン、メイナード、オーウェンの三人の子を産んだが、そのうち、モードリンは死に、残っているのは、メイナードのほかは、オーウェンだけ。

国王メイナードの実弟で、王位継承権の一位にあるオーウェンは、この国では王の次に身分が高いことになる。

アデルはオーウェンと初めて会った夜のことを思い出す。

『我は高貴なる者！　おまえのような下賤《げせん》の者が触れてよい身ではないわ!!』

そう言って、オーウェンは激昂したけれど、確かに、アデルなど触れるどころか近づくことさえ許されぬ相手だ。

（ギデオンだって同じ父親の血を引いているのに……）

アデルは、視線だけを動かし、アデルのうしろに影のように寄り添っているギデオンを、ちらり、と窺い見る。

白いシャツに黒のダブレット。

地味な装いではあるが、そうしていると、どこかの貴族の子弟のようにも見える。

だが、それも当然のことか。

ギデオンの身体を流れる血の半分は高貴なる血なのだ。それも、王の血。

生まれながらの奴隷であるアデルとは違う。

それなのに、ギデオンを王の子として扱う者は誰ひとりとしていない。貴族たちは、ギデオンが王の子だと知っていながら、ギデオンを自分たちの仲間として迎え入れようとはしなかった。

　生まれた子の身分は、父親ではなく母親のそれに準ずるのが世の習いだ。元より、婚外子には、なんの権利も認められない。本来であれば、ギデオンはこの王宮にさえ足を踏み入れることは許されぬ立場なのだ。

　にもかかわらず、ギデオンがここにいるのは、メイナードの特別な計らいによる。

　貴族に取り立てることは無理だとしても、せめて家族のよしみを結びたい。

　どうやら、メイナードはそう望んでいるらしい。

（ほんとうに、やさしい人なんだわ……）

　アデルは、再び、祭壇に視線を戻す。

　ふと、メイナードの手に握られた笏《しゃく》が目についた。

　どこかで見たような笏だ。

（いったい、どこで見たのかしら？）

　そう考えて、アデルはそれがオーウェンが手にしていた笏とよく似ていることに気づく。

　確かめようとしたが、オーウェンの手に笏はない。

　そういえば、ラングフォード伯爵夫人の屋敷を訪問した時にも持っていなかった。

　あるいは、あれはギデオンや、ほかの粗相《そそう》をした使用人を殴る時のためのものなのだろうか？

まさかと思ったが、オーウェンならありそうな気はする。

やがて、滞りなくミサは終わり、メイナードが席を立った。

メイナードの姿が見えなくなると、貴族たちは三々五々出口に向かう。

波に流されるようにその列に従うアデルを呼び止めたのはラングフォード伯爵夫人だ。

「アデル。アデルや」

「伯母さま」

「久しぶりですね。元気にしていましたか？」

「はい。伯母さまもお元気そうで何よりですわ」

「どう？　王宮での暮らしには慣れましたか？　何か不自由はありませんか？」

「はい、おかげさまで」

アデルは、今、王宮で暮らしている。

メイナードにそう望まれたからだ。

ギデオンが予想したとおり、王宮からの馬車はメイナードからの親書を携《たずさ》えていた。

親書には、アデルに王宮へ上がるよう書かれていた。

『微力ながら、余も厚誼《こうぎ》あるラングフォード伯爵夫人のお役に立ちたいと存ずる。王宮で王の近く侍《はべ》ることは、ラングフォード伯爵夫人の姪御にとって何よりの行儀見習いとなることであろう』

要するに、王宮に住んで、王の身の回りの世話をしろということらしい。

その日のうちに承諾の返事を出し、翌日には王宮からの迎えの馬車が来た。

従者としてギデオンを伴いアデルが出仕すると、メイナードはことのほか喜んで、アデルに庭園の見下ろせる美しい一室を与えた。

ギデオンも王宮内の一室をあてがわれ、今まで同様アデルの従者を務めることとなり、今に至る。

何もかもがオーウェンの思惑どおりうまくいっている。

うまく行き過ぎて、むしろ、気味が悪いほどに。

「陛下はやさしくしてくださる？」

ラングフォード伯爵夫人の言葉には含みがあるような気がした。

（まさか、わたしが陛下を誘惑しようとしていることに気づいているのかしら？）

どきりとしながらも、アデルは平静を装い微笑みを作る。

「はい。陛下だけでなく、皆さま、とてもよくしてくださっています」

ラングフォード伯爵夫人は、そのいかにも人のよさそうな顔に笑みを浮かべた。

「そう。それはよかったわ。やっぱり、家族は一緒にいたほうがよいものね」

「え？　家族……？」

それって、いったい、どういう意味だろう？

問い返すより先に、ラングフォード伯爵夫人は、誰か知り合いを見つけたらしく、アデルから離れていった。

気になって、傍らのギデオンに小声で尋ねる。

「ねえ。今の、聞いてた？　どういうことかしら？」

ギデオンも小声で言った。

「夫人は、どうやら、おまえのことを陛下の妹だと思っているようだな」

妹!?

思わず声を上げようとして、アデルは口元を手で押さえる。

メイナードたちの父である先王は、城勤めの下女にギデオンを産ませている。

ラングフォード伯爵夫人に「もうひとり娘がいたっておかしくないわ」と思わせるのには充分な事実だろう。

アデルとモードリンの顔立ちは似ているし、仲介役はメイナードの実弟であるオーウェンだ。そこへきて『訳有り』とくれば、ラングフォード伯爵夫人が誤解するのも無理のないことだった。

(わたしが王宮に上がると告げた時、ラングフォード伯爵夫人が少しも驚かなかったのは、そのせいだったんだわ)

それとも、アデルの知らないところで、最初からそういう約束ができていたのだろうか？

もやもやした気持ちで立ちすくんでいると、横を誰かが通り過ぎた。

束の間、視線が合う。

オーウェンだった。

オーウェンの美しく青い瞳が「忠義を尽くせよ」とアデルを冷ややかにねめつける。

「そういえば」

ギデオンが言った。

「手紙が届いた。いつもの手紙だ」

いつもの手紙。ということは、ダリルからの手紙だ。

「どこ？　どこにあるの？」

「部屋の机の引き出しに」

アデルはしまいまで聞かずに駆け出す。

ダリルは希望だ。

奴隷のくせに、うそをついて王宮に上がり、皆をだまし、今また国王を誘惑しようとしている穢《けが》れた自分の、最後に残った良心だ。

ダリルがしあわせならそれでいい。

ダリルが立派なおとなになってくれさえしたら、ほかには何も望まない。

アデルは、金色に装飾された階段を上り、長い長い廊下を駆け抜けて、自分にあてがわれた部屋の扉を開ける。

引き出しの中には、ギデオンが言ったとおり、一通の手紙が入っていた。

アデルは、息を弾ませ、震える手で見慣れた封筒の封を切った。

いつもどおり便箋は一枚。すっかり上手になった字で、真摯《しんし》な言葉が綴られている。

親愛なるアデルさま

お元気でお過ごしでしょうか？

旦那さまから、あなたさまがとてもたいせつなお役目についておられることを伺いました。

立派にお勤めを果たしていらっしゃるあなたさまのことを、僕も誇りに思い、それを心の糧《かて》として、日々、精進を重ねております。

これもすべて旦那さまのお陰です。旦那さまには、いくら感謝してもしきれません。

どうぞ、僕のことは心配しないで、あなたさまはあなたさまのすべきことを果たしてください。

いつまでもあなたさまの幸福を祈っております。

あなたのダリルより

アデルは、便箋を胸に押し当て、しばし、瞑目した。

（ダリル。あなたこそ、わたしの誇りよ）

あなたがいるから、わたしは強くなれる。このおぞましいお役目も果たせる。

ふいに、ドアを叩く音が聞こえた。

アデルは急いでダリルからの手紙を畳み直して引き出しにしまう。

ドアを開くと、立っていたのは、国王付きの侍従だった。

そして、そのうしろにはメイナードが……。

「陛下……！」

アデルはあわてて頭を下げる。

メイナードが楽しげに笑った。

「頭を上げるのだ。アデル。そんなにかしこまらなくてもよい」

アデルは、言われたとおりに顔を上げ、戸惑いながらも訴える。

「わざわざ陛下にお運びいただくなどもったいのうございます。お呼びくだされば参りましたものを」

「一刻も早くそなたに会いたかったのだ」

メイナードの答えは屈託がない。

「そなたが来てくれるまでの時間が待ち遠しくて、余自ら来てしまった」

一国の王のくせに、子供のような人だわ。

アデルは思ったが、もちろん、それを口にするようなことはせず、代わりに無言で微笑みを浮かべる。

メイナードは、しばし、うっとりとアデルを見つめ、それから、おもむろに言った。

「今から余は庭園を散歩しようと思う。アデルに供を命じる」

「かしこまりました」

アデルは、膝を折り、頭を下げる。

「陛下のお供をいたします」

アデルが王宮に上がってからというもの、メイナードに誘われ、とりとめのない会話を交わしながら、ふたりで庭園をそぞろ歩くことが日課となっていた。

ほかには、特に、これといった役割を与えられず、メイナードと散歩をすることがアデルの務めのようなものだ。

これでは、王の近く侍ることにも、行儀見習いにもならないと思うが、メイナードは、そんなこと、気にもしていないように見える。

宮殿には広大な庭園があった。

小さな池や噴水、芝生の庭、小花の咲き乱れる小道。

どこもうっとりするほど美しいが、中でも、メイナードのお気に入りは薔薇園だった。

今はあいにく季節ではないが、その時が来ると、赤、白、ピンク、濃い薔薇色と、色とりどりの薔薇が咲き乱れ、甘い香りを漂わせるのだという。

「その美しさ、かぐわしさといったら。そなたにも見せてやりたい。ああ。早く時が過ぎればよいものを」

花のない薔薇園を前にメイナードはしきりに悔しがっている。

侍従たちは、つかず離れずの距離を保ち、薔薇園を楽しむメイナードとアデルを遠くからひっそりと見守っていた。

その中には、ギデオンの姿もあるはずだ。

ギデオンは見張っている。アデルがオーウェンの命令どおり、うまく自分の役割を果たすかどうかアデルを監視している。

ギデオンの視線を全身に痛いほど感じながら、アデルはメイナードに微笑みかけた。

「わたしも見とうございますわ。陛下」

メイナードの口からため息が漏れる。

「いつになったらメイナードと呼んでくれるのだ？」

アデルは困り果てて眉を寄せた。

「お許しくださいませ。そのような恐れ多いこと、わたしには、とても……」

「余が呼んでくれと頼んでもか？」

「……はい……」

「まったく。つれない女だなあ。そなたは」

何度繰り返されたかわからないやり取り。

そのたびに、本気なのだろうかとアデルは思う。

たとえ、アデルがほんとうに貴族の令嬢だったとしても、国王を名前で呼ぶなんて、あまりにも不敬だ。

だが、メイナードはどこか淋しげだった。その美しく青い瞳は、空ではなく、どこかもっと遠いところを見つめている。

「余は国王だ。誰もが余を陛下と呼び心からの忠誠と信頼を誓ってくれる」

アデルは言った。

「もちろんですわ。陛下。国民のすべてが陛下を愛しております」

「だが、代わりに、余は名を失った」

メイナードのまなざしが曇る。

「今や、余を名前で呼んでくれる者は誰ひとりおらぬ」

言われてみれば、そのとおりだ。

国王とは、どうやら、アデルが想像している以上に孤独なものらしい。

「昔は、余にも名があった。メイナードと名を呼んでくれる人がいた。父上。母上。それから……、姉上……」

メイナードの視線が再び空を仰ぐ。

「みんな死んでしまった。余を置いて、誰もいなくなった」

「陛下……」

こんな時、なんて言えばいい？　どんな言葉を口にすれば、メイナードの気を引ける？

戸惑う心に浮かんだのは、ギデオンに教わった魔法の言葉。

『いいか。その時は、こう言うんだ。わたしがいるわ。いつだって、わたしだけは、あなたの味方よ』

あれは、きっと、こういう時に使うべき言葉なのだ。

「陛下。わたしがおります。いつだって、わたしだけは陛下の味方ですわ」

アデルがそう口にすると、メイナードの唇から嗚咽《おえつ》にも似た声が漏れた。

「おお……！　おお……！　アデル……。アデル……。なんと、うれしいことを……！」

魔法の言葉のあまりの効果に驚きながらも、アデルは更に言葉を募らせる。

「ですから、そんな悲しいことをおっしゃらないで。陛下は決しておひとりではありませんわ」

「アデル……」

メイナードの青く美しい瞳の底に暗い炎が灯った。

いきなり抱きすくめられ、アデルは小さく悲鳴を上げる。

メイナードにはギデオンのような力強さはなかったが、それでも、必死になってしがみつかれて、とても振り払えない。

「お離しください。陛下」

アデルは震える声で訴えた。

「陛下……。陛下……。皆が見ています。どうぞ、お許しを……」

「いやだ」

メイナードが言った。アデルのくすんだ金の髪に押しつけられた唇から漏れ落ちる声は、少しくぐもっている。

「いやだ……。いやだ……。アデル……」

「陛下……」

「どうか、余を拒まないでくれ。このままでいさせてくれ」

一国の王に哀願され、どうして、それ以上抗《あらが》うことができようか？

アデルが強張っていた肩から力を抜くと、メイナードの腕の力もゆるんだ。

やさしい抱擁。

ギデオンとは違う、胸、腕、体温。

（わたし、この人に抱かれるんだわ……）

理解はした。

しかし、感情はついてこない……。

「すまない」

唐突に、メイナードが離れた。

代わりに、手を取られ、指先にくちづけられる。

アデルの手は、もう、青くない。すべすべしていて、白く、美しい。

「怒っているか？」

アデルと目を合わせず、メイナードは言った。

「そなたに嫌われたくない」

アデルは、メイナードをじっと見つめ、うっすらと微笑む。

「嫌いになどなりません」

「……アデル……」

「申し上げたはずです。わたしはいつだって陛下の味方だと」

メイナードの両手がアデルの頬を包んだ。

いとおしむように撫でられて、アデルはそっと目を伏せる。

唇を寄せられた。

吐息が触れ、メイナードの気配が濃厚になる。

あと少し。ほんの少しで唇が触れ合う。

その寸前、侍従の呼ぶ声が聞こえた。

「陛下。そろそろ宰相閣下がおいでになるお時間でございます」

見かねたのか。それとも、宰相であるウェルズワースとの約束がほんとうにあるのか。

どちらが真実なのかアデルにはわからなかったが、メイナードはアデルからそっと身を離す。

「帰ろうか。アデル」

しかし、アデルは小さく首を横に振った。

「わたしは、もう少し、散歩をしてから戻ります」

「そうか……」

メイナードは何か言いたそうだったが、結局、何も口にすることなく去っていく。

いかにも名残惜しげなその背中を見守りながら、アデルは詰めていた息を吐いた。

緊張した。背中を冷たい汗が流れ、胸の鼓動はいまだ収まらない。

心許ない気持ちで落ち着きなくあたりを見回すと、庭園の片隅でギデオンがじっとアデルを見ていた。

その灰色の瞳が、よくやったと言っているのか、それとも、アデルを咎めているのかはわからない。

ただ、まなざしは、アデルの肌を貫くほどに、鋭く、激しかった。


その翌日から、メイナードはアデルを散歩に誘わなくなった。

王宮内ですれ違っても声もかけられない。

今日のミサの時など、あからさまに目を背《そむ》けられた。

ソーニャ文庫
新刊情報
2016年9月
執着系乙女官能レーベル
Sonya
ソーニャ文庫
ソーニャ文庫公式webサイト http://sonyabunko.com
ソーニャ文庫公式twitter @Sonyabunko
裏面にお試し読み付き!
イースト・プレス

お試し読み

愛よりも深く

姫野百合

イラスト　蜂不二子

「そこは自分で……」

だが、男はそれを許さなかった。

アデルの痩せた身体を引き寄せ、その広い胸に抱き入れると、泡の立ったリネンでアデルの胸と腹を撫で回す。

「いや……。離して……」

逃げようにも、男の力は強く、その腕は檻《おり》のようだった。

「じっとしていろ」

耳元で低い声が命じる。

「役目を果たせと言っただろう？」

逃げ出したい気持ちを抑え込み、アデルは自分に言い聞かせる。

こんなの、男にとっては、家畜の世話をするのと同じ。

牛か馬にでもなった気持ちで、おとなしく男に身を委《ゆだ》ねることこそが、アデルの務め。

男は、リネンでたっぷりと石鹸を泡立たせると、そっと、アデルの胸から腹を擦った。

敏感な場所を他人にまさぐられるのは、恥ずかしく、くすぐったい。

思わず、唇から声が溢れる。

「……う……ふ……」

「痛いか？」

ここへ、おかえり

宇奈月香

イラスト　ひのもといちこ

「好きだ……」

彼はいつからこれほどの激情を抱いていたんだろう。気づけなかったのは、アリーナが心を隠していたせいなのか、それともクライヴが巧みに隠していたからなのか。

下腹部に生じた髪の感触にハッとした。

「や……っ、駄目！」

何をしようとしているのか本能的に察して、焦って彼を押しとどめようとした。伸ばした先で生ぬるい舌に舐め取られ、柔く噛まれた。

「あ……あっ」

鼻先が媚肉を突き、それよりもずっと柔らかいもので舐め上げられる。

「……ふ……ぅ、ん……んっ」

唾液を含んだ水音を立てながら、舌が何度も蜜襞の割れ目を往復する。舌先が媚肉に潜む花芯を探り当てると、吸いついた。

「ん……ぁ……ッ」

口腔の熱が過剰なほど伝わってくる。熱になれていない場所で感じた刺激は鮮烈で、そのたびにびくびくと腰が震えた。知らない感覚から逃げ惑う腰を、クライヴは易々と片腕で押さえ込む。反対の手の指に唾液を含ませると、それを蜜穴へとあてがった。

9月の新刊

愛よりも深く

姫野百合　イラスト 蜂不二子

とある高貴な男を誘惑するよう命じられた奴隷のアデル。教育係となったのは、苛烈なまなざしを持つ、ひどく寡黙な男。アデルは処女の身体のまま、毎夜、彼から与えられる快楽に溺れていく。彼女は予感していた。この男からはもう逃れられないことを……。

ここへ、おかえり

宇奈月香　イラスト ひのもといちこ

陰惨な事件の後、とある孤島でたったひとり、弔《とむら》いと償いの日々を過ごしていたアリーナ。そんな彼女の前に、陽気な青年クライヴが現れる。まっすぐに好意を向けてくる彼に翻弄され、淫らな夜を重ねるアリーナ。だが、二人は互いにある秘密を抱えていて……。

次回の新刊　10月5日ごろ発売予定

蜘蛛の見る夢（仮）	丸木文華	イラスト：Ciel
十年愛（仮）	御堂志生	イラスト：駒城ミチヲ

「わたし、何か失敗したのかしら」

アデルは焦ったけれど、ギデオンは冷静だった。

「気にするな。おまえはうまくやっている」

「でも……」

「そんなことより、手紙が来ていたぞ」

差し出された封筒を、アデルはギデオンの手からひったくるようにして受け取る。

いつもの封筒。いつもの便箋。書かれていることも、いつもと同じ。

『何もかも旦那さまのお陰です。旦那さまには、いくら感謝してもしきれません。どうぞ、僕のことは心配しないで、あなたさまはあなたさまのすべきことを果たしてください』

ふと、何かいやな感じがした。

（ダリル……。あなたは、今、しあわせなの……？）

もしかしたら、つらい目に遭っているのではないだろうか？　でも、手紙には書けなくて、だから、こんなふうに便箋の上にはいつも同じ言葉しか並ばないのではないのだろうか？

「……ダリル……」

会いたい。会いたい。一目でいいから顔が見たい。できるなら、声が聞きたい。

たまらなくなって、アデルはおずおずと重い口を開いた。

「……ダリルがどこにいるか、あなたは知ってる……？」

だが、ギデオンはにべもなかった。

「俺は知らない。あの日別れたきり、顔も見ていない」

なんて冷たい声だと思った。人間らしいぬくみどころか、感情のかけらさえすべて抜け落ちてしまったような声。

(この男に、そんなもの、求めても無駄なのよ)

ギデオンは普通ではない。ギデオンに人の心はない。でなければ、あのオーウェンに家畜のように飼われて平気でいられるわけがないではないか。

一度はあの腕に抱かれたこともあったのに。くちづけられ、甘い愛撫を受けて、身も世もない喘ぎを上げて、ともに快楽を紡《つむ》いだこともあったのに。

(それに、少しくらいはわかり合えてると思ってた……)

なのに、今、ギデオンは誰よりも遠い場所にいるような気がする。

「そう……」

アデルは力なく肩を落とした。

焦燥感《しょうそう》がじりじりと胸を焼く。不安だけが募る。

(旦那さまはほんとうに約束を守ってくれているのかしら?)

あの傲慢で残酷な男のことを信じても大丈夫なの?

落ち着かないまま、窓の外を見るともなしに眺めていると、誰かが部屋を訪ねてきた。

まずは、ギデオンが応対をする。

訪ねてきたのは、国王付きの侍従だった。

「アデルさま。陛下のお召《め》しでございます」

唐突だったので驚いた。

自分は嫌われてしまったのではなかったのか？

急いで支度《したく》をして侍従に従う。

ギデオンもうしろをついてきた。不自然ではない。表向きは、ギデオンはアデルの従者なのだから。

長い回廊を抜け、黄金の階段を下りる。

このまま庭園へ行くのかと思ったが、侍従が足を向けたのは、王宮の裏の奥まった場所にある瀟洒《しょうしゃ》な離宮へと続く回廊だった。

いつもはきっちりと閉まっている離宮の門が、今は開いている。

門の奥の、ごく最近念入りに手入れされたと見える扉の前には衛兵がふたり。アデルの姿を認めて、衛兵が恭しく扉を開くと、すぐに二階へと続く大きな階段が見えた。

床は生成り色の大理石。壁にはくすんだ薄い薔薇色の布が張られている。よく見れば、その布に織り込まれているのも薔薇の模様だった。

きっと、この離宮の住人はとても薔薇が好きな人だったのだろう。

そういえば、ここは薔薇園のすぐそばの丘の上にある。奥の部屋からは、きっと、薔薇園を一望できるに違いない。

濃い薔薇色の絨毯が敷きつめられた階段の前までアデルをいざなうと、国王付きの侍従はそこで足を止めた。

「陛下がお待ちです。ここからはアデルさまおひとりで……」

アデルは思わず振り向いてギデオンの顔を見た。

ギデオンは、いつもと変わらぬ感情など少しも感じられない灰色の瞳で、アデルを見下ろしている。

ドキリ、と鼓動が一つ大きく波打った。

緊張が高まる。

これから何が起こるかはわからないけれど、自分はそれをひとりで凌《しの》がなければならないのだ。

アデルは、小さくうなずくと、優雅な仕草でドレスの裾をさばきながら、ひとり、階段をゆっくりと上っていく。

上った先は薄暗い通路だった。その先の扉は開け放たれていて、そこから白く輝く光が静かに差し込んでいる。

まぶしいほどの陽光を全身に浴びながら、アデルは何かに導かれるようにしてその部屋に足を踏みいれた。

とても明るい部屋だった。

天井に届くほど大きな窓。透明なガラス越しに陽の光が差し込んできて、部屋をいっぱいに満たしている。

メイナードは窓際に立ち尽くして窓の外をぼんやり見ていた。アデルが部屋に入ってきたことに気づいているだろうに、振り向くことも、言葉を発することもしない。

アデルは、それ以上足を進めることなく、立ち止まって、膝を折り、頭を下げた。

「陛下。アデルでございます。お召しにより参上いたしました」

ようやく、メイナードがこちらを向く。

無言のまま手招きされ、アデルがおずおずとメイナードに近づいていくと、メイナードが口を開いた。

「どうだ？　美しいだろう？」

アデルはメイナードの傍らに立ち薔薇園を見下ろす。

「さようでございますね」

窓の外には、想像したとおり、薔薇園が広がっていた。薔薇が満開の時季を迎えるころには、それはそれはすばらしい天上にでもいるかのような光景が望めることだろう。

「ほかの部屋も案内してやろう。ついてくるがよい」

恭しく差し出された手を、アデルは素直に取る。

深い意味があってのことではあるまい。メイナードは紳士だ。紳士は貴婦人に対していかなる時であっても恭しい態度を取るよう教育される。

「この薔薇園を見下ろせる部屋がサロンだ。ここで客をもてなしたり、楽士を呼んで音楽を楽しんだりする」

　メイナードはそう言って次の部屋へとアデルを連れていく。

「こちらもサロン。先ほどよりは狭いし、ここからは薔薇を見られないので、堅苦しい話をする時にはちょうどよいだろう」

「まあ……」

　冗談めかした口調がおかしくて、アデルは少しだけ声を立てて笑う。

　メイナードも笑っていた。楽しげに見えた。

「その隣が食堂。それから、こちらが衣裳部屋。ここはこの離宮の主人の私室だ」

　おそらく、ここに住んでいたのは女性だったのだろう。椅子も、書きもの机も、男性が使用するにしては、いささか華奢《きゃしゃ》で小さかった。どこもかしこも愛らしく心和むこの建物には、きっと、似合いの主人だったに違いない。

「一階には、厨房とこの離宮で働く者たちのための部屋がある。別棟になるが礼拝堂も備えているのだよ」

「何もかもそろっているのですね」

「小さいけれど、礼拝堂もとても美しい建物だ。あとでそこも案内してやろう」

　そう言いながら、メイナードは主人の私室の更に奥にある部屋へとアデルを案内した。

　ここだけは、どういう部屋なのか説明されなくてもわかった。

　寝室だ。

薔薇のタペストリに、薔薇の飾り布。壁際に置かれた天蓋付きの寝台をやわらかに覆っている透けるほどに繊細なレースにも薔薇の花が織り込まれている。

「まあ。なんて、すてき……」

アデルは思わず感嘆のため息を漏らした。

「こんな寝室で眠ったら、きっと、とてもよい夢を見られることでしょう」

納屋《なや》の片隅で藁《わら》にくるまって寒さに震えながら見る夢とは、きっと、雲泥《うんでい》の差があるに違いない。

メイナードが微笑んで言った。

「気に入ったか？」

アデルも微笑んでうなずく。

「ええ。とても」

「よろしい。では、そなたにこの離宮を与えよう」

一瞬、耳を疑った。

離宮を与える。

それは、いったい、どういう意味だ？

「ここには、以前、姉上がお住まいになっていた」

メイナードの美しく青い瞳は、確かにアデルに向けられているのに、どこか遠いところを見ているようだった。

「そなたは姉上によく似ている。面差《おもざ》しも、仕草も、物静かなところもそっくりなそなたがこの離宮を使ってくれれば、姉上もお喜びになるだろう」

アデルは言葉に詰《つま》る。

どうしよう？　なんて言えばいい？　まさか、メイナードがこんなことを言い出すとは思ってもいなかった。

「……あ、ありがたき、しあわせにございます……。しかし、わたしには身に余る……」

おしまいまで言うことは許されなかった。

「ならぬ！」

メイナードがアデルの腕を摑む。

「断ることは、あいならぬ！　そなたはここに住まわねばならぬのだ！」

いつも鷹揚でやさしげなメイナードからは想像もつかぬ激しさだった。

アデルは、しばし、メイナードの瞳を見つめ、それから、そっと、目を逸らす。

「……陛下……。それはご命令でございますか……？」

「……アデル……」

「陛下は神にも等しいほど尊き方。陛下がそうしろと命じられるのであれば、忠篤《あつ》き臣下がどうしてそれを拒むことなどできましょうか？」

メイナードが、はっ、と目を瞠る。

そのまなざしからみるみるうちに力が失われていった。まるで花が萎《しお》れるように、メイナードは、くずおれ、床に両膝をついて、アデルのスカートに取りすがる。

「違う……。違うのだ。アデル……。余は命じているのではない。そなたに請うておるのだ」

「陛下……」

「かつて、この離宮には薔薇のような乙女が住んでいた。その美しき薔薇は、常に余の傍らにあり、余を和ませ慰めた。あのころ、余は幸福であった。愛は余と共にあった。なのに、薔薇は死んだ。余の愛は失われた……」

悲痛な声。

メイナードの一途《いちず》な思いが伝わってくるようで、アデルの胸も痛む。

「陛下はその方をとても愛していらしたのですね」

「ああ。愛していた。心から愛していた。ほかの女に目を向けたことなど一度だってない。初めて姉上をこの腕に抱いた夜、余がどれほど幸福であったか、誰にも推《お》し量《はか》ることはできまい」

「……え？」

姉上？

一瞬、自分が聞きまちがえたのではないかとアデルは思った。

姉上。モードリン。死んだ薔薇。モードリンは、もう、この世にはいない。

では、メイナードが愛していたのはモードリンだったのか。

そして、メイナードは実の姉をその腕に抱いた――。

（なんてこと……！）

おぞましき事実に、アデルは絶句する。

メイナードはモードリンを、姉ではなく、ひとりの女として愛していた。

だから、ラングフォード伯爵夫人に初めてアデルを引き合わせられた時、モードリンによく似たアデルを見て、あれほど動揺したのか。

（……そういうこと……）

すっと頭が冷えた気がした。

オーウェンはメイナードが実の姉に対して抱いていた禁断の愛を知っていたのだ。知っていたから、わざわざモードリンに面差しの似た奴隷を買い取り、手間暇をかけて貴婦人に仕立てた。

改めて、オーウェンのことをいやな男だと思った。

人の心の一番やわらかい部分を平気で弄び傷つける。

アデルはオーウェンがメイナードよりあとに生まれたことを心から感謝した。

たとえば、メイナードでなくオーウェンが国王になっていたら、今ごろ、この国はどうなっていたことか。

「だが、今、余の前にはそなたがいる。姉上とよく似たそなたが。きっと、姉上を失って嘆き悲しむ余を案じて、姉上がそなたを引き合わせてくれたのだ」

アデルが思わず眉をひそめたことなど知りもせず、メイナードは言った。

「だから、そなたは余の傍らにおらねばならぬ。……いや、いてほしいのだ。少しでも余を哀れんでくれる気持ちがあるのなら、頼む。どうか、余の気持ちを受け入れてくれ」

アデルのスカートに顔を埋めたまま切々と訴え続けるその姿は、とても一国の王のそれとは思えない。

アデルは両手でそっとメイナードの肩に触れる。

「陛下……。どうぞ、お顔をお上げになってくださいませ……」

だが、メイナードはまるで子供のように聞きわけがない。

「いやだ。いやだ。そなたがうんと言ってくれるまで、余はそなたから離れぬ」

くぐもって聞こえる声は涙声だった。

幼かったころのダリルを思い出す。ダリルもよくこうしてアデルのスカートにしがみつき泣いた。

震えが来た。恐れからではなく、自身を奮い立たせるための震え。

わかっている。これは、またとない好機なのだ。

アデルはアデルの役目を果たさねばならない。

ほかの誰のためでもなく、ただ愛しい弟ダリルのために。

アデルは姉が弟にそうするようにやさしく言い聞かせた。

「陛下。アデルはどこにも行きません。いつも陛下のおそばにいます」

ようやくメイナードがおずおずと顔を上げる。

「……まことか……?」

「申し上げたはずです。わたしだけは、いつだって、陛下の味方だと」

メイナードのまなざしに力がよみがえった。青く美しい瞳が喜びに輝く。

裏腹に、アデルの胸には暗い思いが満ちた。

それはなんとおぞましく残酷な魔法であったことか。

このような魔法をアデルに教えたギデオンは悪魔の申し子であったに違いない。

「アデル……。アデル……」

メイナードは、立ち上がると、アデルをそっと抱き締めた。

「愛している。アデル。余はそなたに心からの愛を誓う」

アデルは、そっと、メイナードの背中に両手を回す。

「アデルもでございます。陛下」

「メイナードだ。メイナードと呼んでくれ」

「はい。……メイナード」

「おお……」

歓喜の声を上げ、メイナードはアデルを抱いた手に力をこめる。

「愛している。愛している。アデル。そなたを愛している」

「はい」

「そなたも愛してくれ。余を愛してくれ」

アデルは、メイナードの額にかかる髪をかき上げ、指先で、そっと、その頬に触れた。

心にもない言葉が、いとも簡単に口から出ていく。

「愛していますわ。メイナード」

「アデル……」

ゆっくりと唇が近づいてきた。

アデルは、目を伏せ、くちづけを誘う。

唇に吐息を感じた。

唐突に、ギデオンのことを思い出す。

ギデオンとは数え切れないほどのくちづけを交わした。

愛のないくちづけだ。

それでも、アデルの心の中に何か刻んでいったものがあったのだろう。

唇が触れ合った瞬間、胸が軋《きし》むように痛んだ。

あのころは、何も考えることなく、ただギデオンに従っていればよかった。今思えば、まるで、蜜月のような日々だった。

だが、すべては、もう過ぎ去った。

これから、アデルはメイナードに抱かれる。

ギデオンではない男にこの身を委《ゆだ》ねる。

そっと触れた唇は、すぐに離れていった。

「アデル……」

手を取られる。ゆっくりと寝台に導かれた。

怖くはない。ただ、胸のどこかで何かが少し悲しいと思っているだけだ。

寝台の縁にふたり並んで腰かけた。

メイナードの手はしっかりとアデルのそれを握ったままだ。

指が絡み、そっと引き寄せられ、緊張に全身が強張る。

思わずメイナードを突き飛ばして逃げたくなる自分に、アデルは言い聞かせた。

(大丈夫。この方は、きっと、無体《むたい》なことはなさらないわ)

激情家のようだが、紳士で、その振る舞いはやさしくやわらかい。

アデルは、今更のように、ギデオンに感謝した。

この先、何が自分を待ち受けているかわかっているから耐えられる。

もしも、何も知らぬまま、今、この瞬間を迎えていたとしたら、きっと、怖くて怖くてたまらなかっただろう。自分を律することもできないほど余裕を失い、暴れたり、泣き叫んだりしていたかもしれない。

最悪、メイナードに愛想をつかされた可能性もある。それでは、自身に課せられた役目を果たすことはできない。

(大丈夫。できるわ)

だって、そのためにギデオンから夜の作法をたくさん教わったのだから。

「メイナード……」

瞳を伏せると、待ちかねたように唇が重ねられた。

おずおずと触れては離れてを繰り返すくちづけに脅えたふりを装ってアデルが小さく逃げを打つと、逃がすまいとするようにメイナードの腕に力がこもる。

「……ぁ……」

戸惑いを装ってかすかなため息をこぼせば、開いた唇の隙間からメイナードの舌が入り込んできた。

アデルが拒むことを恐れているのか、メイナードはひどく遠慮がちだ。アデルの口の中を探る舌の動きも、どこか拙《つたな》く、まるでキスを覚えたばかりの少年のようだ。

（純真な方なのだわ……）

ただ、モードリンのことが好きで好きで、ほかの女には目もくれず生きてきた、無垢《むく》で一途な人。

少しだけ、メイナードのことをいとおしく思った。

これほどまで愛されているモードリンのことがうらやましい……。

メイナードにはそうと悟られぬようアデルが少しずつ唇を開くと、その分だけくちづけは深くなっていった。

メイナードの指がガウンの上からアデルの胸にそっと触れた。丸みと重みを確かめるよ

ちの仕事。

シャツを着せるのも、下着をはかせるのも、湯殿《ゆどの》で身体を洗うことさえ、全部、侍従た
生まれてからずっと、メイナードは自分で自分の服の釦《ボタン》一つはめたことはないのだろう。

戸惑ったように言われて、アデルは少しだけ声を立てて笑った。

「……どうやって脱がせばよいのだ？」

うに掌がアデルの乳房を包む。


そんなメイナードが、どうやってモードリンを抱いたのか。

アデルは、メイナードの手をそっと取り、自身の胸元に導いた。

「この端を引っ張ってくださいませ」

メイナードがリボンの端を摘《つま》むと、するり、とリボンがほどけて胸元が開いた。

「おお」

メイナードの唇から感嘆の声が溢れる。

こんなことも知らないなんて。

（かわいそうな人……）

国王と崇《あが》め奉《たてまつ》られ、贅沢な王宮で何不自由なく暮らしていても、中身は子供で、心はいつも孤独なのだ。

メイナードは、リボンをほどくことを覚えたのが楽しくてたまらないのか、アデルの上着のリボンをすべてほどいていき、やがて、アデルを下着一枚にしてしまうと、アデルの

手を取り、自身の胸元に導いた。

「余の服はそなたが脱がしてくれ」

アデルはうなずき、メイナードの上着の釦に手をかける。

釦は、近くで見ると、きらきら輝く宝石でできていた。上着の布地はびっくりするくらい美しい青の絹で、その上に金糸銀糸で精緻な刺繍が施されている。

そういえば、オーウェンも青い上着を好んで着ていた。

確かに、この兄弟の青く美しい瞳によく映える色だけれど、でも、この色を見ると、今でも、ウォードを摘んでいたころの青い手をした自分のことが思い出されて、胸が疼く。

アデルは、ともすれば強張ってしまいそうな頬を、なんとか微笑みの下に押しやり、メイナードの上着を脱がせた。

レースの縁取りがされた絹のシャツ一枚になったメイナードは、アデルをそっと抱き寄せキスをする。

小さく唇を吸って、離れて。

戯れのようなくちづけが何度も何度も繰り返され、そのうち、ゆっくりと、メイナードが覆いかぶさってくる。

メイナードの意図を悟って、アデルは静かに背中を寝台に預けた。

真上からメイナードの美しく青い瞳がアデルを見下ろしている。

「アデル。余はそなたを愛しているのだ」

その瞳に激情が宿る。

先ほどまでとは打って変わった激しさで、メイナードはアデルの首筋に噛みついた。引きちぎる勢いでアデルの肩から下着を引き下ろし、露《あらわ》になった胸を両手で鷲掴《わしづか》みにする。

「ひっ……」

アデルはたまらず悲鳴を上げた。

今のメイナードは、いつものやさしげなメイナードではない。いきり立つ馬のように我を失っている。

「痛い……。痛い……」

アデルは、両手でメイナードの肩を押しやり、身をよじるようにしてもがいた。

「後生《ごしょう》でございます……。そんなに乱暴になさらないで……」

はっとしたように、メイナードの指からわずかに力が抜ける。

「すまない……。早く捕まえなければ、そなたがどこか遠くへ行ってしまいそうな気がして……」

アデルは両手でメイナードの頬をそっと包んだ。そうして、波打つ黄金の髪を撫でながらやさしく微笑む。

「大丈夫。アデルはどこにも行ったりしません。ずっと、おそばにおります」

「……アデル……」

「……だから、どうぞ、やさしくしてくださいませ……」

メイナードが意識して指から力を抜くのがわかった。

それでも、まだ少し痛くて、アデルはささやくように告げる。

「もっと、もっと、やさしく……」

アデルの乳房を包んでいる掌から更に力が抜け、指先がわずかに沈み込むほどになった。

そのまま、肌を撫でさするように丸みを包まれ、淡い快感が立ち上ってくる。

「そうです……。そうでございます……」

「こうか……？　これで…よいのか……？」

「はい……。お上手でございます……」

かすかに甘い吐息をつきながらアデルがそう答えると、メイナードがためらいながら言った。

「……気持ちよい、か？」

アデルは、少しだけメイナードから視線を外し、恥ずかしげな表情を装って答える。

「はい……。とても、ようございます……」

これもすべてギデオンから教わった手管。男の心を手玉に取るための魔法。

「おお……」

メイナードの青く美しい瞳が輝きを増した。

「そうか……。よいのか……。よいのか」

アデルの言葉に気をよくしたのだろう。メイナードがいきなり胸の頂に吸いついてきた。

舌を伸ばし、ぴちゃぴちゃと音を立てて一心にアデルの胸に咲く薔薇色の蕾《つぼみ》をねぶるその姿は、まるで犬のようだ。

今になって、アデルはギデオンの愛撫がとても巧《たく》みであったことを知った。

メイナードの愛撫は、ギデオンと比べ、拙くもどかしい。

しかし、ギデオンに仕込まれ敏感になった肌は、そんな愛撫でも容易《たやす》く快楽を拾い上げる。

「あぁ……」

甘い吐息が口をついて出た。

じわり、とぬくい痺れが下腹に広がり、官能が全身に染み渡る。

のけぞり、小さく震えていると、胸の頂を含まれた。

「あぁっ……あん……」

メイナードは夢中になってそこを吸い上げている。

幼子のように真摯な舌使いが、更なる官能を連れてきた。

気持ちいい。

ギデオンとは、唇の感触も、舌から伝わってくる体温も、もちろん、愛撫の巧みさも、何もかもが全く違うのに、それでも気持ちよくなれる自分が少し不思議だった。

これも、ギデオンのせい。ギデオンがアデルをそういう女に作り上げたのだ。

ふと、メイナードが唇を離した。

「どうだ？　気持ちよいか？」

聞かれて、アデルは小さくうなずいた。

「……はい……。気持ち、ようございます……」

メイナードの瞳にとろりとした笑みが浮かぶ。

「では、余がほんとうかどうか確かめてやろう」

メイナードの両手がするりと動いてアデルの両足にかかった。そのまま、大腿をぐいと押し上げられ、強引に開かれる。

「あっ……。だめっ……」

アデルはあわてて足を閉じようとしたが、ギデオンより線は細いとはいえ、メイナードも男だ。非力な女の身で抗えるわけもない。

「ほう……。確かに、濡れておるな……」

息もかかるほど近いところから、恥ずかしい場所をのぞき見られ、アデルは羞恥のあまり足をばたつかせる。

「だめです……。だめ……。離して……」

陽はまだ高い。小さな窓しかないこの部屋でも蝋燭が必要ないほどだ。

そんな明るい場所で、秘密の場所をつぶさに観察されている。しかも、そこは、はしたないほどに濡れそぼっていた。

「お願いでございます……。そんなところ、見ないで……」

だが、メイナードの力がゆるむことはなかった。

メイナードは食い入るようにそこを見つめている。

見つめられているだけなのに、さわられてさえいないのに、背筋を甘い疼きが駆け抜け、大腿がわななないた。

「あぁ……」

濡れそぼつ花弁がひくひくと勝手に震え、奥からとろりと蜜が流れ出す。

「すごいな……。また溢れてきた……」

メイナードがうっとりとした声で言った。

「なぜ、こんなに濡れておるのだ？」

「あっ…、あなたさまを…お慕い申し上げているからです……」

「なんとかわいいことを言う」

メイナードはその青く美しい瞳で、荒い息をつくアデルを満足そうに見下ろしていた。その目には自信が漲《みなぎ》っている。ギデオンの言うとおり、女を満足させられる自分に誇りを感じているのだろう。

「ああ……。まただ……。きらきらと光って、滴《したた》っていく……」

たまらず、アデルは身をよじった。

「あぁ……。いや……、いや……」

「何がいやなのだ？」

「……は、恥ずかしい……」

「そうか。恥ずかしいのか。では、もっと、恥ずかしくなることをしてやろう」

そう言って、メイナードが顔を伏せる。

あわいの内にあたたかなものが触れた。深く刻まれた溝に沿って、はしたなく濡れそぼつ場所を下から上へと動き滴る蜜をすくい上げる。

そのあたたかくぬめるものの正体は、メイナードの舌……。

「なりません……！」

アデルは悲鳴混じりの声を上げた。

「国王ともあろう方がそんなことをなさっては……」

だがメイナードは譲らない。

「よいではないか。そなたのこぼす蜜があまりにも美味《うま》そうだから、舐めてみたくなったのだ」

そう言って、何度も何度も下から上へと舌を這わせ、繰り返し蜜を啜る。

外側に溢れた蜜をすべて啜ってしまうと、メイナードの舌先が中に入ってきた。舌先が更に深い場所を穿《うが》ち、溢れ出してきた蜜をかき出す。

「あぁっ……。だめぇ……。だめぇ……。おかしくなっちゃう……」

拙い愛撫だった。まるで、壺に残った蜂蜜を惜しみ舌を突っ込んで舐め回す幼子のように無邪気な仕草だった。

だが、ギデオンに充分に仕込まれ敏感になったアデルの身体は、貪欲なまでに官能を拾い上げる。

「あぁんっ…あん……。あんっ…あっ…あっ……」

身体の内側がぼろぼろと剝《は》がれ落ちて奈落《ならく》の底に落ちていくようだった。代わりに空洞に満ちたのは暗い快楽。

「あぁ……。メイナード……」

気がつけば、アデルはその名を呼んでいた。

「メイナード……。メイナード……。どうしよう……。気持ちいいの……」

ギデオンをメイナードと呼んでいた時のように、快楽に浮かされた唇が勝手にその名を紡《つむ》ぐ。

偶然なのか、故意か、メイナードの舌が最も敏感な肉の真珠にたどりついた。ふっくらと熟《う》れ、薔薇の蕾のように色づいたそれを、舌先で押し潰し甘い菓子にでもするようにくるくると舐め回す。

「……あっ…あっ……あぁぁあぁぁぁっ……」

背中が、ぶるっ、と震えた。一気に快感がほとばしる。

「あぁっ……。メイナード……。メイナードぉ……」

身体の芯が甘く震えていた。

大腿が、びくん、びくん、と小刻みに痙攣し、快楽が指先まで染み渡る。

長く尾を引くような絶頂の余韻に漂いながら、アデルの心には裏腹に苦いものが広がっていった。

いく瞬間、アデルは無意識にメイナードの名を呼んでいた。快楽に我を忘れ、慣れ親しんだ名を、つい、口走っていたのだ。

もしも、ギデオンが、メイナードの名を騙《かた》ったりせず、最初から自分の名前を名乗っていたら、いったい、どうなっていただろう。

もしかしたら、快楽に浮かされ、メイナードの前で「ギデオン」と口走っていたのかも……。

想像して、ゾッとした。

そんなことになったら、いったい、どれほど恐ろしいことになるか。

オーウェンの企みは露見《ろけん》し、ギデオンもろとも処罰を受けることになるだろう。

アデルも奴隷なのに身分を偽って王宮にまで出入りしていたかどで死罪はまぬかれまい。

そうなれば、ダリルだって……。

(だから、なのね……)

今更ながら、アデルは、ギデオンがなぜメイナードだと偽りの名を名乗ったのか、その理由を正しく理解した。

ギデオンは、アデルがメイナードの褥《しとね》に侍った時、うっかり別の名前を呼んだりしないよう先手を打っていたのだ。

なんという念の入れ用だろう。あまりの緻密《ちみつ》さ狡猾《こうかつ》さに、全身が粟立つ。

「……怒ったのか？」

聞かれて視線を上げれば、メイナードが少し心配そうな顔をしてアデルを見下ろしている。

アデルは小さく首を横に振った。

「怒ってなどいません。申し上げたはずです。アデルはいつでもあなたさまの味方だと」

メイナードは泣き笑いのような表情になってアデルを抱き締めた。

「アデル……。アデル……。余は、国王である。だが、その前にひとりの男なのだ」

「もちろんでございます」

「そなただけだ。そなただけが、余にそれを許してくれる」

「メイナード……」

かわいそうな方。淋しい方。やさしい方。

（この人のことを、ほんとうに愛せたらいいのに……）

アデルは両手でそっとメイナードの背中を抱き締めた。

それを待っていたように、メイナードが身体をすり寄せてくる。

ふたりの下肢《かし》がぴったりと重なり合った。

昂《たか》ぶりが触れてくる。濡れそぼち、ひくつく花弁をかき分けるようにして、みっしりと充実した塊がアデルの中に入り込んでくる。

正直、アデルは高をくくっていた。

身の内に男のものを迎え入れたことはない。

そういう意味では、アデルはまだ処女だった。

だが、ギデオンの指と舌で散々慣らされ、今では身体の奥を弄《いじ》られていくこともできる。

もちろん、指一本よりも男のそれはかなり太くて長いが、受け入れ方を覚えた今、その二つにどれほどの違いもないだろう。

でも……。

ずる、とアデルの蜜のぬめりを借りて、メイナードの男が中へ入ってきたその瞬間、内側のやわらかい粘膜をびりびりと切り裂かれるような痛みが走った。

「あ」

痛い。痛い。痛い。

狭い場所を開かれる圧迫感も感じないほどに、最初に感じた痛みだけが身体の中心を突き抜けていく。

アデルが声も出せないでいるのに気づいたのだろう。

メイナードが気づかわしげにアデルの顔をのぞき込んだ。

「どうした？　アデル。どこか苦しいのか？」

アデルは急いで微笑みを作る。

せっかくここまで来て、やめられてしまっては元も子もない。

「平気です……。どうぞ、続けて……」

不審に思ったのか、メイナードがつながり合った部分に視線を落とした。

「ああ……。血が……」

メイナードの指先がそこをなぞる。ペン以上に重いものなど手にしたこともなさそうな美しい指がアデルの破瓜《はか》の証に染まる。

メイナードはその真紅をうっとりと見つめた。

「そうか……。これはそなたの純潔の徴《しるし》か」

その声は歓喜に溢れている。

「これで、そなたは余のもの……。身も、心も、すべて、余のもの……」

アデルは何も答えられなかった。

アデルの処女はメイナードに捧げられた。

そういう意味では、身体はメイナードのものになったのかもしれない。

だが、心は、まだ、誰のものでもない。アデルでさえ捕まえきれぬまま、どこかを彷徨っている。

「ああ……。アデル……。アデル……」

メイナードが押し入ってきた。

ずっ、ずっ、と狭隘《きょうあい》な肉の通路が開かれ、滾《たぎ》る塊がアデルの内を犯す。

メイナードはもう何一つ遠慮はしなかった。アデルの身体を組み敷き、自身の欲を、突き入れ、引き出し、また、奥へと押し込む。

ギデオンの声が脳裏で聞こえた。

『男を受け入れる時は、身体を強張らせてはだめだ。できるだけ力を抜け。そのほうが楽に入るし、男も気持ちいい』

アデルは言われるがままに身体の力を抜く。

『男の背に手を回し、掌で背中を撫でろ。いとおしいという気持ちを込めて、やさしく、やさしくだ』

メイナードの背中に手を回し、やさしく掌で撫で回すと、メイナードが恍惚《こうこつ》の表情を浮かべた。

気持ちが落ち着いたのか、それとも、中がメイナードの大きさになじんできたのか。

何も感じなかった身体の中で、淡い快感が芽生えた。

「ぁ……」

小さな喘ぎが唇からこぼれ、メイナードを受け入れている狭い場所が、きゅう、と収斂《しゅうれん》して昂ぶりを締めつける。

「ああ……。吸いついてくる……」

メイナードが呻《うめ》いた。

「すごい……。すごいぞ、アデル……。このまま搾り取られそうだ……」

「いや……。そんな恥ずかしいこと、おっしゃらないで……」

「だめだ。もっと、恥ずかしがるがよい。恥ずかしがっているそなたは、ことのほか愛らしい」

ひときわ深く、昂ぶりが突き入ってきた。

「あぁっ……」

ずしんと突き上げられるような衝撃が身体の奥に伝わって、脳のてっぺんで弾ける。

ふるりとやわらかな肉の筒が震え、やさしくメイナードに絡みついていくのがわかった。

メイナードは必死の形相《ぎょうそう》でアデルを貪っている。

アデルは、両腕でメイナードにしがみつき、甘い吐息を紡ぎ続け……。

ふいに、メイナードが動きを止め身を強張らせた。

「……っ……」

びくん、びくん、と体内でメイナードが脈打つのが伝わってくる。

身体の奥深くに注がれる熱い流れ。

メイナードがいったのだ。中で出された。

もっと悲しい気持ちになるのかと思っていたが、不思議なくらい何も感じなかった。

なんだ、と思った。

(なんだ。こんなものなの？)

処女だとか、処女じゃないとか、純潔だとか、みんなが大騒ぎするからどんな大事《おおごと》かと思っていたのに、終わってみれば、ひどくあっけない。

冷めていくアデルとは裏腹に、メイナードはいまだ歓喜の中にあるようだった。

名残惜しげに、アデルの乳房に顔を埋め、乳首に吸いつき、萎えたものを自身の放った白濁でぬるつくあわいに擦りつける。

両手でそんなメイナードをやさしく抱き締めながら、アデルは、あの森の中の館で、ギデオンとふたり、最後に過ごした夜のことを思い出す。

官能的な一夜だった。

蜜月の恋人たちのように甘やかな快楽をふたりして紡ぎ合った。

あの時、自分は既に純潔を失っていたのだろう。

確かに、メイナードの目の前で破瓜の血を流しはしたけれど、そんなの、瑣末《さまつ》なこと。

アデルは、ギデオンに快楽を一から刻み込まれ、あの夜、ついに、その腕に抱かれた。

そうして、処女ではなくなった。

身も、心も。

だから、何も感じなかった。悲しくもならなかった。

（あぁ……）

身体の芯に焔《ほむら》が宿る。

あの日、ギデオンに与えられた深い快楽を思い出し、肌が疼く。

子供のように無邪気に愛をささやくメイナードの腕の中で、ギデオンの甘い指先を恋しがる。

それは、とてつもなくふしだらなことだ。
アデルは、そんな自分に恐れおののき、ただ震えることしかできなかった。

五

「旦那さまはたいそうお喜びだ」

ギデオンはなんの感情も窺えない声でそう言った。

「国王を閨《ねや》に引き込めれば上出来と思っていたが、離宮まで賜るとはたいしたものだと、おまえの働きに満足しておいでのようだった」

「それで？」

アデルは、生垣から野放図《のほうず》に枝を伸ばそうとしている薔薇の蔓《つる》を手で避けながらそっけなく聞いた。

「それで、あなたもお褒めの言葉を頂戴《ちょうだい》したの？　もしかして、ご褒美でも賜った？」

庭師の意図せぬ成長をした蔓は即座に切られてしまう。この蔓も今日のうちに剪定《せんてい》されてしまうだろう。

人形も同じ。操り師の意に染まぬ行動を取れば、きっと、簡単に切り捨てられてしまう。

ギデオンは答えなかった。ただ、何を考えているのかわからない灰色の瞳でアデルをじっと見ているだけだ。

アデルはため息をつく。

この男と少しはわかり合えているると感じたこともあったのに。

今思えば、それも、皆、この男の策略だったのだろう。アデルの心を和らげ、男を誘うことに長けた人形に調教することを容易にする、卑怯な手管。

再び、ため息が口をついて出る。ギデオンの頑なな態度が腹立たしかった。

（結局、わたしには何も言いたくないということね）

アデルは、ギデオンから、ふい、と視線を逸らし、薔薇園の小道をたどる。

メイナードに純潔を散らされたあと、アデルは、王宮に与えられた一室に戻ることなく、そのまま離宮の女主人となった。

離宮には、専用の料理人と、衛兵、門番、アデルの身の回りの世話をする侍女が、メイナードによって選ばれ、その日のうちにアデルにも紹介された。

礼拝堂の司祭だけがまだ空席だが、それも近いうちに到着する予定だという。

ギデオンは今までどおりアデルに従者として仕えることになった。否も応もない。オーウェンが決めたことにアデルは逆らえない。

必要なものはすべて用意されていたし、王宮で使用していた部屋に置いたままにしてあった衣装も、宝石も、それから、書きもの机の引き出しの中の箱に大事にしまってあったダリルの手紙も全部、アデルが知らないうちに離宮に運び込まれていた。

おそらくは、それもギデオンの采配《さいはい》によるものなのだろう。

ギデオンらしいそつのなさだ。

改めて、ギデオンのことを恐ろしいほど頭の切れる男なのだと認識する。

と同時に、訝《いぶか》しく思う気持ちも増した。

(どうして、こんな人が、あの旦那さまの言いなりになっているの?)

もしかして、この男にもいるのだろうか?

たとえば、アデルにとってのダリルのような存在が。

問《と》い質《ただ》そうとして、アデルは口をつぐむ。

薔薇園の向こうからメイナードがやってくるのが見えたからだ。

「おお。ギデオン。よい日和《ひより》であるな」

メイナードがギデオンに近づいて、普通の兄が弟にそうするようにギデオンを抱き締めようとしたが、それよりも先に、ギデオンはひざまずき頭を垂れる。

行き先を失った両手を持て余しながら、メイナードはアデルに苦笑を向けた。

アデルはそっと微笑んでメイナードを見つめる。

メイナードは、アデルを抱き締め、やさしくキスをした。

「どうなさったのです?　たいせつな会議の最中では?」

「おまえの顔がどうしても見たくなって抜け出してきたのだよ」

甘ったるくささやかれ、アデルは困った顔をするほかはない。

アデルが離宮を賜ったことはまだ伏せられていた。王宮内でも知る者はごく一部だろう。

国王が結婚もせぬまま若い娘を囲うなど外聞が悪過ぎる。下手をすれば醜聞《しゅうぶん》にだってなりかねない。

　だが、メイナードは、そんなこと気にも留めていないようで、こうして離宮に入り浸っている。王宮内の自分の部屋に戻ることも稀《まれ》で、特に、夜は、ここのところ毎夜、アデルと同じ寝台で過ごしているのだから、ふたりの関係が巷間《こうかん》に知れ渡るのも時間の問題だろう。

「いけません。メイナード。どうぞ会議にお戻りになって」

　アデルがそうたしなめると、メイナードは途端に不満顔になった。

「なぜ、そんなことを言う。余が会いに来て、そなたはうれしくないのか？」

「とても、うれしゅうございます。アデルだって、いつでも、あなたさまのおそばにいたいと望んでいます。でも……」

「でも？」

「アデルは、王として立派にお務めを果たしていらっしゃるメイナードも、ただの男としてアデルのおそばにいてくださるメイナードと同じくらい大好きなのでございます」

「アデル……」

「国王として皆からの尊敬を一身に集めていらっしゃるメイナードを見るたびに、こんなすばらしい方に愛されているのだと、わたしまで誇らしくなります。そして、よりいっそう深いメイナードへの愛を感じて胸が震えるのですよ」

よくもこんなに空々しいことが言えるものだと自分でも思う。

だが、アデルは必死だった。国王が女に溺れて道を見失うなどあってはならないことだと、奴隷だったアデルにも――いや、奴隷だったからこそ、わかることだから。

「そなたがそこまで言うのなら戻るとするか」

メイナードがそう言ってくれた時はほっとした。

「でも、その前にキスをしておくれ。そなたがキスしてくれるまで、余は戻らぬぞ」

おどけた仕草で唇を突き出され、アデルは小さく苦笑する。

「まあ。メイナードったら……」

「ほら。早く、早く」

こういうところ、メイナードは駄々っ子そのものだ。自分のわがままはすべてかなえられるものだと信じて疑わない。

「仕方ありませんね」

アデルは笑いながらメイナードの頬に両手を添えた。そうして、少しだけ背伸びをして触れるだけのくちづけをする。

唇が離れ、しばし、見つめ合っていると、ふいに、強い力で抱き締められた。

再び唇が重なり、舌で唇をこじ開けられる。

くちづけはすぐに深くなり、ふたりの唇の間で舌が絡み合った。

「……んっ……」

官能を誘うくちづけ。夜、寝台の上で交わすような。

ずくん、と甘い痺れが背筋を伝い、男を受け入れる場所の一番深いところが疼く。

とろりと自分が濡れてくるのがわかった。

唇を離し、アデルはメイナードをにらみつける。

きっと、頬は上気し、瞳は潤んでいるだろう。

「いけません。こんなところで。皆が見ています」

自分はギデオンを連れていたし、メイナードのうしろには、もっとたくさんの護衛兵や侍従たちが控えている。

「彼らのことなど気にしなければよい」

「そういうわけにはまいりません」

「恥ずかしいのか？　アデルはほんとうにかわいいな」

「メイナード。もうキスはしましたよ。早く会議にお戻りになって」

渋々ながらもようやくアデルを離したメイナードが会議に戻っていくのを見送っていると、ふいに、背後で誰かが噴き出すのが聞こえた。

驚いて振り向いたアデルの目に、生い茂る蔓薔薇の陰に隠れるようにして立っている白《はく》髪白髭《はつはくし》の老人の姿が映る。

宰相のウェルズワースだ。

アデルが驚いて膝を折ろうとすると、その老人は笑いながら小声で言った。

「そのまま、そのまま。陛下に見つかるとうるさいですからな」

「……はい……。あの……」

「実は、私も会議を抜け出してきたのですよ。財務大臣の話は、どうも、長い上に退屈でかなわん」

そうこうしているうちに、メイナードの姿は門の向こうに消えて見えなくなった。

「そろそろよいかな」

あたりをきょろきょろしながらウェルズワースが蔓薔薇の繁みの陰から姿を現す。

アデルはウェルズワースに向かって膝を折り頭を下げた。

「よいよい。アデル殿。この年寄りにそのようにかしこまる必要はありません」

「でも……」

ウェルズワースは、身分こそ低いものの、先々代の王の時代から政治の中心で辣腕《らつわん》を振るってきた重鎮《じゅうちん》である。

まだ年若くいささか思慮の浅いメイナードが国王としてやっていけているのも、このウェルズワースの存在があってこそのことだと誰かが噂しているのを聞いたこともある。

「しかし、アデル殿もたいしたものですな」

言われて、アデルは、ドキリ、とした。

ウェルズワースはいつからいたのだろう？　もしかして、ギデオンとの会話を聞かれてはいないだろうか？

だが、アデルの危惧《きぐ》をよそに、ウェルズワースは笑顔で続けた。

「陛下をあのように言いくるめるとは、まったく、見事なものです」

「……いえ……、あの……、わたしは……」

「陛下は純真な方だ。好きなものにはほかのことなど目に入らぬほど夢中になってしまわれる。アデル殿のように分別のある方を陛下がお選びになったことを、私は神に感謝しました。あなたなら陛下の道を誤らせるようなことはなさるまい」

どうやら、疑われてはいないとわかって安心したが、同時に、暗い気持ちがこみ上げてくる。

（わたしはそんな女じゃない……）

自分は貴婦人に成りすました奴隷。オーウェンに命じられ、国王を籠絡するために王宮にやってきた。

「買いかぶりですわ」

ようようのことで、アデルはそう口にした。

「わたしはそのようにたいそうな女ではありません」

しかし、ウェルズワースは目を細め静かに微笑む。

「先日、アデル殿のことで陛下から相談を受けましたよ」

「……え……？　何を、ですか……？」

「何が欲しいと聞いても、アデルはいつも『何もいらない』と言う。アデルが欲しいと言えば、どんな贅沢でもさせてやる。衣装だって、宝石だって、望むなら領地さえ与えるつもりでいるのに、これではどうしてよいのかわからない。いったい、何をやれば、アデルは喜んでくれるのだろうか。とね」

「……」

「陛下は、並外れた権力と財力をお持ちだ。その恩恵にあずかりたいがために、陛下の寵《ちょう》愛《あい》を得ようとする。今まで陛下の周りにいたのは、皆、そのような者たちばかりです。だから、アデル殿に『いらない』と言われ、陛下は、驚き、戸惑っておいでなのですよ」

確かに、メイナードはことあるごとに「欲しいものはないか」と言い、そのたびにアデルは「何も」と答える。

農場でウォードを摘んでいたころのことを思えば、今はまるで天国にいるようだ。きれいな衣装を着ることができるし、住居はあたたかく清潔だ。黙っていても三食美味しいものを食べさせてもらえて飢えることもない。

これ以上、何を求めることがあるだろう？

黙り込んでしまったアデルに、ウェルズワースはやさしく言った。

「だから、私は陛下に申し上げました。『誠実を』と」

「……誠実……」

「アデル殿が一番望んでおいでなのは陛下の真心。なぜなら、それが愛し合うふたりにとって最もたいせつなものだからです。そうではありませんか？」

誠実。

そんなもの望めるわけがない。

だって、アデルはそれを返せない。最初からメイナードをだましているのに。

「わたしのような者が陛下にそれを求めるなど恐れ多いことです」

なんとかそう答えると、ウェルズワースは視線を上げた。

その思慮深い瞳が見つめているのは王宮の端にある物見の塔だろうか。それとも、その向こうに広がる青い空なのか……。

「陛下にはお味方がいらっしゃいません。陛下が唯一お心を許していらっしゃった姉君もお亡くなりになってしまった……」

「あの……、でも、陛下には弟君がいらっしゃるのでは……」

知っていて探りをかけるとウェルズワースが視線を戻し肩を落とす。

「オーウェンさまですか」

ウェルズワースの声は苦かった。その口調から、ウェルズワースがオーウェンのことをどう思っているのかアデルは察する。

「オーウェンさまの噂をお聞きになったことは？」

聞かれて、アデルは小さく首を横に振った。

「ございません」

王宮内でオーウェンと話をしたことはない。いつも、遠くからその姿を窺い見るだけだ。

「オーウェンさまは王家の威厳を大変重んじられる方です。ゆえに、ひとたびその威厳が傷つけられるようなことがあった時には、決してそれをお許しになりません。家臣に暴力的な罰を与えることもしばしばだと聞きます」

ウェルズワースは、オーウェンの立場を思ってか、たいそうやんわりと遠回しな言い方をしたが、ほんとうのオーウェンがそんな生易《なまやさ》しいものではないことをアデルはよく知っている。

オーウェンが重んじているのは王家の威厳などではない。自分の自尊心だ。

そして、その自尊心を傷つけられることなどなくても、気まぐれで暴力を揮《ふる》い、言葉で人の尊厳を貶《おとし》める。

「ですが、国の上に立つ者がそれではいけないのです。もちろん、威厳も必要不可欠でしょう。だが、それよりも、もっと大事なものがある。それは慈悲と慈愛の心です」

「慈悲と慈愛……」

「国民を思いやり愛することのない王の治める国がやがて衰退の道をたどることは、多くの歴史が証明しています。それは王を支える家臣においても同じこと。ここだけの話、私にはオーウェンさまが陛下をお支えするに足る方とは思えないのですよ」

アデルは目を伏せた。

「そのようなことをわたしなどにおっしゃってよろしいのですか？　もしも、そんなことがオーウェンさまのお耳に入りでもしたら、ウェルズワースさまのお立場が……」

だが、ウェルズワースは笑ってそれを一蹴《いっしゅう》する。

「あなたは今の話をオーウェンさまになさいますか？」

「いいえ。口が裂けても申しませんわ」

ウェルズワースが破顔した。

「そのようなアデル殿だからこそ、陛下のことをお頼み申し上げたい。どうぞ、末永く陛下のお味方でいてさしあげてください」

「わたしは……」

「陛下は純真な方です。オーウェンさまのことも弟として心から慈しんでおいでだ。私は、いずれ、その純真なお心につけ入られるのではと危惧しています。だから、アデル殿にも陛下のおそばで気を配っていただけたらありがたい」

ウェルズワースの言葉は真摯だった。

そこから、オーウェンへの警戒心が痛いほど伝わってきて、アデルをたじろがせる。

「こんな時、私は残念でならなくなるのです」

ウェルズワースが言った。

「残念？」

「ギデオンのことです。ギデオンが先代国王陛下の胤《たね》であることはご存知ですね？」

「存じていますわ」

アデルはうなずく。

「私は、以前、ギデオンが王宮にいたころ、彼の教師をしていたことがあるのですよ」

「まあ。そんなことが……」

「ギデオンの才覚を見込んだ先代の国王陛下が、ギデオンに国政の一翼《いちよく》を担わせるべく王宮に引き取って教育を受けさせようとしたことがあったのです。結局、王妃さまから横やりが入り、国王陛下の思いはかないませんでしたが……」

「そうでしたの……」

そうか。だから、ギデオンはあのようになんでも知っていたのか。

文字も、歴史も、ダンスも、貴婦人の持ち物にさえ詳《くわ》しかったのは、そのころの教育の賜物か。

「私は何人かの生徒を持ったことがありますが、ギデオンは、中でも、最も優秀な生徒でした。何しろ、教えたことはなんでもすぐに覚えてしまうのです。ギデオンには一を聞いて十を知る聡明さがありました。惜しいことです。母親の身分がもう少し高ければ、せめて、王妃さまにあれほど疎んじられることがなければ、ギデオンはまちがいなく王の側近となっていたでしょう。宰相となる器でさえあったかもしれないのに……」

ウェルズワースが落胆を隠そうともしないまなざしをギデオンに向けた。

ギデオンはアデルとウェルズワースからは少し離れた位置に控えている。

今の会話がギデオンの耳に届くことはなかったのか、その灰色の瞳には、やはり、どんな感情の揺らぎも見出せない。

もっとも、聞こえていたところで、ギデオンが感情を露にするとも思えないが。

アデルは、そっと目を伏せ、視界からギデオンを追いやると、ウェルズワースに質問を向ける。

「ウェルズワースさまは、わたしのことが気にならないのですか？」

「気に？　はて。何を、ですかな？」

「わたしは亡くなった陛下のお姉さまによく似ているのでしょう？　そんな女が陛下に近づけば、普通は警戒なさるのでは……？」

ウェルズワースは「ふむ」と言って少し難しい顔になった。アデルよりもずっと長い時を生きてきた老人の頭の中で何が渦巻いているのか、アデルには推し量る術《すべ》もない。

「そうですな。アデル殿にはお話ししておいたほうがよいのかもしれない」

「何をですか？」

「モードリンさまのことです」

「……陛下のお姉さま、ですね」

ウェルズワースは静かにうなずいたあとおもむろに昔語りを始める。

「陛下のご両親――――つまり、先代の国王陛下と王妃さまの仲は、あまりうまくいっているとは言えませんでした。陛下は王妃さまとの間に三人の子を成したあとは、責任は果たしたとばかりに王妃さまを疎んじられるようになり、王妃さまは王妃さまでほかの女に目を奪われる陛下を憎んでおいでだったのです」

「……そう、だったのですね……」

「そんなわけですから、おふたりとも、三人のお子さまを顧みられることはほとんどありませんでした。とはいえ、メイナードさまは次の国王となる身。オーウェンさまとは扱いも違えば、その幼い肩にかかる重圧も並大抵のものではありません。そんなメイナードさまを、時には母のように、叱り、励まし、支えたのがモードリンさまだったのです」

かわいそうなメイナード。仮にも王太子ともあろうものが、そんな淋しい少年時代を過ごしただなんて。

「メイナードさまもモードリンさまを慕われ、それはそれは微笑ましいおふたりの姿に、皆、こぞって目を細めたものです。でも、メイナードさまは一途な方だった。一途過ぎる方だった。年ごろになるにつれ、メイナードさまがモードリンさまをご覧になる目が、姉を見るそれではないことは、誰の目にも明らかとなったのです」

「……モードリンさまは……？　モードリンさまも陛下を……？」

ウェルズワースが首を横に振る。

「おふたりが恋仲でいらしたのかどうかは誰にもわかりません。ことが公になるよりも先にモードリンさまがお亡くなりになってしまったので……」

「……そう……。そうですの……」

「あれをご覧ください」

アデルはウェルズワースが指差した先を見た。

王宮の物見の塔。

少し前、この老宰相は随分と熱心にあの塔を見つめていたが……。

「モードリンさまはあそこから落ちて亡くなったのです」

「まあ……」

「口さがない者たちは噂しました。モードリンさまは、陛下の求愛に悩み、ついには自ら身を投げたのだと」

「……それは、ほんとうのことなのですか……？」

「ただの噂です。陛下は、事故だとおっしゃって、その噂を頑なに否定しておいでですが、真実はモードリンさまにしかわかりません」

ウェルズワースが力なくうなだれる。

「以来、陛下はモードリンさまの思い出に囚われておいでです。結婚し、世継ぎを儲《もう》けることも王の務めであると、私共がどんなにお諫《いさ》め申し上げても聞く耳を持ってくださいません。ほかの女性には目もくれず、ひたすらにモードリンさまだけを思い続けていらっしゃる」

「……はい……」

「そういう次第ですから、陛下にはいまだ跡継ぎがいらっしゃいません。もしも、今、陛下の御身《おんみ》に何かあれば、次の王はオーウェンさまとなるでしょう。私は半ば覚悟を決めておりました。あの方からこの国を守るために私の持てるすべてを投げ打つつもりでおりました。でも、あなたが現れた」

アデルはウェルズワースに視線を向けた。

ウェルズワースの瞳には力強い光が宿っている。

「私は、アデル殿に初めてお会いした時、これぞ神の思し召《おぼめ》しだと思いました。モードリンさまに面差しのよく似たあなたであれば、陛下も心を動かされるに違いないと」

「……わたし……。わたしは……」

「アデル殿。あなたは、美しいだけでなく、心穏やかで、慎み深い。加えて、身元もしっかりしている。ラングフォード伯爵夫人の姪だというのなら、王妃となるに、なんの支障もありません」

「……王妃……？　わたしが……？」

「アデル殿。どうぞ、この国の未来をお救いください。私は宰相としてアデル殿に心からお願い申し上げる」


王妃。

わたしが王妃。

（そんなの無理よ。無理に決まってる）

ウェルズワースからその言葉を聞かされてからというもの、何十回、何百回となく繰り返してきた言葉を、アデルは胸の中でつぶやいた。

自分は奴隷だ。周囲を欺《あざむ》き、王妃になどなったりしたら、いったい、どんな天罰が下ることか。

想像しただけで、震えが止まらなくなる。

思うに、アデルが行儀見習いとして王宮に上がって以来、ウェルズワースはアデルをこっそり値踏みしていたのだろう。これまで宰相として国政の中心に君臨した経験と、年老いていっそう増した用心深さとで、アデルが国王のそばに侍るに足る女かどうか観察していたに違いない。

薔薇園で遭遇したあの日も、財務大臣の長話に辟易《へきえき》して息抜きに来たようなことを言っていたが、ほんとうは、アデルとふたりきりで話す機会を窺っていたのだ。

正に、老獪《ろうかい》と呼ぶに相応しい。オーウェンやギデオンとは、また違った意味で恐ろしい相手だ。

今のところ、ウェルズワースはアデルのことをラングフォード伯爵夫人の姪だと疑ってもいないようだが、だからといって、安心はできなかった。

そのラングフォード伯爵夫人だって、最後まで秘密を守ってくれるかどうか保証はないではないか。

ラングフォード伯爵夫人は、おそらく、アデルのことを先王の落《お》とし胤《だね》だと思っているはずだ。だからこそ、オーウェンの依頼を快く引き受けアデルを自分の姪としてメイナードに引き合わせたし、アデルが王宮に呼ばれたことも喜んでくれた。

おそらくは、アデルが国王の妹として遇されたのだと誤解して。

だが、アデルがメイナードの妃になったことを知ったら？　その時、ラングフォード伯爵夫人は、いったい、どうするだろう？

あの娘はほんとうは誰なのかとオーウェンを問いつめる？

そうしてみたところで、オーウェンが答えるとは思えない。

のらりくらりとかわされ、不審に思ったラングフォード伯爵夫人が誰かに相談し、それが、回りまわってウェルズワースの耳に入りでもしたら？

ああ。そんなことになったら、きっと、ウェルズワースはその磨き抜かれた観察眼で真実を見抜いてしまう。

（どうしよう……）

焦りがこみ上げる。

なんとかして、うまく逃れなくては。

ギデオンには相談できない。ギデオンに言えば、すべてオーウェンに筒抜けになってしまう。ウェルズワースがオーウェンを快く思っていないことをオーウェンが知れば、オーウェンのことだ。ウェルズワースに何をするかわからない。

（でも、どうすれば……）

アデルは、ちらり、と部屋の隅に控えているギデオンを窺った。

余計なことは言わず、主人には忠実で、知識も豊富。物腰も洗練されている。

誰もがギデオンを有能だと褒めた。

『さすがは国王の血を引いているだけはある』

『貴族の中にもあれほどの人物は珍しい』

だが、そのあとに続く言葉も、皆同じだ。

『でも、母親があれではねぇ？』

ギデオンがなぜオーウェンに従っているのか、アデルにはいまだにわからない。

ギデオンの灰色の瞳が感情を映さないからといって、その心の中までもが同じとは限らないのだ。

ギデオンの住まう闇は、もしかしたら、アデルが思っているよりもはるかに深く暗いのかもしれない……。

アデルの視線に気づいたのだろう。ギデオンが口を開いた。

「何か御用でしょうか？　アデルさま」

ここは人目がある。隣室には侍女たちも控えているし、階下には使用人や衛兵もいた。

従者であるギデオンが『アデルさま』と呼ぶのは正しいことだ。

だが、そのことをとてつもなく淋しく感じた。

かつて何度となく触れ合った肌の記憶がそう思わせるのか、それとも、今でもギデオンと自分の魂にはどこか似た部分があるのではないかとどこかで信じているせいなのか、自分でもわからない。

わかるのは、以前のように「アデル」と呼ばれたいと望む自分が確かにいるということだけ。

アデルは何も答えないままギデオンをじっと見つめた。

感情などかけらも浮かんでいない灰色の瞳がアデルを見つめ返す。

ずくん、と身体の奥が疼いた。股の間がしっとりと潤む。

毎日のようにメイナードに抱かれているのに、なんとふしだらなことだろう。

それでも身体は正直だ。

ギデオンの甘い指を恋しがってひくひくと蠢《うごめ》く。

「……っ……」

たまらず、吐息が唇から溢れた。情欲をたっぷりと含んだ淫らな吐息だ。

ギデオンの唇にふっと笑みが浮かんだ。

乳房を掴み、たくましい大腿で両足を押し広げ、獣のようにのしかかってアデルを睥睨《へいげい》したあの日と同じ、官能的な……。

「……ふ……」

背中を震えが駆け抜けた。くちづけさえ交わしていないのに、上りつめた時と同じように、全身がわななき、熱くなる。

がくり、と力が抜けた。

頬を紅潮させ、かすかに息を弾ませながら、アデルが椅子の肘掛けに身体を預けていると、階段を上がってくる忙しない足音が響いてくる。

おそらく、メイナードだろう。

あわてて身を起こし、居ずまいを正していると、開いたままの扉からメイナードが飛び込んできた。

「アデル！」

挨拶をする暇もなく、抱き締められ、くちづけられる。

メイナードのうしろには、もちろん、侍従や衛兵がぞろぞろ従っているが、メイナードは彼らの目など少しも気にしない。

生まれた時から大勢の侍女や侍従や兵士たちにかしずかれるのが当たり前だったメイナードの目には、彼らのことなど風景の一部としか見えていないのだろう。

最初はメイナードのするに任せていたアデルだったが、いたずらな指がガウンのスカートとペチコートをたくし上げ、唇が胸元をさまように当たって、さすがに、抵抗せざるを得なくなった。

「なりません。メイナード。およしになって」

「なぜだ？　アデルは余が嫌いなのか？」

「大好きですよ。でも、何かご用事があっていらしたのではないのですか？　それをお聞かせくださいませ」

弟を諭すようにそう言うと、メイナードが渋々ながらいたずらをやめる。

メイナードの扱いにも少し慣れた。

メイナードは、純真で一途だが、その分、自分の立場をわきまえないところがある。

子供と同じなのだ。

「そうだった。この離宮の礼拝堂にようやく司祭が到着したのだ。そなたも一緒に挨拶に行こう」

アデルが来た時には何一つ欠けたものなどないほど用意ができていた離宮だが、唯一、司祭の手配だけが間に合っていなかった。

モードリンが亡くなったあと、この離宮に立ち入る者は誰ひとりとしてなく、門さえ固く閉ざされていたことをアデルが知ったのは、ここに住むようになって随分経ってからのことだ。

「礼拝堂、でございますか……」

アデルは、毎朝のミサも、礼拝堂という場所自体も好きではなかった。

自分は大うそつきだ。今もたくさんの人をだまし続けている。

その罪悪感が、アデルを神から遠ざける。

だからといって、メイナードの誘いを断ることもできなかった。断るには理由が必要だ。

そして、その理由をアデルは口にできない。

仕方なくメイナードに言われるがまま、丘の上の木立の中から離宮を見守るようにして建てられている礼拝堂へと向かうと、メイナードは礼拝堂の入り口でギデオン以外の侍従と衛兵にそこで待つように伝えた。

「ギデオン。そなたはついてくるがよい。よいな？　アデル」

聞かれて、アデルはうなずく。ギデオンの主人はアデルでメイナードではないが、だからといって、王の命令を拒めるわけもない。

離宮の礼拝堂は、王宮の礼拝堂に比べると、かなり狭くこぢんまりとしていた。柱も壁も漆喰《しっくい》の白のままで、過剰な装飾は施されていない。人によっては地味でそっけないと言うかもしれないけれど、アデルは王宮の礼拝堂よりも、こちらの礼拝堂のほうが心安らぐ気がする。

モードリンはどうだったのだろう？　彼女は、ここで、いったい、何を祈ったのだろうか？

メイナードに手を取られ、ギデオンのみを従えて身廊を進んでいたアデルは、礼拝堂の奥で待ちかまえていた人物を見て息を飲む。

祭壇の前にいるのは見たことのない老人だが、服装からして司祭だろう。

左にいるのが宰相のウェルズワース。

そして、もうひとりはオーウェン……。

（なぜ？　どうして、ここに旦那さまが？）

アデルは激しく動揺したが、メイナードやウェルズワースの前で取り乱すわけにはいかない。なんとか口元を引き締め、うつむくことでやり過ごす。

「ふたりとも、呼び出してすまない」

メイナードが言った。

オーウェンがかつてないほどの愛想のよさで返す。

「ほかならぬ兄上のお召しです。何をおいても参上するのが弟の務めというものですよ」

メイナードは満足そうに笑って両腕でオーウェンを抱き締めた。

オーウェンも、仲のよい兄弟なら当然そうするようにメイナードの背中を抱き返したが、その目が少しも笑っていないことにアデルは気づいていた。

メイナードは、そんなことには思い及びもしないのか、にこにこと笑って驚くべきことを告げる。

「今日、そなたたちに来てもらったのはほかでもない。余は、今、ここで、このアデルと結婚しようと思う。そなたたちには立会人になってもらいたい」

アデルは何も言えなかった。驚き過ぎて、声も出なかったのだ。

「それは、めでたい」

拍手をしたのはオーウェンだ。

「ついに、兄上も妃を娶《めと》られる気におなりになったか」

「そうか。祝福してくれるのか。オーウェン」

「兄のしあわせを喜ばない弟がおりましょうか」

　メイナードは相好を崩し今度はギデオンに話しかける。

「ギデオン。そなたはどうだ。喜んでくれるか？」

　ギデオンは、慇懃《いんぎん》に頭を下げ、抑揚のない声で答える。

「陛下のご結婚は国民皆の喜びでございます」

　アデルは愕然とした。

　オーウェンもギデオンもアデルの正体を知っているのに、なぜ、異を唱えない？

　途方に暮れ、アデルはウェルズワースに視線を向けた。

　仮にもウェルズワースは宰相を務める身。いくら国王とはいえ——いや、国王だからこそ、そのような勝手を許すまい。

　アデルのすがりつくような視線を受け、ウェルズワースは少し困った顔をして口を開く。

「本来、国王の妃は議会での承認ののち、選ばれるべきものですが……」

「そのようなまどろっこしい手続きが終わるのを、余はとても待ってはおられぬ。一刻も早くアデルと結婚したいのだ」

　メイナードのいらだちを隠そうともしない声がウェルズワースを遮った。

「国王である余が決めたのだ。誰にも文句は言わせぬ。司祭殿にもご到着次第結婚をしたいと申し上げてある。始めからそのつもりでおいで願ったのだ。のう？　司祭殿」

　メイナードの言葉に、司祭はその温厚そうな顔に満面の笑みを浮かべる。

「陛下のお申しつけどおり、準備はすべて整ってございます」

「余はこの日を待ちわびていたのだ。誰にも邪魔はさせぬ」

ウェルズワースがため息をついた。

「仕方ありませんな。お相手がアデルさまであれば、私もむげに反対はできませぬ。あわただしくて大変申し訳ありませんが、アデルさま、そういう次第でございますので、どうぞ、ご了承くださいませ」

少しも申し訳なさそうでない様子でウェルズワースがそう言うのを聞いて、アデルは、ああ、と心の中で嘆きの声を上げる。

おそらく、この一件を仕組んだのはウェルズワースだ。さりげない言葉でメイナードを煽《あお》り、その気にさせた。

司祭に事前の段取りをつけたのもウェルズワースの仕事だろう。メイナードひとりでそのような策謀を謀《はか》れるとはとても思えない。

どうしよう?

これでは、もう、逃れられない。メイナードと結婚するよりほかはない。

「議会には私が根回しをいたしましょう」

ウェルズワースが言った。

「それが済むまでは、しばらく、公表をお控えになるがよろしいかと存じます」

メイナードがうなずく。

「わかっている。それまでは皆にも秘密だ。アデルもそのつもりでいるように」

仕方がなかった。アデルにできることはそれしかなかった。

アデルは今にも消え入りそうな声で答えた。

「……はい……」

「では、おふたりはこちらへ」

司祭がアデルとメイナードに向かって手招きをした。

アデルは、蒼白な顔のまま、祭壇の前にメイナードと並んで立つ。

司祭が厳かな声で愛について語り始める。うそを憎み、礼節を心がけ、節操を守ることが神の愛に応えることだと道を説くその声が、意味をなさぬまま、耳の奥を素通りする。

何も考えられなかった。頭の中では、ただ「どうしよう？」とそれだけがぐるぐると渦を巻いている。

己の罪が怖かった。

できるものなら、ここで神の前にひざまずき懺悔《ざんげ》したい。すべての真実を告白してしまいたい。

だが、アデルにはそんな勇気はなかった。

ただ、身を強張らせたまま、運命に流されていくだけ……。

「宣誓書にサインを」

メイナードに言われて予め用意していたのだろう。司祭が宣誓書を差し出す。この中で一番身分の低いギデオンが、司祭の助手を務めた。

アデルは無言でペンとインクを差し出すギデオンを見る。

ギデオンの灰色の瞳には、いつものとおり、なんの感情も浮かんでいない。

震える手でペンを取った。

青い手をしていたころは、読むことさえできなかった自分の名前を、今のアデルは書くことができる。

だが、それをこんなにも呪わしいと思ったのは初めてだった。

アデルとメイナード、それから、立会人であるメイナードのふたりの弟がサインし終わり、司祭は朗々と声を張り上げる。

「神の前にてお二方が夫婦となられたことをここに宣言いたします」

アデルがおそるおそるメイナードを見上げると、メイナードはこれ以上ないほどのしあわせそうな顔をしていた。

「これでそなたは余のものだ」

「メイナード……」

「今度こそ、離しはせぬ。何があっても……。何があっても……」

メイナードの青く美しい瞳の奥に翳《かげ》が宿る。

深い深い淵をのぞき込んだ時のような、底知れぬ闇。

背中を冷たいものが走った。

（この人はこんな冷たい目をする人だっただろうか？）

だが、戸惑いは一瞬だった。メイナードはすぐにいつものやさしい笑顔に戻って司祭に感謝の言葉を述べている。

アデルは、メイナードに背を向け、小さく息を吐いた。

（今のはなんだったのかしら？）

なんだか、とてつもなく不安な気持ちがこみ上げてくる。

震えるアデルの耳に衣擦れが届いた。

顔を上げれば、すぐ近くにオーウェンが立っている。

「よくやったな。青き手の女よ」

誰にも聞こえぬような小声でオーウェンは言った。

「おまえの弟も喜ぶぞ」

アデルは身動き一つできずにそれを聞いていた。身体が凍りついてしまったようだった。

オーウェンの声が脳裏で木霊《こだま》する。

おまえの弟も喜ぶぞ。おまえの弟も喜ぶぞ。おまえの弟も喜ぶぞ……。

今になってわかった。

あの夜、オーウェンがアデルと一緒にダリルを染物屋から買い取ってくれたのは、アデルとの取引に応じたからでも、ましてや親切心からでもない。

ダリルは人質なのだ。アデルがオーウェンを裏切らぬよう、そのためにオーウェンはダリルを買った。

(わたしは、なんて愚かな……)

この男を信じてはいけないとわかっていたはずなのに、病に苦しむダリルを助けたい一心で、オーウェンの甘い言葉にすがりついてしまった。

不安がこみ上げてくる。一気にふくれ上がり、濁流のようにアデルを呑み込む。

ダリルは、今、どこにいるのだろう？　あるいは、どこか牢獄のようなところに閉じ込められているのだろうか？

(まさか……、もう死んでいるなんてことは……)

だから、オーウェンはダリルに会わせようとしないのか。死んだ人間には会わせようがない。

(いいえ。そんなことないわ)

アデルは、急いでその恐ろしい考えを自身で打ち消す。

(だって、手紙が来るじゃないの)

でも、あんなもの、簡単に偽造できる。

もしも、あれがダリルからの手紙でないとしたら……。

ふいに、肩を抱かれた。

「ひっ」

「どうしたのだ？　アデル。顔が青いぞ」

メイナードだった。

アデルは、壊れそうなほどに鼓動を刻む胸を押さえ、なんとか笑顔を作る。

「なんだか緊張してしまって……」

「驚かせてしまったか？」

「はい……。いいえ……。あの……」

「秘密の結婚となってしまったことを許してくれ。いずれ、ウェルズワースがうまくやった暁には、盛大な披露目をしよう」

うなずくのがやっとだった。

メイナードに寄り添いながら、アデルはギデオンをそっと窺う。

ギデオンは、ただじっと、その灰色の瞳でアデルを見つめていた。


メイナードと秘密の結婚をしてからも、アデルの生活はさほど変わらなかった。

今まで同様離宮に住まい、特に誰と親しくすることもなく昼を過ごし、夜はメイナードと褥を共にする。

少しだけ変わったことがあるとすれば、胸元の開いた衣装を身に着けなくなったことくらいか。

肩と胸元が大きく露出したガウンを着られるのは未婚の娘だけなのだから。

ウェルズワースの根回しは時間がかかっているらしい。

メイナードはそれが不満なようで、王妃としてのお披露目が済めばアデルを王宮に連れていけるし、そうすればずっと一緒にいられるのにとことあるごとに言うが、アデル自身はその日が来るのが恐ろしくてたまらなかった。

ギデオンは貴婦人に見えるようアデルを厳しく仕込んだが、所詮は付け焼刃に過ぎない。いつ、ほんとうのことが知られてしまうのかびくびくしながら過ごすことを考えると、今から気が滅入った。

それに、ラングフォード伯爵夫人にはなんて言い訳をしよう？

オーウェンがなんらかの手を回してはいるだろうが、王宮で顔を合わせたらどう言い繕えばいいのか？

あれこれ考えていると、王宮の方角から時を告げる鐘の音が聞こえてきた。

このところ、あまりよく眠れない。今朝も、思いのほか早く目が覚めてしまった。

アデルは、身を起こし、隣で眠っているメイナードの肩をそっと揺する。

「メイナード。起きてください。もう、朝ですよ」

メイナードが、小さく呻きながら目を覚まし、アデルを抱き寄せる。

「おはよう。王妃よ」

「おはようございます。メイナード。そろそろお目覚めになりませんと……」

そう言うと、メイナードがアデルに腰を押しつけてきた。

「もう目覚めておる」

そこは硬くなっている。朝の男はそういうものだとアデルが知ったのは、メイナードと同じ寝台で眠るようになってからだ。

「アデル……」

メイナードは、アデルの身体に乗り上げると、アデルにくちづけをした。

目覚めの挨拶だと思っていたそれは、すぐに深くなり、メイナードの舌がアデルの舌を吸い始める。

アデルは、首を左右に振ってそれから逃れると、メイナードを軽くにらみつけた。

「いけません。お時間が……」

「時間などどうでもよい」

「どうでもよくありません。皆さまがお待ちですよ」

「待たせておけばよいのだ。余にはくだらない会議やミサよりもそなたのほうが大事だ」

結婚してからというもの、メイナードは一段とわがままになった。こうして、ことあるごとにアデルへの執着を露にし、時には自身の務めもおろそかにする。

メイナードをそのようにしてしまったのは自分なのではないかと思うと怖かった。

メイナードには立派な王になってほしい。愛欲に溺れ、堕落していくところなど見たくはない。

なのに……。

「あっ……」

夜着を肩から下ろされ、露になった胸の頂を口に含まれる。

それだけでアデルの唇からは甘い吐息が溢れた。

「なんだ。そなただって待っていたのではないか」

「だめです……。だめ……。ああっ……。メイナード……」

敏感な部分に歯を立てられ、舌先で潰すようにされると、ぞくぞくと背筋を戦慄《せんりつ》が走った。

腹の奥はきゅうと痺れ、男を受け入れることに慣れた部分がひくひくと蠢き蜜を流す。

メイナードもそれを知っていて、猛った雄をアデルの濡れた部分にぴたりと重ねると、ぐいぐいと押しつけてきた。

メイナードの熱い幹に、どこよりも敏感な肉の真珠が容赦なく擦り上げられる。一気にふくれ上がった快感に、アデルは、甘い悲鳴を飲み込み、押し殺した声で訴えた。

「ああっ……。だめ……。そんなに激しくしたら、すぐに、いってしまいます……」

「いくらでもいくがよい。何度でも、余がいかせてやるぞ」

「ああっ……。メイナード……。メイナードぉ……」

メイナードの両手がアデルの胸を掴む。赤く熟れた果実のような頂を交互に吸られる。

メイナードは胸を弄るのが好きだ。閨を共にする時には、いつも吸いつかれているので、アデルのそこは一段と敏感になってしまった。

メイナードの腰の動きが激しさを増す。

濡れた亀裂の間を行き来していたメイナードの雄が、次第に角度を変えて中に入ってこようとしている。

ぐしょぐしょに濡れそぼった襞《ひだ》はメイナードを拒まない。むしろ、自ら誘い込むように、開いて、絡みついて、呑み込んでいく。

「あぁぁぁっ……」

たまらず唇からほとばしった自らの嬌声《きょうせい》に我に返り、アデルはあわてて自らの両手でそれを封じ込んだ。

起床すべき時間はとっくに過ぎている。扉の外では、メイナードとアデルの朝の支度をするために集まっている侍従や侍女たちが、お呼びがかかるのを今か今かと待ちかまえているはずだ。

その中には、もちろん、ギデオンもいる。

彼らに、こんな浅ましい声を聞かれたくはなかった。特に、ギデオンには。

「なぜ、声を聞かせぬ」

メイナードが不満げに言った。

「大きな声を出せば、皆に聞こえてしまいます」

アデルは口元を押さえたまままささやくように訴える。

「かまわぬ。聞かせてやればよい」

「でも……」

「なんだ。恥ずかしいのか？」

「……はい」

「では、そんな恥ずかしさなど、余が忘れさせてやろう」

メイナードの両手が強引に、アデルの両手を口元から引き剝がし、そのまま、寝台の上に押しつけた。

「あっ……、そんな……」

狼狽するアデルのことなどおかまいなしで、メイナードが腰を進めてくる。ずる、と音さえ聞こえるような勢いで、熱い塊がアデルの中に入ってきた。

ずんと奥を突かれ、一気に引き抜かれ、再び、突き上げられる。

容赦のない抽挿に、肌の内側が激しくざわめいた。

身体の芯は火がついたように熱くなり、強張る爪先が寝台の上であがく。

「うぅっ…うっ…うっ……」

アデルは今にも溢れ出しそうな甘い悲鳴を、必死になって飲み込もうとした。

「ふ……んっ……んんん……」

だが、アデルがそうしようとすればするほど、メイナードは執拗《しつよう》にアデルを追いつめていく。

「ああっ……、いやあぁっ……」

こらえきれず、悲鳴がこぼれた。

「いやぁっ……。だめぇ……。声、出ちゃう……」

「よい声だ」

ささやくメイナードの声も官能にまみれていた。

「もっともっと聞かせるがよい」

抽挿が一段と激しくなった。

奥まった部分を抉る衝撃が、身体の中から直接背筋にどんどんと響いてくる。

猛った雄の先端で内側を何度も何度も繰り返し擦り上げられ、肉の隘路《あいろ》が歓喜するように きゅうとわななないてメイナードをきつく抱き締めた。

「あぁっ…あんっ……あっ…あっ…あっ……」

もう、我慢なんてできない。

身体の中いっぱいにふくれ上がった快感が、喘ぎになって唇から溢れ出していく。

「はあっ……。いい……、締まる……、締まる……」

メイナードが目を細めた。その青く美しい瞳は快楽にしっとりと濡れている。

「いくぞ……」

「ああっ……、メイナード……。深い……。深いの……。奥にきちゃうぅ……」

「……さあ。おまえもいくがよい……」

今にもぐずぐずに溶けて落ちそうなほど熟れた肉の奥で、メイナードの雄が弾けるのを感じた。

「あ……」

アデルも、快楽の軛《くびき》から解放され、一気に高みへと上りつめていく。

「あぁ……。いい……。気持ちいい……」

メイナードのことを愛しているかと聞かれれば、それは違うと答えるしかない。

もしも、何も知らぬまま、ただの男女としてメイナードと出会っていたら、アデルもこの哀れで愚かしい男をその性質ゆえに愛したのかもしれないが、王と奴隷という身分の違いを考えれば、そんな仮定は無意味でしかなかった。

なのに、身体は快楽を得る。愛してもいない男に抱かれても、甘美なる悦楽と陶酔をアデルのもとに連れてくる。

結局、心と身体は別なのだ。

少し虚しくなる。

アデルの思いとは裏腹に、いまだ絶頂の余韻の内にあるやわらかな肉の襞は、歓喜するようにびくびくと痙攣し続けていた。もっと、もっと、メイナードから欲を絞り出そうと、メイナードの雄にねっとりとまとわりついていく。

「ああ……。吸いついてくる……」

メイナードがうっとりとつぶやいた。

「なんとすばらしい身体だ……」

自身の体内で、再びメイナードが力を取り戻すのがわかった。

「あっ……。だめ……。だめです……。お時間が……」

アデルは逃れようとしたが、メイナードはそれを許さない。

「かまわぬ。待たせておけばよいと言ったはずだ」

「でも……。でも……」

「余は王である。余の言葉には誰も逆らわぬ」

再び硬く大きくなった熱の塊が深い部分を突き上げてきた。

その衝撃に、アデルは悲鳴交じりの喘ぎを上げる。

「ひあっ……。あっ……」

メイナードは、ただ、こうして交わることを好む。

胸以外の場所にはあまり触れようとしないし、アデルにもそれを望まなかった。

だから、アデルは、いまだにメイナードの男の部分に触れたことはないし、もちろん、舐めたり、口に含んだりしたこともない。

ギデオンに仕込まれた技巧の多くは、今のところ、無駄になっていた。

アデルの脳裏をギデオンと交わした数々の夜がよぎる。

ギデオンの大きなものを口いっぱいに含み吸い上げる、あのどこか倒錯的な甘い疼き。

頭の向きを逆さにして互いに互いを舐め合う時の、わけがわからなくなるような陶酔。

「あぁ……」

記憶が身体いっぱいに染み渡った。

「あぁ……。いい……」

身体の奥で、じくじくと重く疼くような官能が芽生え、吐息さえしっとりと濡れる。

いつしか、ギデオンの腕に抱かれているような気持ちになっていた。

ギデオンとメイナードは、髪と瞳の色や顔立ちこそ違えど、背格好には似《に》通《かよ》っている部分も多い。

ほら、こうして目を閉じてしまえば、もう、どちらがどちらかなんてわからないではないか。

「だめ…。だめ……。いっちゃう。いっちゃう」

アデルはいつにない深い喜びに背中を大きくしならせた。

「もう、いっちゃうからぁっ……。あぁぁぁぁっっっ……」

わかってしまった。

メイナードとするより、ギデオンとするほうが、ずっと、気持ちいい……。

「はあっ…。はぁっ……」

メイナードも自身を解き放ったのだろう。耳元で忙しない息が聞こえる。

途端に、罪悪感に苛まれた。

アデルを抱いていたのはメイナードなのに、別の男のことを考えながらいくなんて、なんと、ふしだらな。

そんな思いが、アデルの声を殊更《ことさら》やさしくさせた。

「さあ。メイナード。起きてくださいませ」

「……もう、ちょっと……」

「そんなことおっしゃらないで。アデルは、メイナードの王さまらしい威厳のあるお姿が大好きなのです。どうぞお召し替えになってくださいませ」

必死になってなだめすかすと、メイナードがようやく起き上がってくれた。

「仕方がないな」

「申し訳ありません」

「謝らずともよい」

メイナードがアデルの頬にちゅっとキスをする。

「ほかならぬ姉上の頼みだ。余が断るわけがない」

一瞬、耳を疑った。

(え……?)

今、メイナードはわたしのことをなんと呼んだの？

だが、問い質すことはできなかった。それはしてはいけないことのように思われたのだ。

(きっと、ただの言いまちがいよ)

だって、モードリンはもう死んでいる。メイナードだって重々それを承知している。

何かにつけ子供のようにぐずるメイナードに支度をさせ、離宮から送り出すころには、かなり陽が高くなっていた。

アデルも身なりを整え、離宮の門までメイナードを送っていったのは、途中でメイナードが引き返してきたりしないよう見張るためだ。

できるものなら、部屋に引きこもっていたかった。

自分たちのうしろにかしずく侍従たちの視線が気になる。その中には、もちろん、ギデオンのものもあるはずだ。

しまいには我を忘れて大きな声を出していた。

彼らには全部聞かれていたことだろう。朝っぱらから国王を寝台に引き込み、あられもない声を上げていたはしたない女だと思われているのかもしれない。

王のそば近く侍る者たちなのだから、それなりの教育は受けていてうかつに口外したりはしないのだろうが、でも、その心の中までは縛れないのだ。

ため息を押し隠し、なんでもないふりを装いつつ、離宮の門まで行くと、門の外にウェルズワースが立っていた。

メイナードがあまりにも遅いので、宰相自ら迎えにきたのか。

ウェルズワースの姿を認めても、メイナードはまだぐずぐずしていた。

「行きたくない……。今日は休む。アデルと一緒にいる」

アデルと呼ばれたことにほっとしながら、アデルはメイナードを諭した。

「お帰りになったら、ずっと、一緒にいますわ」

視界の隅でウェルズワースが苦笑しているのが見える。おそらく、ウェルズワースも日々苦労しているのだろう。

思わず、ウェルズワースと目配せし合って、互いに苦笑する。

メイナードはよくも悪くも平凡な男だった。

市井の人であればそれなりに美徳として受け入れられただろう性質も、王のそれとしては物足りないとウェルズワースも考えているに違いない。

それでも、ウェルズワースがメイナードを王として仰ぐのは、ひとえにメイナードの善良な部分によるところが大きいのだろう。

アデルはそこからこの老人が長年宰相として培ってきた冷徹さを感じ取っていた。

ウェルズワースの忠義はメイナードの上にはない。国王の上かといえば、それも違う。

ウェルズワースの心を占めているのはこの国そのものだ。

ウェルズワースにとって、王とは国政を円滑に運営するためのただの制度であり、メイナードはその器にしか過ぎない。

オーウェンを警戒したり、ギデオンの才を惜しむのもそのためだし、たとえば、メイナードよりも王として相応しい器がいれば、ウェルズワースはためらうことなくそちらに乗り換えただろう。

やさしい顔をしているが、ウェルズワースもまた怖い人なのだとアデルは思った。

王宮は恐ろしいところだ。誰もが、ほんとうの自分を笑顔の下に隠している。

アデルの味方は誰もいない。

たまらず、ぶるっと小さく震えた時、王宮のほうから誰かがやってくるのが見えた。

たしか、王宮に出仕している事務官だ。名前は知らないが、顔を見たことがある。

「緊急のお知らせでございます」

事務官は、ウェルズワースの足元にひざまずき、書状を差し出した。

それを受け取って読み始めたウェルズワースの表情が次第に険しくなる。

「何があったのだ？」

メイナードが尋ねた。

ウェルズワースは、ためらうように、メイナードとアデルの顔を見比べ、それから、重い口を開く。

「ラングフォード伯爵夫人がお亡くなりになったそうです」

そこにいた全員の視線がアデルに集まった。

「うそ……。そんな……。伯母さまが……？」

ここしばらく顔を合わせてはいないが、少なくとも最後に会った時は元気そうだったのに。

「ご病気か？」

メイナードが更に問う。

ウェルズワースが珍しくうろたえたように視線を外しながら答えた。

「それが、どうやら自ら毒を飲まれたようで……」

「毒だと？」

「……はい……。ご遺体のそばには遺書があったそうです。子はなく、夫も亡くなり、老いた身でこの先ひとり生きていくのがつらくなった。姪であるアデルさまにすべてを託し、自分は、もう、楽になりたいと、そのように……」

アデルは呆然として目を見開く。

（うそよ……。その遺書は、きっと、偽物だわ……）

ラングフォード伯爵夫人が『姪であるアデルにすべてを託す』なんて言うはずがない。

アデルがラングフォード伯爵夫人の姪であるというのは、周囲を欺くためのうそなのだから。

（でも、どうして毒なんて……）

ラングフォード伯爵夫人のいかにも人のよさそうな笑顔の向こうに、ふいに、閃光のように浮かび上がったのは、オーウェンの傲慢な顔。

（違う……）

直感だった。理由も根拠もなかった。だが、きっと、そうだと思った。

ラングフォード伯爵夫人は自殺なんかしていない。

殺された。

オーウェンが、なんらかの手をつかって、自殺を装い、ラングフォード伯爵夫人を殺害した。

なぜかって？

そんなの決まってる。

アデルがラングフォード伯爵夫人の姪でないことを知っているのは、オーウェンとギデオン以外にはラングフォード伯爵夫人だけだ。

オーウェンはラングフォード伯爵夫人によってアデルの正体が露見することを恐れたのだ。だから、邪魔になったラングフォード伯爵夫人の口を封じた。

（なんてこと……！）

こんな恐ろしいことが起こってしまうなんて。

自分は、ただ、ダリルを助けたかっただけなのに。そのために、ほかの人の生命が奪われることになるなんて、思いもしなかったのに。

くらりと眩暈《めまい》がして、足元が頼りなく崩れていくような心地がした。

「アデル！」

「アデル殿！」

あわてふためくメイナードとウェルズワースの声がやけに遠くに聞こえる。

そのまま、すーっと目の前が暗くなり、アデルは意識を失った。

六

すべてのことは、アデルが床に就《つ》いている間に終わってしまった。

ラングフォード伯爵夫人は、自殺と断定され、誰もそれを疑うことのないまま、速やかに埋葬された。

遺産相続の手続きも問題なく済んだ。

奴隷のアデルをオーウェンがどのようにして相続人に仕立て上げたのか、アデルは知らない。おそらく、様々な書類が偽造され周到に用意されたのだろうが、それをアデルが目にするよりも先に、ラングフォード伯爵夫人が所有していた領地や屋敷はすべてアデルのものとなっていた。

今や、アデルは奴隷だったころは想像したこともないほどの富と地位を手にしている。

メイナードとの結婚が発表されれば、その権力は磐石《ばんじゃく》のものとなるだろう。

だが、そんなことが許されるのだろうか？

(わたしは奴隷なのに……)

考えると気持ちがふさいだ。

そのせいか、ここのところよく眠れない。うつらうつらと浅い眠りに落ち、すぐに目覚める。その繰り返しだ。

「大丈夫か？」

そう問うメイナードの青く美しい瞳も気づかいの色に満ちている。ここのところ、アデルの体調を慮って、メイナードは王宮にある自身の寝室で休む日のほうが多い。

「申し訳ありません」

身を起こして謝ろうとすると、そっと肩を抱かれ寝台に押し戻された。

「よいよい。休んでいろ」

「でも……」

「つらいことがあったのだ。無理をしてはならぬ」

メイナードは伯母を失った悲しみからアデルが立ち直れていないのだと信じている。だが、やさしくされればされるほど、抉《えぐ》られるように胸が痛んだ。アデルが身のうちにかかえているうそは、あまりにも重い。

「少し王宮を離れてみるのもよいかもしれぬ。そなたが落ち着いたら、ふたりで、どこかに静養に行こうか」

「……いいえ……。どうぞ、お気になさらないで……」

「そなたの喜ぶ顔が見たいのだ。芝居は？　演奏会はどうだ？」

「いいえ……。いいえ……」

「では、何か欲しいものはないか？　なんでも買ってやるぞ。余は王なのだ」

無邪気なメイナード。自分にはできないことも手に入らないものもないと信じている。

「では……、青いガウンが欲しゅうございます……。何度も何度も繰り返しウォードで染めた、青い青い絹のガウンが……」

なぜ、そんなものをねだったのか自分でもわからなかった。気がつけば口にしていた。

途端に、メイナードが眉を寄せる。

「青？　そなたに青は似合わぬ。薔薇色にせよ」

馬鹿なことを言ったと思った。青いガウンが欲しいだなんて、かけらだって思ってはいないのに。

「……いいえ。やはり、何もいりません。どうぞ、お忘れください」

「怒ったのか？　だって、そなたは子供のころから薔薇色が好きだったではないか」

アデルはメイナードに向かって微笑み返す。頬を強張らせないようにするのに、かなりの努力を要した。

「怒ってなどいませんわ」

ただ、言いたかっただけ。言えないことがつらかっただけ。

薔薇色が好きだったのはモードリンさまよ。わたしじゃないわ。

「それより、そろそろ休みとうございます。あなたも王宮にお戻りになって」

言外にひとりになりたいと訴えると、メイナードは、アデルの額にくちづけ一つを残して、残念そうに出ていった。

アデルは、再び寝台に身を横たえ、虚空《こくう》を見つめる。

疲れた。身体が寝台にずぶずぶと沈んでいくような心地がする。

色々なことが起こり過ぎて思いは千々《ちぢ》に乱れていた。

中でも、一番気がかりなのは、ダリルのこと。

時折思い出したように届くあの手紙。あれは本物なのだろうか？　ほんとうにダリルが書いたものなのだろうか？

そうであってほしいと思った。

いや、そうに決まっている。

（だって、人質なのよ）

人質は生きているからこそ価値がある。

（ダリルは絶対に生きているわ）

信じたいのに、一度生まれた疑念はあっという間に大きく育ち、アデルの心に深く根を下ろしていた。

いくら痩せた子供とはいえ、人ひとりを養うにはそれ相応の手間暇がかかる。

あのオーウェンなら、それよりはさっさと始末してしまったほうがいいと考えるのではないか？　人質としての価値はなくなってしまうが、『なに、偽の手紙でも送って生きているように装えば、愚かな奴隷女のことだ。簡単にだませるだろう』と、そんなふうに高をくっているのではないか？

（わかっていたはずじゃないの……）

残酷で傲慢で他人の気持ちを思いやる心などかけらも持ち合わせていないオーウェンが、たかが奴隷の子供を少しでも気にかけてくれるわけがない。そんなこと、期待するほうが馬鹿なのだ。

（ダリル……。ダリル……。お願い……。生きていて……）

アデルはただひたすらに祈った。

（どうぞ、わたしの思い過ごしであって……）

まんじりともせず過ごす長い夜の間、できることはそれしかなかった。

そうして、どのくらい時間が経ったのか。

ふと、扉が開く音が聞こえた。

眠っていたのなら決して気づくことはなかっただろうほどひそやかな足音が忍び込んできて、寝台に近づいてくる。

アデルは、寝たふりをしたまま、身を固くして様子を窺った。

賊？　まさか。

ここは王宮の更に奥にある。ただでさえ簡単に入ってこられる場所ではない上に、夜になれば離宮の門も閉ざされる。一階には常時衛兵が詰めていた。この部屋に近づける者は限られている。

でも、だったら、誰が？

緊張のあまり、心臓がばくばくと大きな音を立てていた。

気配が近づいてくる。

怖い。怖い。

思わず口を大きく開くと同時に掌でふさがれる。

「俺だ」

耳になじんだ声だった。

「いいか。手を離すぞ。声を出すなよ」

アデルが、わかったというように、がくがくとうなずくと、そろそろと大きな掌が離れていく。

久々に感じたギデオンの体温と息づかいは記憶の中にあるものと同じで、自然と気持ちが静まっていた。

「起きていたのか？」

ひそめた声。

「眠れないのか？」

アデルも、声をひそめ、そっけなく答えた。

「あなたには関係ないでしょう」

ラングフォード伯爵夫人が亡くなったあと、ギデオンとはろくに話もしていない。

怖かったのだ。

ギデオンの口から、もっと、もっと、恐ろしいことを聞かされてしまいそうで、アデルは徹底的にギデオンを避けていた。

ギデオンは文句を言うこともなく黒いフード付きのマントを差し出す。

「これを着ろ」

「どういうこと？」

「旦那さまがお呼びだ」

瞬間、身体が凍りついたように強張った。

「……いやよ……。会いたくない……」

声が震える。肩も、唇も、指先も、ぶるぶると小刻みに震えている。

「その言葉を旦那さまにお伝えしてもいいのか？」

恫喝《どうかつ》されたわけではない。ただ、淡々と聞き返されただけだ。

だが、その声に心臓を掴み上げられたような気がした。

息ができない。

苦しい。苦しい。

胸が破れそう。

「……行くわ……」

やっとのことで声が出た。

オーウェンの呼び出しを断ったりしたら、どんなことになるかわからない。

その恐怖がアデルから自由を奪う。

アデルは、ギデオンの手からフードをひったくり、夜着の上に羽織った。

ギデオンに導かれるまま、足音を忍ばせ部屋を出ると、向かったのは、いつもは使用人たちが使っている狭い階段だ。玄関へ向かう正面の階段は衛兵に気づかれる可能性が高いが、こちらは直接裏口に続いている。

皆寝静まっているのか、物音一つしない。

「こっちだ」

手を引かれた。

「急げ。もうすぐ、衛兵の見回りの時間だ」

予め裏口の鍵を閉めずにおいたのだろう。ギデオンが押すと扉は音もなく開く。

相変わらず、用意周到な男だ。忌々しいほどに。

ふたりして、連れ立って外へ出た。

月も星もない夜だ。

闇の中、少しも迷うことなくギデオンが向かったのは、離宮のすぐ裏手にある水車小屋。

昼間降った雨のせいで小川の水かさは増しており、水の流れる音がいつもより大きく聞こえる。

ギデオンは、水車小屋の扉を開き、アデルを押し込むと、自らも滑り込むように中に入り、扉をそっと閉めた。

真っ暗な小屋の中で、黒い影がゆらめく。

顔は見えない。しかし、その禍々《まがまが》しい気配で、それが誰だかアデルにはわかった。

「久しいな。青き手の女よ」

「……旦那さま……」

「メイナードはおまえにぞっこんだそうだな。モードリンとよく似たおまえを送り込めば、メイナードがそうなることは容易く想像できたが、それにしてもあっけない。まあ、あの俗物らしいといえば、らしいが」

その言葉を聞いて、ようやく、はっきりとわかった。

メイナードはオーウェンのことを『弟』と呼ぶが、オーウェンはメイナードのことを『兄』だなどと思ってもいないのだ。

それどころか、むしろ、嘲《あざけ》り、侮《あなど》っている。

「いずれにせよ、機は熟した。総仕上げと参ろうではないか」

ゆらり、と暗闇の中で黒い影が立ち上がった。

「これを」

オーウェンが差し出したのは小さな包み。

アデルはその包みを両手で押し戴くようにして受け取る。

「それをメイナードに飲ませろ」

「……え……？」

「簡単なことだろう？　飲み物なり、食事なりに混ぜればいい。なんなら、おまえが口移しで飲ませてもよいのだぞ」

まさか、毒？

メイナードに毒を飲ませろと？

鼓動が急激に激しくなった。小さな包みが掌で、ずしり、と重みを増す。

「……もしかして、ラングフォード伯爵夫人にもこれを飲ませたのですか……？」

アデルが聞くと、オーウェンは白々しく答えた。

「ラングフォード伯爵夫人は自殺だろう？」

「自殺なさる理由なんてなかったはずです」

「遺書だってあった」

「そんなもの、いくらだって偽造できるのではないですか？」

そう。ダリルの手紙と同じように。

オーウェンの唇から押し殺した笑いが漏れ落ちる。

「確かに。確かに、遺書くらい簡単に偽造できる。ラングフォード伯爵夫人の筆跡を手に入れるくらいわけないことだからな」

ああ、とアデルは悲しみの声を上げた。

やはり、あの老婦人はこの男に殺されたのだ。人の好《よ》さにつけ込まれ、利用されて、あげく、口を封じられた。

「ラングフォード伯爵夫人に飲ませたのは、それとは別の毒だ」

とぼけるのはやめにしたのだろう。オーウェンがやけにあっさりと罪を認める。

「ほんの半匙《はんさじ》ほどで何十人もの人間があっという間に死んでしまうほどの猛毒だ。万が一にも生き延びられては困るからな」

なんて、恐ろしい告白。

背中に氷を入れられたように、全身が冷たくなり震え上がる。

「今、おまえの手の中にあるのは、もっと、もっと、穏やかに効く毒だ。少しずつ飲ませれば、少しずつ弱っていく。その様《さま》は病そのものだ。だから、誰も毒のせいだとは気づかない。おまえが疑われることもない」

「……わ、わたしは……」

「よしんば、王妃であるおまえに疑いがかかったとしても、その時は、私がおまえを守ってやろう。心配することはない。誰も国王には逆らえない」

「え……？　国王……？」

「メイナードが死ねば、次の国王は誰だ？」

問いかけられ、アデルはその場にへなへなとくずおれた。

メイナードに子はいない。メイナードの身に何かあれば、次の王は弟であるオーウェンだ。

いつか聞いた、ギデオンの言葉がよみがえってくる。

『旦那さまはなんでもお持ちだ。旦那さまが望めば、名誉も、財産も、女も、この世で手に入らぬものはない。だが、旦那さまが最も欲しいものだけは別だ。それだけは、どうすることもできないと、旦那さまが生まれる前から決まっている』

あの時は意味がわからなかった。傍若無人きわまりない旦那さまでも手に入れられないものとは、いったいなんなのか訝しく思うだけだった。

(旦那さまが望んでいるのは王位だ)

だから、王笏に似せて笏を作らせた。偽物の王笏を振り回し、いつか、本物のそれを手にする日を虎視眈々《こしたんたん》と狙っていた。

(なぜ、気づかなかったの?)

少し考えたら、わかるはずのことだったのに。

いや、ほんとうは気づいていたのかもしれない。

でも、信じたくなかったのだ。

王位を簒奪《さんだつ》するためには、実の兄を暗殺することさえ厭《いと》わないオーウェン。

そして、自分はその片棒を担いでいる。

「できるな? 青き手の女よ」

念を押されても、答えることはおろか、うなずくことさえできなかった。

胸に浮かんだのは、今もたいせつにしまってあるダリルからの手紙のこと。

それだけがアデルの心の支えだった。ダリルがいるから、今までどんなことにも耐えられた。

でも……。

「……旦那さま……」

震える声で、アデルはオーウェンに問いかけた。

「弟は……、わたしの弟は、元気にしていますでしょうか……？」

ほんの一瞬だけ地上を盗み見るようにして、月が雲間《くもま》から顔を出す。明かり取りから射し込んでくるその細い光が、に、と弧を描くオーウェンの口元を青く照らし出す。

「ああ。元気にしているとも」

ほんとうに!?　ほんとうに、元気にしているの!?

叫び出したくなるのをなんとかこらえ、アデルはオーウェンに向かって深々と頭を下げる。

「いつも手紙をお届けいただき、ありがとうございます」

「手紙？」

「弟からの手紙でございます」

「……ああ、あれか……。あの手紙か……」

その口ぶりで、アデルにはわかった。

たぶん、オーウェンはダリルからの手紙の中身は知らない。手紙を出すように指示したのはオーウェンかもしれないが、そんなこと、今の今まで忘れていたと言わんばかりではないか。

アデルは、我知らず速くなる呼吸をなんとか鎮め、平静を取り繕って口を開く。

「文字一つ知らぬ弟の手の上にその尊きお手を添えて、一文字一文字書き方を教えてくださったのはほかならぬ旦那さまだと手紙には書いてありました。ほんとうに、旦那さまにはいくら感謝申し上げればよいのかわかりません」

うそだった。手紙にはそんなこと一言だって書かれてはいない。だが、アデルはあえてうそをついた。

オーウェンは笑った。白々しい笑いだった。

「かまわぬ、かまわぬ。いつも姉であるおまえのことを心配している弟の気持ちを思えば、そのぐらいのことは当然であろう」

アデルは、はっとして、唇を噛み締める。

オーウェンは自分が今何を口にしたのかわかっていないだろうが、アデルにはそれで充分だった。

ダリルは左利き《ひだりき》だった。故意か偶然かは知らないが、ダリルからの手紙はすべて左手で書かれたものだ。

対してオーウェンは右利きだった。ギデオンを笏で殴るのはいつも右手だし、メイナードとの結婚宣誓書の立会人としてサインした時も右手でペンを取っていた。

右利きのオーウェンが、左利きのダリルの手を取って文字を教えたというのは、どう考えたっておかしい。

第一、アデルにほんの少し触れられただけで汚い手でさわるなと激昂するような男が、ダリルの手を取るわけがないではないか。

もう、疑う余地はなかった。

オーウェンはうそをついている。

違うなら違うと言うだろう。奴隷の子供に文字など教えるわけがないと否定するだろうに、適当な言葉でアデルに話を合わせたのは、それ以上のうそを隠そうとしたからだ。

オーウェンが隠そうとしたのは、おそらく、あの手紙そのものがうそであったという事実。

やはり、手紙は偽物だ。あれはダリルの手によるものではない。

寄宿学校にいるというのも、きっと、うそ。『何もかも旦那さまのお陰です』なんて、それも、全部、うそ、うそ、うそ。

ダリルは人質でさえなかった。

オーウェンにはアデルに見返りを支払う気など最初からないのだ。アデルに言うことを聞かせるだけ聞かせて、あとはそ知らぬふりを決め込むつもりだった――。

頭の中からさーっと血の気が引いていくような気がした。

足元はぐらぐらと頼りなく、今にも膝から崩れて落ちそうだ。

ただただ、助けたかった。あのまま死なせたくなかった。

だから、オーウェンにその運命を委ねたというのに、自分がしたことはダリルをいっそうむごい目に遭わせただけだったのかもしれない。

「青き手の女よ。もしも、首尾よくいった暁には、必ず、弟に会わせてやろう」

アデルの動揺に気づいているのかいないのか、それとも、そんなことなどどうでもいいのか、オーウェンは機嫌よさそうに言った。

「今やおまえは名実ともに王の妃だ。私が王となっても、必ず、先王の妃として遇《ぐう》することを約束する。なんなら、あの離宮に弟を呼び寄せて、ふたり仲よく住まえばよい」

アデルは張りついたような喉からようよう言葉を押し出す。

「……ありがたき、しあわせ……」

「頼んだぞ。青き手の女よ。我らの未来はおまえの肩にかかっている。おまえが功を成せば、おまえの弟も喜ぶぞ」

オーウェンの言葉は、もう、少しもアデルの胸には届かなかった。

ただ、うつろに響くだけ……。

言うべきことはすべて言い終えたのだろう。

いつの間にか、オーウェンの姿は水車小屋から消えていた。

ギデオンの姿もなかった。オーウェンを門まで送っていったのかもしれない。

王弟殿下ともあろうものが供も連れず無用心なことだが、今夜の話は供にも聞かせられない話だった。

危険を最小限に留めるためには、謀《はかりごと》を知る者はできるだけ少ないほうがよい。

知っているのは、三人。

オーウェンとギデオン。そして、アデル……。

凍りついていた感情が一気に溶け出した。

激情がこみ上げ、頭の中が沸騰する。

もう、いやだ。

これ以上、何も考えたくない。何もかも、終わりにしてしまいたい。

アデルは衝動的に壁にかけられた鉈《なた》を摑んだ。

普段から作業に使用されているものなのか、鉈の柄《え》はきちんと手入れされ、刃は研ぎ上げられていた。これなら、アデルの喉くらい簡単に切り裂けるだろう。

アデルは、両手で鉈の柄を握り締め、息を飲んだ。

大丈夫。きっと、痛いのは一瞬だ。思い切ってやれば、一気に血が噴き出て、すぐに、楽になれるはず。

だが、アデルが己の首に向かって鉈を振り下ろすより先に、戻ってきたギデオンに取り押さえられる。

「いや……。離して……。離して……」

「馬鹿なことを考えるな」

「お願い。死なせて」

「アデル！」

強い力で腕を摑まれ、鉈を取り上げられた。

アデルは両手で顔を覆ってわっと泣き伏す。

「だって、死んでるわ！　ダリルは、もう、死んでるわ！　考えたら、あのオーウェンがダリルを生かしておくはずがない。生きているとうそをついて、わたしをだましていたに決まってる!!」

「アデル。落ち着け。落ち着くんだ」

「今までオーウェンの言うなりになっていたのは、全部ダリルのためよ。でも、ダリルがいないなら、もう、わたしには生きている意味なんかないの。だから、死なせて！　お願い。死なせて!!」

ギデオンの胸に取りすがると、強い力で抱き締められた。慣れ親しんだ体温が胸に染み入って、息が止まりそうだ。

ああ。このまま、死んでしまえたら。

「アデル。死ぬなんて言うな」

ギデオンの声は初めて聞くほどに真摯だった。

「死んだら終わりだ。生きていればこそ、できることがある」

「ないわ……。わたしには、もう、何もない……」

「ほんとうにそうか？」

「じゃあ、聞くわ。ギデオン。あなたには、あるの？」

闇の中で、ギデオンの灰色の瞳がきらめいた。

獰猛《どうもう》だが、澄んだ光だった。

ギデオンが言った。

「……あるさ……。ああ。あるとも」

「それは何？」

「復讐《ふくしゅう》だ。俺は俺の運命に復讐するために生きている」

身体の芯を雷《いかずち》が貫いていったようだった。

指先まで震えるほどの衝撃は、快楽の階《きざはし》を上りきった先にある陶酔に似ている。

アデルは、震える指先でギデオンの頬を撫でながら、おそるおそる聞いた。

「何をされてもオーウェンに忠実に従っていたのは、そのため？」

「そうだ」

「殴られても殴られても平気な顔をしていたのも？」

ギデオンの大きな掌がアデルの手を掴む。怖いほど透き通ったまなざしが、アデルのまなざしを捕らえる。

「殴られて平気なやつなんかいない」

「じゃあ、苦しかった？　痛かった？」

「ああ。苦しかったし、痛かった」

「蔑《さげす》まれて怒りに震えた？」

「いつも怒りに震えていた。だが、俺はそれを隠した。隠し続けてきた。傷ついたところを見せれば、その傷を更に深く抉られる。オーウェンはそういう男だ」

　確かに。確かに、そのとおりだ。オーウェンとは、そのようにおぞましき嗜虐心に憑《と》りつかれている男なのだ。

「あなたは、今まで、ずっと、耐えてきたのね」

「おまえもそうだろう？」

「わたし……？」

「初めて見た時から思っていた。おまえと俺はどこか似ている」

　ギデオンのまなざしに熱が灯った。灰色の瞳の奥底で、静かでありながら、穏やかさとは全く無縁の激しい焔が燃え盛っている。

「ギデオン……」

　アデルは指先でそっとギデオンの目元に触れてみた。

（これがほんとうのあなたなのね……）

　なんの感情も映さない瞳を見て、この男の心は凍りついているのだと思っていた。人間らしいぬくみなど全部捨て去ってしまったから、あのオーウェンのそばにもいられるのだと嫌悪したことさえある。

でも、ほんとうは違った。

心の深い深い部分に隠され、匿われていたギデオンの心は、メイナードよりも一途で、オーウェンよりも苛烈《かれつ》だ。

「わたし、覚えているわ。初めて会った時、あなたは、今と同じ目をして、丘の上から、ウォードを摘むわたしを見てた」

そうだ。あの日、ギデオンのその目を見て、アデルは思ったのだ。

もしも、まなざしが手に触れられるものであったのなら、ギデオンのそれは、きっと、何もかも燃やし尽くす炎のように熱いに違いないと。

だが、ギデオンは小さく首を横に振る。

「あれが初めてではない」

「そうなの？」

「ああ。メイナードから王位を奪う術を考えろとオーウェンに言われて、モードリンに似た女を探し出し、メイナードにあてがうことを提案したのは俺だ。メイナードのモードリンへの執着は誰しも知るところだったし、モードリンによく似た女が現れれば、モードリンの死によっても薄れることのなかったメイナードの思いが一気にその女に雪崩《なだ》れ込むことは火を見るより明らかだったからな」

「……そう、だったの……」

「オーウェンは、あっさり、俺の策に同意し、モードリンに似た女を探すよう俺に命じた。

俺は、ひそかに各地を巡り、そして、あのウォードの畑でおまえを見つけた」

灰色の瞳がじっとアデルを見下ろしていた。

まなざしにとらえられ、囚われて、アデルは、もう、視線を逸らせない。

「初めて見た時、おまえは監視役の男に鞭《むち》打たれる弟をその腕に抱いてかばっていた。必死になって許しを請いながらも、おまえの瞳は叫んでいた。弟に何かしたら許さないと、監視役の男をにらみつけていた……」

「……覚えてないわ……」

「俺は、おまえのその目を見て、情の強《こわ》い女だと思った。俺の勘が告げていた。この女だ。この女なら謀はうまくいく。いや、この女でなければならないと確信した。俺は、すぐに屋敷に帰ってオーウェンにおまえのことを告げた。おまえが俺に気づいたのは、その後、おまえを買い求めるために染物屋との交渉に行った時だ」

そうか。そういうことだったのか。

でも……。

「……わたし……、そんなに強くないわ……」

「強いってどういうことだ？　弱いと誰が決める？　狼とうさぎ、どちらが強いか聞けば、百人が百人、狼だと言うだろう。だが、猟師が相手ならどうだ？　狼は群れごと銃弾に倒れ、うさぎは巣穴に逃げ込んで生き延びたとしたら、さあ、どっちが強い？」

咄嗟には答えられない問いだった。

戸惑い口ごもるアデルにギデオンが力強く言う。

「アデル。大事なのは、己の意志と矜持《きょうじ》だ」

「……意志と……矜持……」

「おまえにはそれがある。現に、おまえは、この生き地獄を生き抜いてきた。心壊れることも、何に媚《こ》びることもなく、ここまで自身の道を切り開いた」

「あなたがいたもの」

アデルは、その深い青の瞳を、くしゃり、と歪《ゆが》める。

「わたしだって、あなたのことをわたしと似てると思ってた。同じ身の上で、同じ悲しみの中にいると感じてた。わたしはひとりじゃないんだって信じてたの。だから、あなたの言うことにはすべて従った……」

身体を委ねることもしたし、快楽さえ紡ぎ合った。

「でも、あなたが、ほんとうは、オーウェンの弟だと知って、わからなくなった。だまされたと思ったの。あなたはその気になれば、オーウェンの支配から逃れることもできたのに、そうしなかった。それは、あなたが心の底からオーウェンの味方をしているからではないかと疑ったの。あなたはわたしが思っていたような人ではなかったんだと感じて悲しかった。裏切られて、つらかった……」

「……アデル……」

「でも、そうじゃなかったのね。ギデオンはギデオンで戦っていたのね」

「おまえと同じだ。おまえも、ずっと、戦い続けていた。俺たちは、ずっと一緒に戦っていたんだ」

「ギデオン……。わたし……、わたし……」

声にならない声を吐き出すと、それをすくい取るようにギデオンの唇が唇にそっと触れて離れる。

「どうして……？」

アデルは小さく震えながらギデオンを見上げた。

「どうして、キス、したの……？」

すぐ近いところからギデオンがアデルを見つめ返している。その灰色の瞳の底では、何もかも燃やし尽くすような炎が静かに燃え盛っている。

「したかったから」

ギデオンは言った。

「それでは答えにならないか？」

「いいえ……。いいえ……」

アデルは首を小さく横に振る。

「わたしもしたかった。ギデオンとキスしたいって、ずっと、ずっと、思ってた」

「俺も同じだ」

ささやきが唇に触れた。

「ギデオン……。して……。義務でも役目でもない、ほんとうのキス、して……」

「俺も、ずっと、そう思っていた」

ねだると同時に力強い腕に抱き締められ、唇と唇が重なり合う。

ああ。ギデオンのくちづけだ。

慣れ親しんだ感触に、一瞬で身体に火がついた。

歯を食い縛るなとか、唇を少し尖《とが》らせ唇のやわらかさとくちづけを待つ表情とで男の心を煽れとか、ギデオンは、いろんなことをたくさん教えてくれたけど、そんなことは、全部頭の中から吹き飛んでいく。

アデルは、自らギデオンを口腔深く迎え入れ、その舌を吸い上げた。

それ自体が生き物であるかのように舌と舌とが絡み合い、もつれあう。

技巧も何もない。

舌の届くところは余すところなく舐め回した。唇と唇の間でわだかまるものは、唾液も、吐息も、全部分け合い、飲み干す。

どこをどうすれば気持ちよくなれるのか、互いが互いを知り尽くしていた。

今更、ためらうことも、恥ずかしがることも、何もない。

「んっ……う……んんっ……」

頭の中がぼおっとし始めていた。

こんなくちづけは久しぶり。

メイナードと交わる時、メイナードの唇はアデルの唇ではなくアデルの胸を吸っていることのほうがよほど多かった。くちづけも、ギデオンのそれと比べると、どこか儀礼的で、半分挨拶みたいなものだ。

ギデオンの舌と唇に導かれ、身体の奥深いところから官能が溶け出し、蜜となって溢れ出す。

気持ちよくて、よくて、よくて、このまま身も心もとろけそう。

「あぁっ……」

膝が震えた。足に力が入らない。

ふらついた拍子に、背中に壁が触れた。

ギデオンは壁に両手を突き、アデルの身体を囲い込むようにして、再び、アデルの唇を貪る。

壁に背中を預けギデオンにしがみつくことで、アデルがなんとか自分を保っていると、ギデオンの膝が、アデルの大腿を割って足の間に入ってきた。

大腿で敏感な部分を擦り上げられ、舌を思うさまねぶられて、もう、立っていることさえできない。

膝からくずおれるアデルを、ギデオンがその強い腕で抱き留める。

背筋を妖しく立ち上る甘い疼きに、アデルは小さく身震いし喘いだ。

「ああ……。だめ……。キスだけで、いっちゃいそう……」

夜着の裾をたくし上げられる。大腿を掌が這い上がってくる。

ギデオンが笑った。獰猛な笑いだった。

「ほんとだ。もう、ぬるぬるだな」

「だって、気持ちいいの。いいの」

「はしたない女だ」

「あなたがわたしをそういう女にしたくせに」

「俺のせいにする気か？」

男の力強い指先が亀裂を割る。

「最初に洗ってやった時だって、初めてにもかかわらず、おまえのここはぬるぬるだったぞ」

「あっ…あ、あ、あ……」

アデルは快楽の予感に身をよじった。

もうすぐ、敏感な肉の真珠を擦ってもらえる。それとも、ギデオンを恋しがってひくつく肉の隘路をその長い指で一気に突き上げてくれるだろうか？

どっちだっていい。待ち遠しくてわなないているこの身体を静めてくれるなら、どっちでも。

だが、ギデオンはアデルの望みをかなえてはくれなかった。その大きな掌でアデルの女の部分を包み込み、ゆっくりと撫でさする。

気持ちいい。敏感な肉の真珠も、その下で息づく襞も、全部が擦られてふわふわとした快感が広がってくる。

でも、アデルが、今、求めているのは、こんなやさしい愛撫じゃない。もっと、もっと、即物的でみだりがわしい快楽だ。

「いや……。いや……。もっと、ちゃんとさわってぇ……」

アデルは、自ら腰を揺すって、更に気持ちよくなれる部分をギデオンの掌に擦りつける。わかっているくせに、ギデオンはアデルが望むようにはしてくれない。じらしているのだ。悶え狂うアデルを見て楽しんでいる。

悔しくなって、アデルはギデオンの下腹に手を伸ばした。

ギデオンの男は既にアデルの両手には収まらないほどに大きくふくれ上がり、びくびくと熱く脈打っている。

アデルは、震える手でギデオンの腰のベルトを外し、滾る塊を取り出した。

そうして、掌で直に包み、両手で血管の浮き出た幹を擦りながら、ギデオンの掌に自身をいっそう強く押しつけ、大きく腰を揺らし、快楽を追い求める。

「はぁっ……あぁ……」

喘ぐアデルを見下ろし、ギデオンは笑っていた。

「しばらく見ない間に、随分淫らになったな」

「あっ……あっ…あっ…あっ……」

「あの男に教わったのか？」

「あの男……？　誰……？」

「我らが国王陛下だ。散々抱かれたんだろう？」

確かに、何度も抱かれた。メイナードは執拗なくらいアデルを離したがらなかった。

でも……。

「ギデオンのほうがいい……。ギデオンとするほうが好き……」

「なぜ、そう思う？」

「ギデオンとするほうが気持ちいいの……」

喘ぎ混じりに訴えると、灰色の瞳に、とろり、と淫蕩《いんとう》な色が浮かぶ。

「当たり前だ」

「あっ……あああ……」

「誰がおまえのこの身体を仕込んだと思っている？」

「ああああ……」

ギデオンの指先が動いてアデルを穿った。

二本の指が隘路を開き、ゆるゆると中をかき回す。

一気に熱が増し、やわらかい肉がびくびくと蠢いてギデオンの指に絡みついていく。

「馬鹿。あんまり締めつけるな。動かせないだろ」

「だって……。だって……」

それでもなんとか身体から力を抜くと、指先が更に深いところまで入ってきて、頭のてっぺんまで快感が突き抜ける。

「は…あ……あぁ……」

掌の中で、もうひとりのギデオンも熱を増していた。

先端を丸く撫でると雫が垂れ落ちてきた。それを掌ですくい取り、両手でくびれた部分から上を包む。

くちゅりと音がして、更に熱い雫が溢れてきた。

ギデオンの指に穿たれている場所からも、同じように濡れた音が聞こえてくる。

ギデオンの指の動きに合わせて、ぐちゅ、ぐちゅと、蜜が泡立ち、大腿を筋になって伝い落ちる。

「ああ……。ギデオン……。ギデオン……」

アデルは手にしたギデオンの昂ぶるものを自身の女の部分に導いた。

ギデオンの灰色の瞳がアデルの深い青の瞳を見つめる。

アデルは震えながら小さくうなずいた。

もう、ふたりを妨げるものは何もない。ないのだ。

ギデオンの指が離れ、代わりに膝裏をかかえ上げられた。

大きく広げられた足の狭間に、ギデオンの熱が触れてくる。

アデルがギデオンの首にしがみつくと、それが合図だったみたいに、立ったまま、一気に貫かれた。

「あぁぁぁ……あぁぁぁぁぁぁぁ……」

これがギデオンなんだ。

今、自分はギデオンに抱かれている。

ずっと思ってた。

ギデオンに抱かれたらどんな感じがするんだろうって。

アデルとギデオンとの間には常に目に見えない障壁があった。理性という名の障壁だ。

お互い、最後の最後にあるその一線だけは越えないよう気を配っていた。我を忘れ、快楽に溺れることがないよう、ぎりぎりのところで自分を抑えていた。

でも、ほんとうは、知っていた。

その先には、もっともっと深い快楽がある。

ギデオンとふたり、その奈落にどこまでも堕ちていきたかった――――。

「――――っ」

声も出せないほどの快感が、背筋を駆け抜け、頭のてっぺんで弾けた。

「はあっ…はあっ……」

息が上がり、胸も大きく上下している。

身体が熱い。頭の中はもっと熱い。皮膚一枚を残して、内側が全部溶けてしまったみたい。

「すごいな……。吸いついてくる……」

暗闇の中、ギデオンが眉をひそめるのが見えた。

ギデオンを包んだ場所は、隙間なくぴったりとギデオンに張りつき、びくびくと痙攣し続けている。

まるで、ギデオンを更に深い場所へ誘い込み、もっと、もっと、とねだっているようだ。

なんて浅ましい身体なの。

アデル自らそう思った。

だが、止まらない。止められない。身体の奥が甘く疼くのを抑えられない。

「くそ……」

耳元でギデオンが低く呻くのが聞こえた。

奥深く埋められたものが抜かれ、今度は身体を前向きで壁に押しつけられる。

腰を引かれ、上半身を前に折り畳まれた。

夜着の裾を背中のあたりまでたくし上げられる。

そのまま、腰だけを高くした格好でうしろから貫かれ、アデルは甘い悲鳴を上げた。

「あぁぁぁっ……」

先ほどとは別の角度で侵入してきた熱い塊が、内側をなめすように擦り上げていく。

いったばかりの身体には、あまりにも過酷な刺激だ。

両手で腰を掴まれ、叩きつける勢いで激しく奥を突かれる。

「…あっ……あっ…あぁ……」

自分では触れることもできない身体の奥底から、背筋の中心を直接伝って頭まで衝撃が駆け上っていくのが、たまらなく気持ちいい。

「ああ……。いっちゃう……。また、いっちゃう……」

身震いするアデルから己を引き抜くと、ギデオンは、再び、アデルを正面から貫く。

「いけよ」

噛みつくようなキスと共に命じられて、指先から震えがじわじわと這い上がってきた。

苦しい。あまりにも深い快楽に、苦しくて、息も止まりそう。

「もっと……。もっと……」

もっと、激しくして。早く楽にして。でないと……。

「死んじゃう……。しんじゃうぅ……」

突き出した腰を、一段と深く抉られた。

耳元にギデオンの忙しない吐息が触れる。

「……アデル……」

呻くように自分の名をささやくギデオンの声も……。

ギデオンの雄がどくどくと震えて、アデルの身体の奥に欲の証を吐き出した。

「あ……」

ふわり、と身体が浮く。

すべてから解き放たれ、アデルは快楽に漂う。

気持ちいい。

こんなに、気持ちいいのは初めて……。

「はあっ……はあっ……」

ふたりして、全力で駆けたように息を乱し、見つめ合う。額をくっつけ合って、くちづけを交わし、互いに互いを抱き締め合う。

このままでは終われないのは、ふたりともわかっていた。

まだ足りない。もっと欲しい。

身体が疼いて、止まらない。

少しだけ力を失ったものが、ずるり、と身体から引き抜かれた。

灰色の瞳を見上げると、両腕で軽々と抱き上げられ、小屋の奥に連れていかれる。

奥には小さな部屋があって、以前はここに水車番が住んでいたのだろう。水車小屋の中には、生活に必要なものがそろえられていた。もちろん、寝台もだ。

ギデオンは、その寝台の上にアデルを横たえると、自分が身に着けていたものをすべて脱ぎ捨て、アデルの上に覆いかぶさってきた。

唇だけを吸い合う、甘いくちづけ。

その合間にも、ギデオンの手は器用に動いて、アデルからマントと夜着をはぎ取っていく。

生まれたままの姿になると、再び、熱く抱き合った。

互いの足が絡み合って、ぬくもりを分け合う。

隔《へだ》てるもののない素肌からギデオンの体温が直接伝わってきた。

くちづけをして、もつれ合い、触れ合った部分から溶け合って、いつしか、ふたり、一つきりの塊になっていく。

アデルは、ゆっくりとギデオンの身体の上に乗り上げ、そのたくましい腰をまたいだ。

ギデオンの足の間では、再び、欲が漲り張りつめている。

アデルは、その熱くて硬いものを手にして、自身の女の部分に押し当てると、慎重に腰を下ろした。

入る。飲み込まれていく。

「あぁ……」

ずるずると音さえ聞こえるような緩慢《かんまん》さで内側を擦られるのが気持ちよくて、ため息が溢れた。

アデルは、そのまま、ただ素直に快楽を追いかける。

下から伸びてきたギデオンの両手が乳房をすくい上げるように掴み、その頂を指先でくるくると弄んだ。

ギデオンを包んでいる部分と、ギデオンに弄られている部分と。

二つ同時に別の快感を注ぎ込まれて、頭の中が焼き切れそうだ。

「ああっ……あっあっあっ……」

ギデオンの腰の上で、アデルは夢中になって腰を振った。

つながった部分から、快感が一直線に背中を伝って駆け上っていく感じがたまらないのに、気持ちよければよいほど、両足に力が入らなくなり、身体を支えているのが難しくなるのがもどかしい。

次第に、前のめりになる身体をギデオンの両手が摑み上げる。腰を固定され、下から突き上げられて、目の前が真っ白になるような絶頂が一気にやってきた。

「ひぁっ……ひっ……あっ……」

ギデオンは、腹の力だけを使って身を起こし、膝の上にアデルを抱き上げる。

つながったまま、ふたり、向かい合って、座って抱き合うと、アデルの中のものが、また別のところを突き上げて、違った種類の震えが立ち上った。

「はあっ……あぁっ……。だめっ……。また、きちゃう……」

てっぺんまで駆け上り、ようやく上りつめたと思ったら、すぐに、また、次の頂上に押し上げられる。

息をつく間もなく、深い快楽だけを注ぎ込まれ、身体が快感でぱんぱんにふくれ上がっていくみたい。

「あぁっ……ああっ……あああああ……」

もう何度めかもわからない絶頂にびくびくと身体を大きく痙攣させるアデルを、ギデオンはつながったまま抱き上げ、寝台の上に横たえた。

足を大きく広げられ、再び深く突き上げられたかと思うと、今度は横を向かされて片足だけを高くかかえ上げられる。

互いの足が交差し、ギデオンの雄が、よりいっそう奥へと入ってくる。

「やあっ……。深い……。深いの……」

アデルは、あまりの気持ちよさに、我を忘れ、泣き叫んだ。

「だめ……。壊れちゃう。わたし、壊れちゃう……」

足を戻され、再び、ギデオンが上から覆いかぶさってきた。

くちづけが落ちてくる。

喘ぎごと吸い上げられて、喉が鳴る。

「……んっ……んんっ……」

唇も、皮膚も、ギデオンと触れ合っている場所は全部、もう、どこまでが自分でどこからがギデオンなのかわからなくなっていた。

もちろん、ギデオンを深くくわえ込んだ身体の奥も。

アデルは、両手を伸ばして、汗みずくになったギデオンの額から砂色の髪をかき上げる。

露になった灰色の瞳は、情欲の焔を宿し、アデルを見下ろしている。

「……ギデオン……」

その深い青の瞳でギデオンを見つめながら、アデルは感じていた。

今、ギデオンと自分は一つになっている。

かすかなずれもよれもないほどに、ぴったりと重なり、溶け合っている。

身も、心も。

メイナードじゃない。

この快楽を与えてくれるのは、ギデオンだけ。

そして、この快楽はアデルを裏切らない。

きっと――――。

「アデル………」

ギデオンが切羽つまったような声でアデルの名を呼んだ。

その声に、いっそう深い陶酔が背筋を貫いていく。

「ああ……。いいわ……。いいわ……。いく……」

身体の内側が震えるようにぎゅうっと収斂し、それにいざなわれギデオンが己を解き放った。

そうして、アデルもまた深い忘我《ぼうが》の闇に身を任せたのだ。


「メイナードとオーウェンの母親はとても自尊心の強い女だったそうだ」

虚空を見つめながら、ギデオンが言った。

「王女として生まれ、周囲からちやほやされて、何不自由なく生きてきた女だった。そして、隣国に嫁いでも、自分はそれまでと何一つ変わることなく皆から崇拝されて当然なのだと信じていた」

アデルは、ギデオンの裸の胸に頬を寄せて、その声を聞いている。

濃密な快楽の名残を惜しむように、ふたりの素足は絡み合ったままだ。

時折、ギデオンの掌がくすんだ金の髪を撫でてくれるのが気持ちいい。

アデルが生まれるよりずっと前の話だから詳しいことはわからないけれど、先王の妃は隣国から政略結婚によって嫁いできた人だったということはアデルも聞いたことがある。

ふたりの間には、もちろん、愛などなかった。

あるのは、互いが生まれた国の政治的な事情だけ。

それは周知の事実だったが、彼女だけはそれを認めようとしなかった。

「だが、三人の子を成したのち、自分を顧みなくなった夫は、ほかの女に手を出し、子供まで産ませていた。それも、身分の低い下働きの女だ」

「ただでさえ高い彼女の自尊心は激しく傷ついたでしょうね……。自分は下働きの女に負けたのか、って、怒りに燃えたに違いないわ……」

性格はまるで違うが、同じ女として、その気持ちはアデルにも理解できなくもない。

「彼女の憎しみは、夫ではなく、夫の愛人とその子に向けられた。何度も殺されそうになった。毒を盛られたこともある。そのたびに、母は、俺を連れ、彼女から逃げ回った。だが、彼女は執拗に追いかけてくる。次第に追いつめられ、行き場をなくした俺たちを拾ってくれたのがオーウェンだった」

「……そう、だったの……」

「オーウェンは俺に言った。母親を助けたかったら、俺の言うことを聞け、と」

「わたしと同じね」

アデルがダリルを人質に取られたように、ギデオンは母親を人質にされた。

「オーウェンは、なぜ、あなたを拾ったの？」

アデルは疑問を口にする。

あのオーウェンに兄弟の情があったとは思えない。拾うからには、なんらかの思惑があったはずだ。

「オーウェンは飼い犬が欲しかったんだ。どんなに殴られても、蔑《ないがし》ろにされても、オーウェンには決して逆らわない犬が」

「あなたを飼って、オーウェンの自尊心はさぞかし満たされたことでしょうね」

「やつのそういうところは母親にそっくりだ。執念深いところもな」

ギデオンの言葉に背中がひやりとする。

では、メイナードは？　メイナードも同じ血を引いている。

「モードリンは？　彼女はどんな人だった？」

「彼女は父親にも母親にも似ていなかったらしい。母親に理不尽に責められても何も言い返せないようなおとなしい女だったそうだ」

「そうなのね……」

「だが、母親が死んでからは、いっそう、ふさぎがちになった。モードリンの死は事故ではなく自殺だと言う者が多いのもそのせいだろう」

かわいそうなモードリン。

でも、かわいそうなのはモードリンだけじゃない。王家の血を引く者たちは、メイナードも、あのオーウェンでさえ、皆、どこかしらかわいそうに思える。

そして、このギデオンも……。

「あなたのお母さまのことを聞いていい？」

ギデオンがうなずく。

「ああ。かまわない」

「お母さまは、その後、どうなさったの？」

「死んだよ」

「……ごめんなさい……」

「気にするな」

ギデオンは、その大きな手でアデルの頭を引き寄せると、眦《まなじり》にくちづけた。

「オーウェンは、俺たち親子を引き離すと、俺には田舎で静養させるとうそをつき、母を奴隷商人に売った。もともと身体を壊していた母はほどなくして死んだそうだが、俺がそれを知ったのは、母が亡くなって随分経ってからのことだった。今となっては母の遺体がどこにあるのかわからない。きちんと埋葬されたかどうかさえも……」

「ひどい……」

アデルは、しばし絶句し、それから、目を伏せる。

「じゃあ、ダリルも……」

「たぶん、な」

ギデオンの声は苦かった。

「あのあと、すぐにどこかに売られたのではないかと思う」

「……そうね……。そうかもしれないわね……。だって、いつも手紙が来るでしょう？　あれだって、たぶん、偽物だもの」

「知っていたのか」

「あなたは？　ギデオン。あなたは知っていたの？」

ギデオンは、しばし、ためらい、それから首を横に振る。

「直接知らされていたわけではない。だが、封蝋《ふうろう》の印《いん》を見てすぐに察しはついた。あれはオーウェンの子飼いの代書屋の男の印だ。俺も何度か会ったことがある。金さえ積まれればなんでもやる男だ。どんな汚いことでもな」

「その男、左利きでしょう？」

「どうしてわかった？」

「いつも便箋の左側に向かってかすれたような汚れがあったから。右利きだったら右側に汚れができるはずよ」

ギデオンの灰色の瞳にわずかに驚きが浮かんだ。

「なかなか鋭いな。いつの間にそんなに賢くなった？」

「ほんとうに賢かったらだまされてないわよ。ダリルは左利きだったの。左手で書かれた手紙だったから、わたし、簡単に信じてしまった……」

どうして手紙は偽物だと教えてくれなかったのかとギデオンを責めるのは簡単だ。だが、アデルはそうしなかった。

ダリルのことを聞くたびに冷たい言葉を返されたことを思い出す。

あの時は、ギデオンのことをなんてひどい男なのだろうと憤ったけれど、今にして思えば、それは、ほんとうのことは言えなくてもせめてうそだけはつくまいとするギデオンなりの誠意の表れだったのかもしれない。

「とはいえ、おまえの弟はまだ死んだと決まったわけではない。生き延びて、元気でいる可能性だってあるんだ」

灰色の瞳にじっと見つめられ、アデルはそっと目を逸らす。

「……そんなの奇蹟よ……」

「たとえ、奇蹟だとしても、今は、信じるんだ。おまえがあきらめてどうする？」

わかってる。こんなの、ただの慰めだ。

それでも、心の中に、ほんの少し、爪の先ほどの希望が残った。

「そうね……。そうよね……。お互いが生きていれば、いつか、また会える日が来るかもしれない。死んだりしたら、もったいないわね」

「そういうことだ」

「でも……」

そう言葉を濁し、アデルは不安に肩を震わせる。

「でも、オーウェンはわたしを殺す気でいるのではないかしら……」

たとえば、メイナードの殺害を拒否した場合。

オーウェンは裏切りを決して許さないだろう。死を以て償わせるに決まっている。

では、オーウェンに言われるがままメイナードを殺害した場合はどうなる?

きっと、口封じに殺される。秘密を知っている者は少なければ少ないほどいい。

「そうだな。そのとおりだ。俺もそう思う」

ギデオンが同意した。

「わたし、どうしたらいいの?」

ぞくり、と背中を冷たいものが走る。

(殺される……。わたしは、きっと、殺される……)

震えが止まらなかった。

相手は王弟殿下。しかも、あの残酷で傲慢なオーウェンだ。

ただの奴隷でしかないアデルに立ち向かう術などあるはずもない。

アデルの脅えを感じ取ったのか、ギデオンが、両腕でアデルの身体を抱き寄せ、自らの胸の上に引き上げると、強く抱き締めてくれた。

アデルもそれだけがよすがであるかのようにギデオンにしっかりとしがみつく。

頬を寄せると、ギデオンの鼓動が肌を通して直接伝わってきた。静かに生命を刻むその音が、アデルの身のうちにも染み入ってくるようだ。

「怖いのか?」

髪を撫でられた。

「怖いわ……。でも……」

アデルは顔を上げギデオンの灰色の瞳をじっと見つめる。

「キスして。そうしたら、きっと、少しは怖くなくなる気がするの」

「アデル……」

ギデオンの大きな掌が首筋を這い上がりアデルの頭を引き寄せた。

唇が重なる。

そっと舌を伸ばし、まるで臆病な動物みたいに舌先で互いの存在を確かめ合って、それから、ゆっくりと抱き締め合うように舌と舌を絡ませ合う。

「……ん……」

気持ちいい。ギデオンとするキスは、どうして、こんなに気持ちいいんだろう？

少し前に交わした、何もかもを奪い尽くすような激しいくちづけも気持ちいいけれど、こんなふうに、ゆったりと戯れ合うようなくちづけも悪くない。

「あぁ……」

わずかに離れた唇から甘い吐息が漏れた。

すぐに、唇をふさがれる。

唇で唇を撫でられ、甘く舌を吸い上げられているうちに、足元からじわじわと痺れるような快感が立ち上ってきた。

恐怖による冷たい戦慄とは全く別の、ぬるく身体を押し包む甘やかなざわめきが指先まで静かに染み渡る。

「は……、あ……」

全身を細かく震わせ、眉を寄せて、アデルは背筋を駆け上る快楽をやり過ごした。

がくがくする手を寝台に突き、半身を起こそうとした時、大腿に触れたのは熱い塊。

「……また大きくなってるわ」

アデルは笑った。

「さっき、あんなにしたのに」

ギデオンが片手を伸ばして、アデルのくすんだ金の髪をかき上げる。

「おまえだって濡れてる」

両手で腰を摑まれ、引き寄せられた。

しっとりと新たな蜜に濡れた部分に、再び硬く結実していたギデオンの欲望が押しつけられる。

アデルは、そろり、と腰を浮かせ、ギデオンの灰色の瞳を見つめた。

「わたし、あの森の中の館にいた時、ずっと思ってた」

「何を？」

「あなたのこれ、わたしの中に入れたら、どんな感じがするんだろうって」

ギデオンは動かない。アデルが何をするつもりなのか、ただ、じっと見守っている。

アデルは、ギデオンをじっと見据えたまま、ゆっくりと腰を下ろしていった。

蜜に濡れそぼつその入り口に、ギデオンの剣のような剛直が触れる。

「……っ……」

ごくり、と唾を飲み込み、アデルはそれを自らの体内に導いた。

「それで？」

ギデオンの掌がアデルの背中を励ますようにやさしく撫でる。

「それで、実際に入れてみて、どうだ？」

ずる、ずる、と熱く硬い塊がアデルの内側をなめすように擦り上げながら、押し入ってきた。

背中を熱い戦慄が駆け抜け、身体の芯に甘い疼きがわだかまる。

「は……ぁ……んっ……」

ぞく、ぞく、と身のうちから湧き起こってくる大きな波に何度もさらわれそうになりながらも、ようやくギデオンが一番深いところまでたどり着いたのを感じて、アデルはほっと熱い息を吐いた。

つながった。一つになった。

それは、身も世もないと感じるほどの快楽とは別の、深い、深い、悦楽。

アデルは、我知らずきつく閉じていた目を開き、静かに微笑む。

「……安心する……。こんな言い方変かもしれないけど、ギデオンとこうしていると、気持ちいい以上に、なんだか、ほっとするの……」

もしかしたら、自分とギデオンは、かつて、一つの生き物だったのかもしれない。

神さまのいたずらか、それとも悪魔の仕業か、今はこうして二つに分けられてしまったけれど、もともとは一つの身体で一つの生命を紡いでいたのかもしれない。

だからこそ、こうしてつながり合うと、こんなにも、安堵《あんど》し、満ち足りた気持ちになるのだろう。

「ギデオンは？」

アデルは、隙間もないほどぴったりと自分の身体の中に収まったギデオンの感触を確かめるように、そっと、そっと、腰を揺すりながらギデオンに問いかける。

「ギデオンは、どうして、しなかったの……？」

ふわふわと淡い快感が立ち上ってきた。

「わたしが処女でなかったとしても……、んっ……、ギデオンなら、ごまかす方法くらい、いくらでも思いついた…でしょう……？」

気持ちいい。気持ちいい。

でも、まだ、いきたくはない。

あっという間に終わってしまうのが惜しかった。このまま、いつまでも、この陽だまりの中でまどろんでいるような、穏やかな快楽の中を漂っていたい。

ギデオンも、たぶん、同じ気持ちでいるのだろう。

その大きくて硬い男は、ゆるゆると緩慢に己を締めつけるアデルの身体を楽しむように、アデルの中で時折ぴくんと動くけれど、ギデオン自身は、アデルがするに任せたまま、少しも動こうとしなかった。

「ごまかす方法か……。確かに、いくらでも思いつくな」

アデルの胸元で揺れる髪の毛の先を指で弄りながら、ギデオンは言った。

「だが、そうしなかったのは、必要ないと思ったからだ。俺にはわかっていた。メイナードにどんなに抱かれても、おまえは俺の身体を忘れない」

「まあ。随分な自信ね」

思わず苦笑しながらそう言うと、ギデオンがいきなり半身を起こし、アデルを膝の上に抱き上げる。

「あんっ……」

充分に深いと思っていた切っ先が、更に深いところへと食い込んできた。ギデオンの膝の上、中をゆるゆるとかき混ぜるように揺さぶられて、アデルは甘い喘ぎを上げる。

「あっ……。だめ……。きちゃう……。きちゃう……」

ギデオンを包み込んでいる場所がギデオンをきつく抱き締めた。アデルの体内で、ギデオンが、ぶるり、と震え、その大きさを増す。

「俺とするほうがいいんだろ？」

「そうよ……。あんっ……。ギデオンとするほうが……気持ち、いい……」

つながり合った部分から、じわじわと甘い疼きが広がってきた。

指先から、少しずつ、少しずつ、立ち上った熱い震えが、背筋に集まり、頭のてっぺんまで、ゆっくり、ゆっくり、這い上っていく。

「あぁ……」

ふるふると身を細かく痙攣させながら、アデルは静かに上りつめた。

ギデオンを包んだやわらかな部分が、びくびくと震え、わななき、触れ合っている部分すべてで吸いつくようにして大きくて硬いものを何度も絞り上げる。

ギデオンは、絶頂の余韻に震えるアデルの身体をその広い胸に抱き締めながら、アデルの額にくちづけをした。

ギデオンのそれはまだ力を失ってはいない。それどころか、いっそう、漲り、張りつめて、ひくひくと不規則に蠢き続けるその感触を楽しむかのようにアデルの奥深くを穿つ。

「ひぁっ……」

いったばかりの身体には強過ぎる刺激に、アデルが身を震わせると、ギデオンが耳元で言った。

「いっそ、メイナードに全部話すか？」

どういうことかわからなかった。

アデルは、両腕をギデオンの首に回して、その灰色の瞳に問いかける。

「全部って？」

ギデオンの唇がアデルの唇からくちづけを掠《かす》め取る。触れるだけのくちづけなのに、ひどく、甘い。

ギデオンは腕の中のアデルを緩慢に揺さぶりながら答えた。

「全部といえば全部だ。おまえが奴隷だということも、オーウェンがおまえを使ってメイナードの暗殺を企《くわだ》てていることも、全部」

アデルは思わず悲鳴を上げた。

「無理よ。話したら、わたし、きっと、その場で打ち首よ」

ギデオンの力強い腕が背中に回った。

きつく抱き寄せられ、つながったまま寝台の上に押し倒される。

ギデオンは、アデルの頭を囲い込むようにして寝台に両手を突くと、まるで四足の獰猛な獣のように真上からアデルを見下ろした。

「だったら、ほかにどんな方法がある？」

「それは……」

「弟を人質に取られ、やむなくオーウェンの言うなりになっていたが、さすがに、もう、限界だ。一国の王を手にかけるなんて絶対にできない。だから、自身の良心に従ってほんとうのことを打ち明けたとメイナードに訴えるんだ。オーウェンに比べ、メイナードは御《ぎょ》しやすい男だ。こいつは敵ではなく味方だと思わせることができたら、メイナードの心もオーウェンを処断する方向に動くだろう」

確かにそのとおりだが……。

「……そんなにうまくいくかしら……」

「うまくいくようやるんだ」

「だけど……」

「どっちみち、何もしなければオーウェンに殺される。そう思えば、なんだってできるだろう？」

そう言って、ギデオンが抽挿を再開する。

突き入れるというよりは、内側をやさしく撫でさするような穏やかな動き。

静かに溢れ出してきた淡い快楽に身体を預けながら、アデルは頭の中ではギデオンの言葉を思い返す。

ギデオンの言うことは正しい。

わかってはいるけれど、かかっているのは自分の生命だ。簡単に判断なんかできるはずもないだろう。

アデルの逡巡を読み取ったのか、ギデオンはアデルを勇気づけるように片手でアデルの頬を包んだ。

「いいか？　アデル。これは国のためでもある。オーウェンは、また別のモードリンを探し出すかもしれないし、もっと別の姦計《かんけい》によってメイナードを陥れるかもしれない。もし、オーウェンの計画がうまくいけば王の座はオーウェンのものだが、おまえはそれを許せるか？」

アデルは首を横に振る。

「メイナードは、確かに、王としては凡庸《ぼんよう》かもしれないけど……、オーウェンがメイナード以上の王になるとは思えない、もの……」

「俺もそう思う」

ギデオンはうなずいた。

「やつは、ただ、王位が欲しいだけだ。国王となって、その責務を果たすことなんか、少しも考えていない」

オーウェンは、自分に兄がいたというそれだけの理由で王座には就けず、逆に、自分が弟であるというだけで兄にひれ伏さなければならなかった。

オーウェンには、その現実が我慢ならないのだろう。自分には手に入れられないものや、どうしようもないことがあると、認めたくないのだ。

「メイナードは……ン……わたしの言うことを信じるかしら？」

アデルは、ギデオンのたくましい肩にすがりつき、声を震わせる。

静かな動きでありながら、体内のギデオンは少しずつ少しずつ深い部分へ食い込んで甘い疼きをアデルの中から手繰り寄せる。

「だって……、メイナードは……ぁん……オーウェンのことをかわいい弟だと思っているのよ……。オーウェンが言い逃れをすれば、メイナードはうそつきの奴隷の言葉よりも、そちらの言うことを信じるかもしれないわ……」

「俺だってメイナードの弟だ。俺がメイナードを説得する」

「ギデオン、が……？」

「おまえのためじゃない。俺自身のためだ。俺は復讐を誓った。何も知らぬふりをして、オーウェンに飼われていたのは、そうやって復讐の機会を窺っていたからだと言っただろう？」

見上げたギデオンの灰色の瞳は、ただ冴え冴えと澄み渡っていた。

「今がその機会だ。俺はこの機会を逃すつもりはない」

正直、まだ迷いはある。

何より、真実をメイナードに打ち明けることが怖い。

身分こそ偽っていたが、メイナードとの結婚は、司祭にも認められた正式なものだ。

一国の王ともあろうものが、まさか、奴隷女と結婚していただなんて、メイナードが知ったらどう思うか。

（だめ……。弱気になっちゃだめ……。ギデオンを信じるの……）

ウェルズワースだって言っていたではないか。

ギデオンは聡明だと、先の先を見通す感性を持っているのだと褒めていたではないか。

オーウェンは、残忍で傲慢だが、直情的で、深謀遠慮《しんぼうえんりょ》には向いていないようにも思える。

現に、アデルを身代わりにすることを思いついたのもギデオンだった。

ギデオンはオーウェンよりもよほど狡猾だ。

きっと、ギデオンのほうに分がある。

「わかったわ……。あなたの言うとおりにする……」

大きな手をぎゅっと握ると、力強く握り返された。

「大丈夫だ。必ずうまくいく」

「ああ……。ギデオン……。ギデオン……」

アデルは両腕でギデオンの首にしがみつく。

「お願い……。もっと強く抱いて……」

「アデル……」

「怖いの……。不安なの……」

くちづけが落ちてきた。

すぐに唇を割って口腔に入り込んできた舌が、アデルの舌をからめとり、きつく吸い上げる。

「んんっ……んっ……」

魂まで貪り合うような荒々しいくちづけ。

甘く疼き始めたやわらかな肉の隘路がギデオンを締めつけると、それが合図だったみたいに、ギデオンは、熱く滾ったものを入り口ぎりぎりまで引き抜いた。

そうして、アデルの膝を寝台の上に押しつけ、足をいっぱいに開かせて、奥まで一気に突き入れる。

「ひぁっ……あああ……あ……」

同じようにして、何度も、何度も、突き上げられ、荒々しく穿たれた。

ずしん、ずしん、と重たい快感が、肉の隘路の奥に叩きつけられ、爪先から頭のてっぺんまで響き渡る。

「やぁっ……。激し……。あっ、あっ、あっ、あぁんっ……………」

先ほどまでとは打って変わった激しい交合に、じりじりと炙《あぶ》られ燻《くすぶ》り続けた快楽が一気に頂点へと駆け上がった。

大きく腰をくねらせ、身もだえながら、アデルはそのすべてを享受《きょうじゅ》する。

「ああっ……あんっ……あっ……あっ……あ……」

もう、なんにも考えられない。

恐怖も、逡巡も、罪悪感も、すべてが、喘ぎになって頭の中からこぼれ落ちていく。

耳朶を食《は》まれた。

ささやきが耳を穿つ。いつもはわずかも乱れることのない声も、今だけは荒い吐息の下かすれている。

「忘れるなよ。アデル」

「あっ…あんっ……んんんっ……」

「これが俺だ……」

滾る肉の刀が、更に深い場所をこじ開けるように入ってきた。

その切っ先が奥の奥を抉る。

「あぁっ……あああ……あああああ……」

身体の奥にある感覚の中心に直接快楽を注ぎ込まれたようだった。

ぶるぶると大腿が痙攣する。

全身が強張り、丸まった爪先が宙をあがく。

なんて気持ちいい。

怖いほどの快感。

「あぁ……、ギデオン……、ギデオン……。忘れない……。忘れるわけない……」

アデルは、両腕を伸ばしてギデオンの頬を包み、うっとりとささやく。

「……ギデオンも……、わたしを、忘れ…ないで……」

ギデオンが歯を食い縛る。

冷静な仮面が剝がれ落ち、その下から獰猛な野獣が姿を現す。

灰色の瞳に浮かぶのは隠すことをやめた情欲の焔。

きれいだと思った。

この熱い瞳が好き――――。

「ああ。忘れない……。おまえと同じだ。忘れられるわけがない……」

吼《ほ》えるようにギデオンが言った。

「アデル。おまえだって、わかってるんだろう？　俺たちは同じ運命の輪につながれている。もう、離れられないんだ……」

「ギデオン……！　ギデオン……！」

「アデル……！」

「あぁっ……、もう――――」

どくん、と身体の奥で何かが大きく脈打つ。

頭の中がすうっと真っ白になった。

いっぱいに引き絞った矢を放った弓のように、解放され、弛緩《しかん》していく快楽が心地よい。

わずかの間、意識が途切れていたのかもしれない。

我に返ったのは、耳元にギデオンの荒い息が触れたからだ。

「はぁっ……はぁっ……」

アデルの胸も負けず劣らず激しく上下している。

中はまだびくびくと震え続けていた。身体の奥深く注ぎ込まれたものを、わずかたりとも残さず体内に取り込もうとするかのように、ギデオンの男の部分をきつくきつく締めつけている。

何も言えなかった。

口を開くこともできないほどの深い深い快楽だった。

あるいは、一生に一度の快楽だったのかもしれない。

もう二度と、こんなに互いの深いところまで溶け合い交わり合うことはないのではないか。

そう思いたくなるほどの恍惚《こうこつ》――――。

そのまま、長い間ふたりして抱き合っていた。

快楽の限りを尽くし、貪り合った身体は、くたくたで、しばらくはまともに動きそうもなかったけれど、それ以上に離れ難いと思った。

できるものなら、こうしてつながり合っていたかった。

いつまでも、いつまでも。

だけど……。

先に身体を離したのはアデルのほうだった。

そろそろ夜が明ける時刻が近づいている。その前に部屋に戻らなければ、メイナードや使用人の誰かに見咎められてしまうかもしれない。

深い快楽の余韻が色濃く残る重い身体で、のろのろと夜着とマントを身に着けていると、ギデオンが起き上がって言った。

「送っていこう」

だが、アデルは小さく首を横に振る。

「ひとりで帰れるわ。だって、一緒にいるところを誰かに見られたら困るでしょう？」

自分が奴隷であり、オーウェンが送り込んだ刺客《しかく》であることは打ち明けられたとしても、ギデオンとの一夜のことはメイナードに知られてはならない。

これは、決して口にすることのできない秘密だ。

「また、あとで話し合おう」

「わかったわ」

「気をつけて帰れよ」

「ええ。あなたも。誰にも見つからないようにね」

そうして、アデルとギデオンはどちらからともなく、唇を寄せ合い、くちづけを交わした。

それは、甘美だった夜とは裏腹な、少し苦く、せつないくちづけだった。

七

午後のお茶の時間だった。

離宮のサロンの窓を大きく開け放ち、薔薇園を見下ろしていたメイナードが、ふいに、声をひそめて言った。

「アデル。小鳥だ。小鳥が来た」

手招きをされ、アデルはそっと窓辺に近寄る。

窓のすぐ下にある装飾部分で小鳥が青くきらめく羽を休めているのが見える。

「まあ。なんて美しい青の羽なのかしら。あんなにきれいな小鳥は初めて見ます」

アデルが小さく歓声を上げると、メイナードが笑った。

「何を言っている。前に、ここで、一緒に見たではないか」

「そう、だったかしら……」

「あの小鳥の羽の青は姉上の瞳の色とよく似ていると言って、ふたりして笑ったではないか。あんなに楽しい思い出なのに、姉上は忘れてしまったのか？」

アデルは思わず押し黙る。

メイナードがアデルのことを『姉上』と呼ぶことは以前から時々あった。

その都度、アデルはメイナードのまちがいを正すことなく聞き流してきたけれど、ここのところ、以前より頻繁にそう呼ばれるようになった気がする。

メイナードの心の中では、いったい、何が起こっているのだろう？

モードリンとアデルの区別が次第に曖昧になってきているようで、考えると、なんだか、背中が寒くなる。

「あの小鳥の羽の色は、わたしの瞳の色に似ていますか？」

そう聞くと、メイナードは首を傾げた。

「そうだな……。似ていない、な……」

モードリンの瞳の色は、メイナードやオーウェンと同じ美しい青。

一方、アデルの瞳は、もっと深い青で、藍《あい》色に近い色をしている。

「余は、なぜ、姉上の瞳と似ているなどと思ったのだろう？」

メイナードの記憶はいまだ混乱から抜け出していないようだ。

アデルは、一抹の淋しさを覚えながら、メイナードを見つめる。

この男が求めるのはモードリンただひとり。

もしも、ほんの少し――髪の毛一筋分でもいいから、目の前にいる『アデル』という名の女のことを顧みてくれたなら、ギデオンではなくメイナードに救いを求めていたかもしれないのに。

（何を考えているの……）

アデルは心の中でそっと首を横に振る。

（最初にメイナードを裏切ったのはわたしのほうよ）

オーウェンに言われるまま、近づき、誘惑した。モードリンに似ているのをいいことに、メイナードの心を弄んだ。

罪人はアデルのほうなのだ。

せめて、オーウェンの謀《はかりごと》をメイナードの耳に入れることで、罪を贖《あがな》えたなら……。

ためらいも、迷いも、なくなったわけではないけれど、気持ちは決まった。

アデルは、サロンの入り口に控えているギデオンのほうを、ちらり、と窺う。

アデルの思いを感じ取ったのだろう。ギデオンが、まなざしでうなずいた。

思わず、ごくり、と喉が鳴る。

オーウェンからは、ギデオンを通じて、毎日催促が届いていた。

今のところ、ギデオンが、のらりくらりと追及をかわしているようだが、毒を飲ませたのか、メイナードの様子はどうなのか、執拗に問い質してくるのは、あるいは、アデルとギデオンの裏切りに気づいているせいではないのかと思うと、震えが来るほど恐ろしい。

これ以上、時間を無駄にはできなかった。

オーウェンが、アデルに見切りをつけ、別の策を講じるより先に、オーウェンの罪を暴き、断罪しなければ。

「陛下。お話がございます」

強張った声と表情でアデルがそう言うと、メイナードは不思議そうに首を傾げた。

「どうしたのだ？　アデル。妙に改まって」

「秘密のお話ですわ」

言外に人払いをしてくれと頼むと、メイナードが手振りで侍従たちを下がらせた。

「ギデオン。そなたも……」

アデルは急いでその言葉を遮る。

「ギデオンはいてちょうだい」

「よいのか？」

「はい。ギデオン。こちらへ……」

ギデオンが、サロンの扉を閉め、アデルのうしろに立った。

アデルは自分で自分を鼓舞する。

(言うのよ。アデル)

勇気を出すの。

一つ深呼吸をして、それから、すべての思いを吐き出すように、アデルは胸から言葉を押し出した。

「陛下。わたしはラングフォード伯爵夫人の姪ではございません」

前置きも、言い訳も、何もしない。ただ、事実だけを、単刀直入に口にする。

そう決めたのはギデオンだ。

大丈夫。ギデオンと事前に何度も打ち合わせをした。こう聞かれた時はこう答えればよいということも、話す順番も、ギデオンが全部予め考えてくれた。

アデルはそれを口にするだけ。

きっと、うまくいく。何もかも、ギデオンの思惑どおりにことは運ぶ――。

「どういうことだ？」

突然、こんなことを言い出されても理解できないのは当然だろう。メイナードがわけがわからないといった表情でアデルにその青く美しい瞳を向ける。

「言葉どおりでございます。わたしは貴族の娘ではありません」

メイナードは、一瞬、目を瞠り、それから、ぷっ、と噴き出した。

「まさか。そんな冗談で余を驚かそうとしたってその手には乗らぬぞ。そなたはどう見たって貴族の娘ではないか。美しい顔立ちも、なめらかな肌も、しとやかな立ち居振る舞いも、貴婦人以外のそれとは思われぬ」

「それは、そのように仕込まれたからです」

「どういうことだ……？」

「わたしは、とある方に買われ、貴婦人のふりをするよう命じられました。貴婦人のふりができるようになるまでには、厳しい教育をたくさん受けましたし、それには大変時間がかかりました。でも、そのお陰で誰にも疑われることなく、こうして、陛下のおそばに侍ることもできました」

アデルの言葉が冗談ではないとわかったのだろう。メイナードの笑顔が強張る。

「そのような……、そのようなこと……、いったい、誰が……？　まさか、ラングフォード伯爵夫人が……？」

「いいえ」

アデルはきっぱり答えて首を横に振った。

「ラングフォード伯爵夫人は被害者です。わたしの素性もご存知ではありませんでした。人の好いところにつけ込まれ、知らぬうちに片棒を担がされ、しまいには、あのような目に……」

「あのような目……？　まさか、自殺ではないと……」

「はい。ラングフォード伯爵夫人は毒殺されたのです」

「……毒、殺……」

メイナードが、額に手を当て、よろよろとソファに腰を下ろす。

かわいそうなメイナード。

しあわせなメイナード。

まさか、自身のすぐ近くで、このような謀がひそかに巡らされていたとは想像だにしていなかったはずだ。

しばし、沈黙が満ちた。

メイナードは、うつむいたまま、頭をかかえ、くぐもった声を出す。

「……とある方とは、いったい、誰だ？」

「それは……」

「言え。まさか、ここまで話して、そこから先は言えぬなどと申すまいな」

「……はい……」

「では、言うがよい。おまえをラングフォード伯爵夫人の姪に仕立て上げた不届き者は誰だ？」

唇が震えた。口の中が乾いて、舌さえ張りついてしまったように動かない。

青ざめ、ぶるぶる震えるばかりのアデルに代わって、声を上げたのはギデオンだった。

「王弟殿下のオーウェンさまです」

「オーウェンだと!?」

「オーウェンさまは、陛下が亡きモードリンさまを今でもお慕いになっているそのお心につけ入ろうと、モードリンさまに面差しのよく似たこのアデルなる女を使って、陛下を誘惑し、籠絡しようとしたのです」

「……オーウェンが……。まさか、オーウェンが……」

「オーウェンさまの狙いは陛下から国王の座を奪い取ることです。その執念たるや目を瞠るものがあり、王笏に似せた笏をひそかにお作りになって、それをご覧になっては、自らが王の座に着く日のことを日々思い描いておいでなのです」

淡々と真実を告げるギデオンに、メイナードがうつろな目を向ける。

「やけに詳しいな。ギデオン。なぜ、おまえがそんなことを知っている？」

ギデオンは正直に答えた。

「私もオーウェンさまの配下のひとりだからです。オーウェンさまに命じられ、このアデルの監視役としてここに参りました」

メイナードの唇から乾いた笑い声が上がる。

「そうか。おまえもか。おまえも、余を裏切っていたのだな」

「はい。陛下。ですが、私も、アデルも、オーウェンさまに弱みを握られ、やむなく、従うよりほかはなかったのです」

「それで？　なぜ、その裏切り者は、ここに来て主を裏切ることにしたのだ？」

「オーウェンさまより、陛下を殺害するよう命じられたからです」

メイナードが絶句した。

「……殺……害……だと……？」

「はい。陛下に飲ませるよう毒を渡されました」

「……なんと……」

「アデル。毒の包みを」

ギデオンの指示により、アデルは自分の部屋の書きもの机の引き出しから、オーウェンに渡された毒の包みを持ってくる。

差し出すと、見ただけで毒の種類がわかったのか、メイナードが低く呻いた。

「この毒の効用を知っているか？」

問われて、アデルはおずおずと答える。

「穏やかに効く毒だと聞きました。少しずつ飲ませれば、少しずつ弱っていくと……」

メイナードが、そのあとを取って、うつろな声で言った。

「だが、毒だとは気づかれない。死んでも病だと診断される」

「……ご存知なのですか？」

「王家に伝わる毒だ。極秘裏《ごくひり》に政敵を葬り去るために、昔、よく使われていたものだ」

今度はアデルが絶句する番だった。

華やかで規律正しく見える王宮にも、そのように光射さぬ場所があるのだ。

「陛下……。私には、陛下に毒を盛ることなどできません……」

アデルは震える声で訴えた。

「そんな恐ろしいこと、したくありません。だから、陛下にすべてを申し上げることにいたしました。わたしの良心に誓って、これは真実でございます」

途端に、メイナードの唇から哄笑《こうしょう》が上がる。

「良心だと!?　余をだましていたくせに！　おまえに良心などあるものか！」

メイナードは、アデルの腕を乱暴に掴み上げると、見たこともないほど恐ろしい目をして言った。

「女。おまえのほんとうの名はなんだ？」

「アデル……。アデルでございます……」

「おまえは何者だ？」

「……奴隷です……」

「……奴隷……？」

「……農場で……染物用のウォードを摘んでおりました……」

メイナードの青く美しい瞳の奥に怒りが燃え上がった。

「奴隷だと!? では、余は奴隷と結婚したというのか!? 国王である、余が!?」

いきなり、力任せに突き飛ばされ、アデルは床に叩きつけられる。

「アデル！」

ギデオンが駆け寄ってきてアデルを抱き起こした。

「怪我は？」

「……大丈夫よ……」

答えると、メイナードには見えないところで手をぎゅっと力強く握られた。

自分はひとりじゃない。ギデオンがいてくれる。

そう思うだけで、今にも萎えそうな心も奮い立つ。

「陛下……。陛下……。どうぞ、オーウェンさまにはお気をお許しにならないでください。オーウェンさまのお心は邪に憑りつかれております」

アデルはメイナードの足元にひれ伏すと切々と訴えた。

「実の兄を陥れ、その位を簒奪した王など、民に受け入れられるはずがございません。陛下こそ、民に愛され、神の祝福によって選ばれしまことの王。国のため、民のため、どうか、どうか、陛下より、オーウェンさまをお諫めくださいませ」

だが、アデルの言葉はメイナードに届くことはなかった。

「黙れ！　女!!」

メイナードは、悲鳴のように鋭く叫ぶと、立ち上がり、あたりの物を手当たり次第になぎ払う。

「黙れ黙れ黙れ！！！！」

テーブルの上の食器が壁にぶつかり、あたり一面に破片が飛び散った。

三枚重ねのテーブルクロスも、すべてくしゃくしゃになり、だらしなく床に垂れ下がる。

椅子は倒れ、クッションは跳ね飛び、美しく整えられていた室内は見るも無残な有様となっていく。

「陛下……」

アデルは、両手で飛び交う物から身を守りながら、メイナードを見つめた。

やさしかったメイナード。凡庸だが、穏やかで、傲慢や残忍さとは無縁だった。

だが、はあはあと肩で大きく息をし、目を血走らせているメイナードは、アデルのよく知るいつものメイナードとは別の人のように見える。

青く美しい瞳の奥に宿るのは狂気。

同じものを、アデルは、いつか、どこかで見たことがあった。

それは、メイナードとよく似た青く美しい瞳の底でどす黒く渦を巻いていた。

そうだ。オーウェンの瞳だ。

全く似ていないと思っていたこの兄弟は、その実、こんなところでつながっていた。

「ひっ」

すくみ上がるアデルの腕をメイナードが強い力で捕らえた。

「違う……」

メイナードが、ぼそり、とつぶやく。

「違う。おまえは奴隷などではない……。おまえは余の花嫁だ……。この国の王妃だ…」

「お離しください……。陛下……」

逃れようとすると、メイナードの手にいっそう力がこもる。

「このことを知っているのは?」

「陛下……。痛い……。痛い……」

「答えるのだ。おまえがラングフォード伯爵夫人の姪でないことを知っている者はどれくらいいる?」

「わ、わたしとギデオン……、それから、オーウェンさま……」

「三人だけか?」

「……はい……」

「では、ギデオンとオーウェンさえいなくなれば、その秘密の扉は誰にも知られることなく永遠に閉ざされるということだな」

メイナードはアデルの腕を摑んだまま、アデルを引きずるようにして大股で部屋を横切り、扉を開くと、大声で叫んだ。

「衛兵！」

すぐに、兵士たちが階段を駆け上がってくる。

メイナードは恐ろしい目をしてギデオンをにらみつけると冷たい声で衛兵に命じた。

「ギデオンを捕らえよ」

突然のことに、衛兵たちは一瞬たじろいだが、すぐに王の命に従う。

ギデオンは抗わなかった。衛兵たちに縄をかけられながら、感情の読めないまなざしで、ただ、メイナードを見ている。

「ギデオンを王宮の地下牢に投獄《とうごく》しろ」

メイナードはにべもなく言った。

「罪状は国家反逆罪だ」

衛兵たちがギデオンを連行する。

アデルは何もできなかった。投獄されようとしているギデオンの背中を見守ること以外は何も。

「ギデオン……」

思わずこぼれたつぶやきが、ギデオンの耳にも届いたのだろうか。ギデオンがわずかに振り向いた。

ギデオンは笑っていた。その灰色の瞳に浮かんでいたのは、不遜とも言えるほどの笑みだった。

だが、それは幻のように一瞬のできごとで、すぐに、ギデオンの広い背中も見えなくなってしまった。

メイナードは、呆然と立ち尽くすアデルの手を引き、強引に寝室へと押し込む。

「おまえはここにいろ。ここから出ることは許さぬ」

「陛下。陛下。なぜ、あのようなことを?」

アデルは思わずメイナードに取りすがった。

「ギデオンは陛下の味方です。わたしにオーウェンさまを裏切るよう言ったのもギデオンなのです。なのに、なぜ、反逆罪などと……」

振り払われるかと思ったのに、逆に、強い力で抱き締められた。

「ギデオンはそなたが奴隷だと知っている」

「ギデオンは誰にも話しません」

「信用できるものか!」

「陛下……」

「陛下ではない。メイナードだ」

メイナードはアデルの肩口に額を擦りつけるようにして懇願する。

「いやだ。そなたを離したくない。そなたはもう余のものだ。結婚もした。そなたは王妃なのだ」

「……でも、わたしは奴隷です……」

「黙っていればわからない。ギデオンとオーウェンは処刑する」

「ギデオンはともかく、オーウェンさまを処刑するのは簡単なことではありません。仮にも王弟殿下なのですから」

「では、暗殺しよう」

なんのためらいもなく宣言されて、アデルは息を飲んだ。

本気なのだ。メイナードは本気でそんなことができると思っている。

蒼白になったアデルの頬を、メイナードの両手が包んだ。メイナードの顔には、とろけるような笑みが浮かんでいる。

「姉上。なぜ、そんな顔をなさるのです？　姉上のためだったら、私がなんだってするってことを、姉上だって、よくご存知のはずでしょう？」

わたしはモードリンさまではありません。

言おうとして、アデルはその言葉を飲み込んだ。

言えなかった。言うのが怖くなった。

言っても、きっと、メイナードには通じない。メイナードは既に妄想の世界に生きている。

身を強張らせるアデルを、メイナードが両腕でかきいだいた。

「そう。たとえば、父上と母上のこと」

耳元でささやくのは、どこか無邪気な声。

「姉上はおっしゃった。わたくしはメイナードの愛を受け入れられない。お父さまもお母さまもこの愛をお許しにならないとお嘆きになった。私は姉上を苦しめる父上と母上を許せなかった。だから、私は父上と母上を排除した」

「……排除……？　って……」

「毒を飲ませたのですよ。王家に伝わるあの毒を。姉上のために、私が殺してさしあげた……」

「……まさか……、そんな……」

では、先王とその妃は、流行《はや》り病《やまい》ではなかったのか。

毒殺。

しかも、実の息子の手にかかって死んだ。

なんて、恐ろしい告白。

「父上と母上がいなくなり、私は王になった。私たちの邪魔をする者は誰もいなくなった。なのに、姉上。あなたは……」

メイナードの顔から笑みが消える。代わりにひたひたと押し寄せてきたのは悲しみの色。

「あの日、姉上が鳥のように塔から飛び降りるのを、私が、いったい、どんな気持ちで見ていたのか、姉上はご存知ないのだ」

メイナードの青く美しい瞳からぽろぽろと涙が零れ落ちる。

「息ができなかった。鼓動が止まり、胸が破れる音が聞こえた。苦しくて、悲しくて、このまま、死んでしまうのだと思った。なのに、死ねなかった。姉上のいない世界に、ひとり、放り出されただけだった」

「……」

「でも、姉上は、こうして戻ってきてくださった。今度こそ、私は姉上を離さない。そのためなら、なんだってする。なんだって、なんだって、なんだって」

強い力でアデルにしがみつき、泣きじゃくるメイナードの声を、アデルは、ただ、呆然と聞いていた。

「姉上……。姉上……。愛している……。心から愛している……。姉上は私のすべて……。私には姉上しかいないのです……」

やさしくくちづけられ、背筋がゾッと冷たくなる。

こんなにもおぞましいくちづけは生まれて初めてだった。

わかっていなかった。

自分は何もわかっていなかった。

やさしいメイナード。凡庸だが穏やかなメイナード。

しかし、それはメイナードの持つ一面でしかないのだ。

メイナードに罪の意識はない。

両親を毒で屠ったことに対する悔いなど一片も感じられないし、モードリンを追いつめて自死に追いやったのは自分だという自覚さえない。

メイナードにあるのは、ただ嘆きだけ。

自分が自分の求めるものを得られなかったという不満だけ。

(なんて無慈悲なの……)

ずっと、似ていない兄弟だと思っていた。メイナードとオーウェンは、姿かたちこそ似通っているものの、その性質は全く異なると今まで信じ込んでいたけれど、でも、違った。

この兄と弟の血は、こんなところで色濃くつながっている。

(ほんと、そっくり――)

いっそう追いつめられ、アデルは唇を嚙み締める。

メイナードに情で訴えても無駄だろう。

両親を毒殺することさえ厭わなかったメイナードのことだ。ギデオンのことだって、簡単に処刑してしまうかもしれない。

(どうしよう……?　どうすればいいの……?)

呆然と立ちすくむアデルを抱き締め、メイナードは甘くささやいた。

「大丈夫。姉上の秘密を知る者は私がすべて殺してさしあげます」

「……わたし……、わたし、は……」

「まずはギデオン。そして、オーウェンのことも、いつか、必ず、必ず……。だから、その日が来るまで、姉上はこの部屋から一歩も出てはいけません。私以外の誰にも会ってはなりません。いいですか？　約束ですよ？」

いやよ、と心が叫んでいた。

（そんなことできない！　わたしをここから出して！）

だが、アデルはそれを口にすることはできなかった。

細かく震えながら、ただ、うなずくことしかできなかった。


雨が降っているらしい。

離宮の屋根をしっとりと濡らし、木々の葉の上を小さく跳ねる雫の音が聞こえてくる。

だが、アデルはその光景を見ることはできなかった。

窓はすべて外から板張りされている。

空の色をその深い青の瞳に映すことも、風を肌に感じることも、この身から奪われて久しい。

（まるで牢獄だわ）

ここはアデルを閉じ込めるための檻《おり》だ。

食事は三食きちんと運ばれてくる。着替えも毎日清潔なものが届けられた。欲しいといえば本も差し入れてもらえるし、湯を使うことさえできる。

だが、自由はない。

アデルに許されているのは、寝室と私室だけ。この狭い世界で、アデルは囚人のように息をひそめ日々を過ごしている。

アデルのもとを訪れる者は、メイナード以外には誰もいない。おそらく、メイナードが自分以外の者がアデルに会うことを禁じているのだろう。

唯一の例外が、アデルの身の回りの世話をする老婆だが、この老婆も、厳しく言われているのか、それとももともと口が利けないのか、いっさい声を発することはない。

外では、いったい、何が起こっているのだろう？

もしかして、ギデオンは、もう、処刑されてしまったのだろうか？

オーウェンはどうなった？

メイナードはオーウェンを逮捕しただろうか？

オーウェンがどうなろうと知ったことではないが、ギデオンだけはなんとしてでも助けたい。

だが、軟禁の身の上で何ができる？

ここから出ることも、情報を得ることさえできない自分に、できることなんか何もない。

せめて、ギデオンが無事なのかどうか、それだけでも、知ることができたら……。

アデルは、カウチに腰かけ、両手をきつく組み合わせてうなだれる。

アデルをこの部屋に閉じ込めてからというもの、メイナードはいっそうおかしくなってしまった。

アデルのことを『姉上』と呼んではばからず、以前にも増してこの離宮に入り浸っている。

おそらく、メイナードは、もう、国王としての務めをろくに果たしてはいないだろう。

ミサを執り行うこともせず、外国の要人との会見もすっぽかし、ただ、アデルを抱き締め、昏《くら》い目をして虚空を見つめてはぶつぶつと何かつぶやき続けている。

今朝は、見かねたウェルズワースが離宮までメイナードを迎えにきたほどだ。

メイナードは最後まで渋っていたけれど、このままでは予算の編成が滞り兵士や役人たちに給金が払えないと説得され、いやいやながら王宮に戻っていった。

久しぶりにひとりになって考えるのは、やはり、ギデオンのこと。

でも……。

アデルには、もう一つ、気がかりなことがある。

アデルは、両手を重ね、自らの下腹部に当てた。

まだ、確かな兆《きざ》しはない。

しかし、身体に不調はある。アデルはそれを感じ取っている。

この離宮に来てからというもの、何度メイナードに抱かれたかわからない。

そういうことが起きても少しもおかしくはなかったし、起こりうることは重々承知もしていた。

だが、どこかで、その時はオーウェンの指示に従えばいいと自分は簡単に考えていたのだろう。

オーウェンを裏切り、ギデオンも投獄された今、すべてのことを自分で背負わなければならないことに、アデルは、戸惑い、恐怖する。

ギデオンだけじゃない。自分自身の明日もわからない。

これから、自分たちは、いったい、どうなってしまうのだろう……。

ふと、部屋の扉を叩く音が聞こえた。

周囲をはばかるように控えめに叩かれたその音は、ともすれば雨音にさえ紛れてしまいそうなほどに小さかったけれど、アデルの耳には確かに届いた。

アデルは、おずおずと部屋の入り口に近寄り、扉越しに問いかける。

「……どなた？」

メイナードならノックなどしない。アデルのことなどおかまいなしでいきなり扉を開いて入ってくる。

アデルの身の回りの世話をする老婆も同じでノックなどしたことがない。

メイナードでも、あの老婆でもないなら、いったい、誰が？

扉の向こうからひそめた声が聞こえてくる。

「私です。ウェルズワースです」

「ウェルズワースさま!?」

「アデルさま。お話があります。どうか、中に入れてください」

アデルは急いでドアを開き、ウェルズワースを迎え入れる。

ウェルズワースは、周囲を抜け目なく見回しながら、少しだけ開いた扉の隙間から身体を滑り込ませるようにして部屋に入ってくると、急いで扉を閉めた。

「突然で申し訳ありません。どうしても、内密にお伺いしたいことがあったのです。無礼をお許しください」

出し抜けに言われて、アデルは戸惑う。

「内密、とは、陛下にも内密ということでしょうか？」

「さようでございます。陛下は、今、大臣たちとの会議の最中でございます。私は少々加減が悪いと偽って会議を抜け出してまいりました」

おそらく、ウェルズワースは最初からそのつもりで、今朝、メイナードを迎えに来たのだろう。そうして、メイナードを会議で足止めして、その隙にアデルのところにやってきた。宰相として、それが正しいと判断したのだ。

「……では、そのお話とは……？」

おそるおそるアデルが問いかけると、ウェルズワースは、難しい顔をして、唇を嚙み締める。

「陛下がギデオンを投獄なさったことはご存知ですか？」

「知っています。ギデオンは無事なのですか？」

「今のところは」

ほっとしたものの、それは束の間だった。

「陛下はギデオンを処刑せよとおっしゃっています。それも、できるだけ早く」

「ああ……」

ふらふらと足元さえ覚束《おぼつか》なくなったアデルを支え、ウェルズワースが椅子へと導く。

全身が冷たく強張っていた。唇は青ざめ、ぶるぶると震えている。

「ギデオンは無実です。ギデオンは陛下の味方なのに、陛下は聞く耳を持ってくださらないのです」

そう訴えると、アデルを励ますように、ウェルズワースがやさしく言った。

「アデルさま。ご安心ください。わが国には法があり、裁判によって罪の有無や刑の重さを審議し決定するよう法で定められております。いくら陛下でも、裁判もせず、いきなり処刑することはできないのですよ」

「ほんとうですか？」

「もちろんです。私は宰相として厳正に法が執行されるよう取り計らう立場にあります。

ギデオンが有罪と確定するまでは私が処刑など認めません」

全身の力が抜けていくようだった。

ぐったりと椅子にもたれるアデルにウェルズワースが問いかける。

「アデルさま。私のほうこそお聞きしたい。何があったのです？」

「それは……」

「ギデオンを投獄するとおっしゃって以来、陛下はいささか落ち着きを失っておいでのように見受けられる。国政を顧みず、アデルさまのもとに昼といわず夜といわず入り浸っておいでだ。貴族の中にはアデルさまが陛下をそそのかしたと噂する者まで出始めています。アデルさま。それは真実ですか？」

アデルは、大きく目を瞠り、それから、うつむいて首を力なく左右に振る。

「……いいえ……。わたしは陛下が国民すべてから愛される立派な王であられることを望んでいます……」

正確には『望んでいた』だ。

今のアデルは、メイナードが立派な王となるべき資質を欠いていることを知っている。

「もしかして、アデルさまはここに閉じ込められておいでなのですか？」

「……そういうことに……なります…でしょうか……」

「やはり……」

ウェルズワースが肩を落とした。

「実は、こうしてアデルさまにお会いすることも容易ではありませんでした。下働きの者に金を摑ませ、裏口から使用人たちが使う通路を使ってここまで忍び込んできたのです」

その言葉に、アデルも、うなだれ、目を伏せる。

メイナードの執念がどれほどのものか、改めて思い知らされたような気がした。

メイナードはためらわない。誰の思惑も気にしない。

アデルには立ち向かう術もない……。

「しかし、陛下は、なぜ、そんなことを？」

ウェルズワースが疑問を口にする。

「ギデオンが投獄されたことと関係があるのですか？」

アデルは思った。

いっそ、ウェルズワースにすべてを打ち明けてしまおうか。

メイナードの罪も、モードリンの死の真相も、オーウェンの姦計も、それから、アデルが奴隷であることも、何もかも全部。

ウェルズワースには知恵も権力もある。更に、年齢相応の経験も。

老獪なウェルズワースであれば、あるいは、アデルには考えもつかないような手段を思いつくかもしれない。

だが、言えば、今度はウェルズワースまでもがメイナードに生命を狙われることになるだろう。

メイナードにとって、自身の欲以外のものはどうでもいいのだ。長年国政を支えてきたウェルズワースをいきなり失えば、国がどれだけ混乱するか鑑《かんが》みるような理性は働くまい。それに、言ったところでウェルズワースがアデルを信用してくれるとは限らないではないか。

メイナードが実の姉と関係を持っていたことも、邪魔になった前王とその妃を毒で殺害したことも、それを知ったモードリンが自ら死を選んだことも、すべてメイナードの口から語られたことではあるが、何一つ証拠はなかった。

せめて、とアデルは思った。

それならば、せめて、オーウェンの心に謀があることだけは伝えておこう。

今となっては、どちらも王に相応しいとは思えなかったけれど、それでも、オーウェンよりもメイナードのほうがまだ御しやすい気がする。

優秀な臣下がいるのであれば、臣下の言うことにいっさい耳を貸さない暴君よりも、王としての責務をほったらかしにして国政は臣下に任せっきりの愚王のほうが、よほどましだ。

アデルは、胸に詰《つま》っていたとても大きな岩か何かを吐き出すような心地で、その言葉を口にする。

「王弟殿下が陛下のお生命《いのち》を狙っておいでです」

言ってしまったあとで、気づいた。

ほんとうは、国政なんてどうでもよかったのかもしれない。自分は、ただ、ギデオンの復讐に手を貸したかっただけなのかもしれない……。

ウェルズワースが眉をひそめる。

「証拠は？」

「……証拠はありませんが……、ウェルズワースさまは王家に伝わる毒があるのをご存知ですか？」

「古い文献で目にしたことがあります。なんでも、遅効性《ちこうせい》の毒で、病との区別がつかないのだとか……。まさか、王弟殿下は、それを使って陛下の殺害を目論《もくろ》んでいると？」

アデルはゆっくりうなずいた。

「詳しいことはギデオンが知っています。どうぞ、ギデオンにお聞きください」

「そうだったのですか……」

「わたしとギデオンがそのことを陛下に申し上げました。王弟殿下にお気をつけくださいと」

「それで、どうして、ギデオンが投獄され、アデルさまが軟禁される次第となったのですか？」

「わかりません。でも、陛下が信じてくださらないのも無理のないことかもしれませんわ。血を分けた実の弟が自分の生命を狙っているなんて、誰も、信じたくありませんもの」

自分でも驚くぐらいすらすらと言い訳が口から出てくる。

だって、アデル自身、そんなこと、信じたくなかった。

ウェルズワースは、しばし何事か考え込んでいたけれど、何か決意したように小さくうなずいて、アデルに視線を向ける。

「わかりました。ギデオンにも話を聞いてみることにしましょう」

「ウェルズワースさま。どうぞ、ギデオンをお助けください。ギデオンは、ほんとうに、陛下の味方なのです」

それだけは真実だった。

たとえ、それがメイナードへの忠誠心からではなく、ただオーウェンに復讐したいという一心からであっても、ギデオンはオーウェンを裏切りメイナードの側についた。

「大丈夫ですよ」

ウェルズワースの皺《しわ》だらけの顔に笑みが浮かぶ。

「私も、ギデオンが国家反逆罪などという大罪を犯したなどと思ってはいません」

「……ありがとうございます……。ウェルズワースさま……」

「それよりも今後のことを考えないとなりませんね。王弟殿下が油断ならない方だということはわかっていましたが、更に監視を厳しくすることに……」

その時だった。

いきなり部屋の扉が乱暴に開かれる大きな音が響き渡った。

「ウェルズワース！」

メイナードだった。メイナードは、見るも恐ろしい形相を浮かべ、大股でウェルズワースに近寄ると、その胸倉を摑み上げる。

「貴様。ここで何をしている⁉」

「陛下。陛下。お許しを……」

「余は何をしているのかと聞いておるのだ！」

「アデルさまが……、王妃さまが、このところお顔をお見せにならないので、心配になり、ご様子を窺いに参ったのでございます」

「出過ぎた真似をするな！」

獣が吼えるような声だった。

怒鳴り散らされ、すくみ上がるウェルズワースをメイナードが力任せに振り回す。

哀れ、痩せた老人にはメイナードに逆らう術もない。ウェルズワースの顔からはみるみるうちに色が失われていく。

「おやめください……！」

アデルはメイナードに取りすがった。

「陛下！　陛下！　このままではウェルズワースさまが死んでしまいます！」

「うるさい!!　黙れ!!」

メイナードは、ウェルズワースの襟首を摑んでいた手を離すと、アデルをなぎ払う。

床に叩きつけられ、アデルは思わず両手で腹を包むようにかかえた。

「あっ……。だめ……」

まだ、そこに小さな生命が芽生えたという確証はない。なのに、咄嗟に腹をかばっていた。気がつけば、身体が勝手に動いていた。

床にうずくまり、ごほごほと咳をしていたウェルズワースが、アデルの様子を見て目を瞠る。

「アデルさま……。もしや、お子が……?」

アデルは瞠目《どうもく》し唇を噛んだ。

何も言わなくても、それが答えだった。

「そうか……。お世継ぎが……。ついに、お世継ぎが……」

ウェルズワースが歓喜の声を上げる。

メイナードが無言のまま近寄ってきた。うずくまるアデルのそばにひざまずき、アデル
をそっと抱き起こす。

メイナードに触れられた途端、身体じゅうがぶるぶると震え出しそうになるのを、アデ
ルは必死になってこらえた。

怖い。怖い。

この男が怖い。

さわられたくない。

その目に触れることさえおぞましい。

（お願い。近寄らないで――――）

そんなアデルの思いになど気づきもしないで、メイナードはアデルの手を取り深い青の瞳を見つめた。

「そうか……。子ができたのか……」

メイナードの青く美しい瞳がとろりと笑み崩れる。

「では、その子のためにも、邪魔者は急いで消さねば……」

つぶやきはとても小さかった。

ウェルズワースの耳には届かなかっただろう。

メイナードがやさしくアデルを抱き締める。

アデルはその感触にぞっとした。

もう、震えをこらえることもできなかった。

ウェルズワースを手荒に追い出したあと、メイナードは自身も部屋を出ていった。

階下から怒鳴り声が聞こえてくる。アデルには誰も会わせてはならないと、使用人や衛兵を厳しく叱責《しっせき》している。

ここのところ、階下からの人の気配が次第に薄れてきていることをアデルは感じ取っていた。

部屋から出ることのかなわない身では想像するしかないが、使用人たちは、メイナードに気をつかって息をひそめるように過ごしているのかもしれない。あるいは、辞めていく者が多くて、彼らの人数自体が減っているのか。

なんにしても、この離宮がまともな状態でなくなっていることだけは確かだ。

床に入るような時間になって、メイナードはようやく戻ってきた。

寝台に横たわるアデルの腹を撫でながら、ひとり、何やらぶつぶつとつぶやき続けるその姿は異様と言うよりほかはない。

アデルは、しばらくは身を強張らせていたけれど、いつの間にか、少しだけ、うつらうつらしていたらしい。

はっと目覚めたのは、メイナードが寝台を下りる気配に気づいたからだ。

そのまま眠ったふりをして様子を窺っていると、メイナードはふらふらと部屋を出ていく。

いやな予感がした。

アデルは、急いで夜着の上にマントを羽織ると、メイナードのあとを追いかける。

メイナードは使用人たちが使う通路を通って離宮の外に出ていった。

夜半《やはん》になって、雨足は一段と激しくなっている。

雷鳴《らいめい》が轟《とどろ》き、時折、あたりが昼よりも青く染まる中を、メイナードはどこか覚束ない足取りで丘の上へと向かう。

　メイナードが向かっているのは、おそらく、礼拝堂だろう。

（こんな時間に、いったい、なぜ？）

　戸惑いながらも、アデルも、フードを目深《まぶか》にかぶり、びしょ濡れになりながら、礼拝堂に向かう。

　メイナードがたどり着いた時、礼拝堂の閂《かんぬき》は外されていた。

　特別な事情がない限り、夜間、この礼拝堂は無人のはずだ。司祭は、王宮に部屋を賜り、夜の祈りを終えるとそこへ帰っていく。

　だが、メイナードは訝しむことなく中へ入っていった。

　アデルも、雷鳴に紛れるようにして扉をそっと押し、中へと滑り込む。

　礼拝堂の中では、ひとりの男がメイナードを待ちかまえていた。

　一つだけ灯された燭台《しょくだい》が、その輝くような黄金の髪と青く美しい瞳を映し出す。

　オーウェンだ。

　豪奢《ごうしゃ》な青い上着の上に外套《がいとう》を羽織ったオーウェンが祭壇の前に立っている。

　オーウェンもここへ来てからさほど時間が経っていないのだろう。分厚い外套からは、ぽたぽたと雫が落ち、オーウェンの周りに水溜まりを作っていた。

「なんです？　兄上。いきなり、このような時間に、このような場所に来いとは、いったい、なんの酔狂《すいきょう》です？」

オーウェンの声が礼拝堂に響き渡る。雨音に負けぬ、力強い声。

対するメイナードの声は弱々しかった。

「そなたにどうしても言っておきたいことができたのだ」

「言っておきたいこと？」

オーウェンの顔に残忍な笑みが浮かぶ。

「それは……、その女のことですかな？」

オーウェンが暗がりに潜んでいるアデルを指差した。

どうやら、オーウェンには最初から気づかれていたようだ。

仕方なく、アデルがおずおずと姿を現すと、オーウェンは声を立てて笑った。

「兄上。兄上はその女に随分とご執心のようだが、その女の素性をご存知なのですか？」

オーウェンの視線が、ちらり、とアデルに向けられる。

「その女はラングフォード伯爵夫人の姪などではありませんよ。ただの奴隷女です」

「何を言っている？　オーウェン。そこにいるのは、我らの姉上だぞ」

メイナードが不快げに眉を寄せた。

「実の姉を見まちがえるとは、どうかしているのではないか？」

「は」

オーウェンが目を見開く。

その唇からは乾いた哄笑が溢れた。

「ははは……はははは……」

「何がおかしい？」

「どうかしているのは兄上のほうです」

「なんだと？」

「以前からおかしな方だと思ってはいましたが、まさか、そこまで深い闇に堕ちておいでだったとは……」

オーウェンがメイナードに近づく。

共に母親から受け継いだという青く美しい瞳で、メイナードの瞳を見据える。

「兄上。私は知っているのですよ。兄上が姉上をこの離宮に監禁し無理やり犯したことを」

「うるさい！」

「姉上は、実の弟と関係を持ってしまったことに絶望し、自ら生命を絶たれた」

「うるさいうるさい!!」

「兄上。この女は姉上ではありません。ただの奴隷女です。私があなたのもとへと送り込んだ間者であり刺客です」

「黙れ!!」

メイナードがオーウェンを振り払い、オーウェンがうしろに大きく飛びすさった。

雷光《いなびかり》に刃《やいば》がきらめく。

メイナードは剣を手にしていた。

オーウェンの頬には一条の傷が刻まれ、うっすらと血がにじんでいる。

「それを知っているのは、オーウェン、おまえだけだ。おまえが死ねば秘密などなかったことになる」

メイナードの言葉をオーウェンは鼻で笑った。

「ギデオンも知っていますよ」

「ギデオンは投獄した。すぐに処刑する」

「仮にも弟に対して、なんという仕打ちを」

「おまえこそ、ギデオンのことを弟だなどと思ったこともないくせに！」

メイナードが再びオーウェンに斬《き》りかかる。

オーウェンは、外套の下に隠していた剣を取り出すと、それでメイナードの剣を受けた。

「私がなんの武器も用意していないと思いましたか？」

「オーウェン……！」

「あなたのほうこそ死んでください。死んで、その王位を私に寄越せ!!」

互いに繰り出した剣が、互いの間でぶつかり合い、雷鳴にも負けぬ音を立てた。

メイナードもオーウェンも、凄まじい形相で己の欲をむき出しにし、相手をにらみつけている。

アデルはどうすることもできなかった。

ただ立ちすくみ、あらん限りの殺意を込めて斬り合う兄と弟を呆然と見ているだけだ。

どちらが優勢とも言えなかった。

目まぐるしく攻守が入れ替わり、簡単に決着がつくとは到底思えない。

いつ果てるとも知れない争いは、ふいに、終わりを迎えた。

メイナードの剣を避けそこね、オーウェンの足元がふらついた。

メイナードは、それを見逃さず、オーウェンの懐に一歩深く踏み込む。

その瞬間、それを待っていたように、オーウェンは外套に隠れた背中からすばやく短剣を取り出した。

オーウェンが繰り出した短剣がメイナードの胸に突き刺さる。深々と入り込んで、メイナードの心臓を抉る。

「オー……ウェン……」

メイナードの身体が、がくり、とくずおれた。

オーウェンが勝ち誇ったような笑みを浮かべる。

「武器は剣一本だけだなんて、誰も言ってませんよ」

そのまま、ずるずるとオーウェンにすがりつくようにしてメイナードは床に倒れ伏した。

オーウェンは靴の先でメイナードを蹴《け》り上げ仰向けにさせる。

メイナードの青く美しい瞳は、信じられないとでもいうように、虚空を見つめている。

「……馬鹿な男だ」

そう言って、オーウェンはアデルに視線を向けた。

その手はメイナードの流した血で真っ赤に染まっている。

「ひっ……」

アデルは悲鳴を上げ逃げようとした。

しかし、それより早く、オーウェンの血まみれの手がアデルの腕を摑む。

「なぜ、逃げる？　青き手の女よ」

「わたしは……。わたしは……」

「おまえには礼を言わねばなるまい。お陰で、ついに王座は私のものとなった」

「ああ……」

アデルはうつむいて唇を嚙み締める。

最悪だった。

最も起こってはいけないことが起ころうとしている。

「どうした？　青き手の女。私はおまえの働きを褒めているのだぞ。おまえの弟もきっと喜んでいるに違いない」

もう、その呪文はアデルには効かない。とっくの昔に魔法は切れてしまったのだ。

今は、ただオーウェンが憎かった。自身の愚かさをいいように利用されたことが悔しかった。

「そうおっしゃるのなら、旦那さま。どうぞ、弟に会わせてください」

アデルがそう言うと、オーウェンはおどけたように肩をすくめてみせた。

「そうだな。今度こそ会わせてやろう。戴冠式が終わったら、その時にでも」

「……うそつき……」

唇から思いが溢れ出す。

「うそつき。ほんとうは会わせる気なんかないくせに！」

顔を上げ、キッ、とにらみつけると、オーウェンは、くすり、と笑った。あからさまにアデルを馬鹿にする笑いだった。

「なぜ、そう思う？　青き手の女よ」

「ダリルに教育を受けさせているなんてうそでしょう？　あの手紙も偽物なんでしょう？　ダリルをどうしたの？　売ったの？　捨てたの？　それとも、殺したの!?」

その言葉に、オーウェンの顔からすっと表情が消えた。

「相変わらず生意気な女だ。黙って私に媚びるなら、このまま飼い続けてやってもよかったのに」

「……わたしをどうする気……？」

「決まっている」

オーウェンの右手が上がった。その手には、まだ剣が握られている。

「おまえは乱心した国王に、今、ここで、殺されるんだ。そして、国王はそれを恥じて自ら短剣を胸に突き刺し死を選んだ。なかなかよい筋書きだろう？」

「そんなこと、誰も信じないわ」

「そうかな？　メイナードが死んだ今、国王はこの私だ。国王の言うことに逆らう者はいない」

ウェルズワースさまがいるわ！

言おうとして、アデルはその言葉を飲み込む。

オーウェンは自分に従わない者をいっさい許さないだろう。もしも、ウェルズワースが何か一言でも異論を唱えれば、その場で更迭《こうてつ》——最悪の場合、死さえ賜ることになるのかもしれない。

「さあ。青き手の女よ。そろそろ口をつぐむ時間だ」

「いやよっ……。いやっ……。離してっ……」

「あの世で弟と会うがいいさ」

オーウェンが振りかぶった。

もう、だめだ。

(殺される！)

アデルは目をきつく閉じ身を強張らせる。

その時、雷鳴を引き裂くようにして聞こえてきた声は——。

「アデル！」

ギデオンだった。

礼拝堂の戸口から飛び込んできたギデオンが、その勢いのままにオーウェンに体当たりする。

オーウェンの身体が吹き飛んだ。弾みでオーウェンの手を離れた剣がからからと音を立てて床を転がっていく。

広い胸に包み込まれるようにしっかりと抱き締められ、呆然としながらアデルはギデオンの顔を見上げた。

ギデオンだ。確かに、ギデオンだ。

「ギデオン……。どうしてここに……？」

投獄されていたのではなかったのか？

「ウェルズワースさまが出してくださった」

「ウェルズワースさまが？」

「ウェルズワースさまはおまえに言われてオーウェンの動きを見張っていたんだ。だから、今夜オーウェンと陛下がここで密会していることもいち早く察知できた。よからぬ予感がしたそうだ。だから、事情を知る俺を牢から出してここに向かわせてくださった」

そうか。昼間、ウェルズワースと話をすることができてほんとうによかったと今更ながら思う。

「ウェルズワースさまは？」

「こちらに向かっておいでだ。ご老体の足を待つのももどかしく、俺だけが急いで来たんだが、間に合ってよかった。ほんとうに、よかった……」

きつく抱き締められ、ようやく、安堵がこみ上げてくる。

ギデオンがいてくれるなら大丈夫。きっと、ギデオンがなんとかしてくれる。

ギデオンは、オーウェンよりはるかに賢く、そして、強い。

アデルは、それを信じて疑わない。

「ギデオン……。きさま……」

地から響いてくるようなしわがれた声が聞こえた。

ゆらりと黒い影が立ち上がり、稲妻に剣が青く光を帯びる。

オーウェンの剣を、ギデオンは蹴りで凌いだ。

オーウェンがあとずさりたたらを踏む。しかし、その青く美しい瞳は戦意を失っていない。

「裏切ったな。ギデオン。ここまで目をかけてやった恩も忘れて、私を裏切ったな!?」

「目をかけてやった恩?」

ギデオンが冷たく言い放つ。

「あんたには恨みこそあれ、感謝の念などかけらもない」

「なんだと!?」

「今まで何をされてもおとなしくあんたに従っていたのは、いつか復讐するためだ。俺と俺の母とを蔑ろにし、その運命を弄んだあんたにな!」

「ぐううううう」

オーウェンが再び斬りかかってきた。

ギデオンが片手でそれを押し留める。

ギデオンのほうが体格もよく、通常であればオーウェンなど敵ではないはずだが、今は、もう一方の腕にアデルを抱いていた。

アデルをかばいながら、しかも、丸腰で、剣で襲いかかってくる相手を倒すのは、いかにギデオンであっても、そう容易なことではない。

「死ね！　ギデオン!!」

口から泡を噴き出し、オーウェンが全身の力をこめて上から覆いかぶさってきた。

「メイナードは死んだ！　おまえも、その女と一緒にあの世に行くがいい!!」

逃れられない。このままでは、ふたりともオーウェンの剣の餌食《えじき》になる。

その時、すぐそばまで迫っていたオーウェンの顔に、ふいに、驚愕の表情が浮かんだ。

何が起こったのかわからないまま、呆然としてそれを見つめていると、オーウェンがよろよろとうしろを振り向く。

「おまえ……。ウェルズワースか……」

唸《うな》るように言われて、オーウェンの背後からウェルズワースが飛びのいた。

その手には短剣が握られている。

先ほど、メイナードの胸を一突きにした短剣だ。

ウェルズワースは、両手をぱっと開いて、短剣を放り出した。

「わ、私は、なんてことを……」

オーウェンの背中からは血がどくどくと流れ続けていた。青い上着を赤く染め、その足元に血溜まりを作る。

ウェルズワースは、尻から床に崩れ落ち、両手を開いたままぶるぶると震えていた。

「アデルさまを……、王妃さまとお世継ぎさまを守らねばと、咄嗟に、剣を……」

オーウェンが血走った目をアデルに向ける。

「世継ぎ、だと?」

その顔には、既に死相が現れている。

「女。おまえ、まさか……」

オーウェンは笑った。

「そうか……。そういうことか……。その子は、王と王妃の子……。なんと、おぞましい……。もっと、早く、殺して、おく、べき……」

どさり、と大きな音を立てて、オーウェンが倒れた。

「ひっ……」

ウェルズワースが悲鳴を上げる。

雷鳴が轟いた。

青い稲妻が、二つの死体を映し出し、惨劇を浮かび上がらせる。

しばらくは、誰も何も話さなかった。息をすることも忘れたように、ただ、礼拝堂の床にうずくまっていた。

一番に声を発したのはウェルズワースだ。

「わ、私は……、人を殺してしまいました……。罪を償わねばなりません……」

長い間文官として国家に仕えてきたウェルズワースは、今まで、おそらく、暴力とは無縁の人生を送ってきたはずだ。

法を守る立場の自分が、このようなことで法を犯してしまうことなど想像もしたことがないだろうし、衝撃のあまり取り乱すのも当然のことだろう。

ギデオンが口を開く。

「アデルさま。一つだけお聞きします。もしや、お子が？」

ギデオンの声は、この血なまぐさい惨状には似合わぬほど凪いでいた。

アデルは思わず視線を逸らす。

「……まだ、はっきりしたわけではありませんが……」

沈黙。

ギデオンは何か思案している。その明晰《めいせき》な頭で何か策を講じようとしていることが、触れ合った肌から気配で伝わってくる。

誰にもわからなくても、アデルにだけはわかる――――。

おもむろにギデオンは言った。

「ウェルズワースさま。これは罪ではありません」

「しかし……」

「詭弁《きべん》ではございません。純然たる事実でございます。もしも、ウェルズワースさまがオーウェンさまの仕業を黙って見過ごされていたら、我々は、たいせつなお世継ぎさまをアデルさまごと失っていたのですよ。これ以上の不幸がございましょうか？」

ウェルズワースは飲まれたようにギデオンを見つめている。その表情は、老獪な宰相のものではなく、ただの老人のそれだ。

「オーウェンさまは、王位を簒奪せんと、陛下をお手にかけてしまわれました。このままいけば、我々は簒奪者であるオーウェンさまを王と仰ぐことになっていた。しかし、ウェルズワースさまがお世継ぎさまを守ってくださった」

いつの間にか、雷鳴は過ぎ去っていた。

静まり返った礼拝堂に、ギデオンの声が響き渡る。

ひそやかに。厳かに。しかし、力強く。

「この国は救われました。ウェルズワースさまは英雄です。我々の新しい王を勇敢にも守ってくださったウェルズワースさまが罪に問われることなどありましょうか」

◇◇◇

美しい午後だった。

空は青く澄み渡り、頬を撫でる風はやさしくさわやかだった。

時折甘く香るのは、季節を先取りした薔薇だろう。

まだ蕾のほうが目立つけれど、そのうち、この離宮のサロンから見下ろす光景は薔薇で埋め尽くされるに違いない。

(そういえば、メイナードはこの薔薇園の花が咲くのをわたしに見せたがっていたわ)

おそらく、それはとてもすばらしい光景なのだろう。

薔薇に埋め尽くされた庭園。

目にすれば、うっとりとため息が出るような。

だが、アデルは想像して眉をひそめた。

どんなに美しくても薔薇には棘がある。その棘が、顧みたくもない心の襞に突き刺さる。

(いっそ、全部引き抜いてしまおうかしら)

今のアデルにはその力があるのだ。あそこに薔薇ではなく、もっと別の花——たとえば青い花を植えたいと言えば、その望みはすぐにかなうだろう。

だが、アデルはすぐにそのやくたいもない思いを捨ててしまった。

(たかが薔薇じゃないの)

薔薇に罪はない。

(だけど、もう二度と、薔薇色のガウンは着ないわ)

うっすらと微笑んで、アデルは窓際から離れる。

すかさず、ギデオンが手を取って長椅子まで導いてくれた。

ここのところ、すっかりお腹が大きくなって動くのも一苦労だ。こうして誰かの手を借りなければ、歩くことさえままならない。

ふう、と大きく息をつき、青いガウンのお腹を撫でていると、ウェルズワースがやってきた。

「アデルさま。お邪魔してもかまいませんかな?」

アデルは微笑みながらウェルズワースを手招きして椅子を勧める。

「わたしがウェルズワースさまのことを一度でも邪魔にしたことがありまして?」

ウェルズワースは、よっこらしょ、と声をかけ椅子に腰かけると、アデルに笑顔を向けた。

「アデルさま。その後、お加減はいかがですか?」

両手で大きな腹を包むようにして、アデルも笑顔で答える。

「順調ですわ。とても元気ですの。もしかして、男の子かしら」

ウェルズワースの皺だらけの顔に更に深い皺が刻まれた。

わずかの間に、ウェルズワースは一段と老け込んだような気がする。度重なる心労がウェルズワースにいっそうの老いを運んでいるのかもしれない。

「どちらでもよいのです。お元気に生まれてさえくだされればどちらでも」

「……そうですね……」

「生まれたのが姫であったなら、女王となっていただければよいこと。わが国には女王を擁《いただ》いた歴史もございます」

ウェルズワースの言葉は揺るぎなかった。もはや、それしかないと心に決めた者の声だった。

あの長い夜、オーウェンの遺体は、ぐるぐる巻きにして礼拝堂から運び出され、鉛の箱に詰められて、離宮近くで駆除《くじょ》された狼の死体として山中に埋められた。

メイナードの遺体は王宮の地下深くに隠され、オーウェンとメイナードが携えていた剣も秘密裏に処分された。

宰相ウェルズワースが、国王が現在療養中であると国民に向かって発表したのは、その三日後のことだ。

国王メイナードは、早朝、ひとり離宮の礼拝堂で神への祈りを捧げている最中に血を吐いて倒れた。メイナードの病は流行り病であり、感染を防ぐために現在は王宮以外の場所に隔離されている。また、王弟オーウェンはメイナードのための特効薬を購入するべく急遠船で外国に出かけた……。

すべてはウェルズワースの采配だった。老獪な宰相は自身の持てる知恵と経験と権力をいっさい出し惜しみすることなく利用した。

やがて、アデルが身二つとなり、新しい王となる赤子が誕生した暁には、ウェルズワースは再び厳かに国民に告げるだろう。

王にはひそかに結婚した王妃がいたこと。

王妃が世継ぎを出産したこと。

そして、王の死も――――。

沈黙が落ちた。

アデルの気を引き立てようとしたのか、それとも、自身の罪の重さに耐えかねたのか、ウェルズワースが殊更明るい声を出す。

「そうそう。そういえば、アデルさま。アデルさまはお歌がとてもお上手だそうですね」

「いえ。そのようなことは……」

「謙遜なさる必要はありません。いつもこちらでギデオンのリュートに合わせて歌っておいでだそうではありませんか。美しい声だと召使いたちの間でもたいそう評判になっておりますよ。是非、この年寄りにも聞かせてはいただけまいか？」

アデルは、ちらり、とギデオンを見る。

ギデオンは無言のまま立ち上がりサロンの片隅に置いてあったリュートを手に取る。

すぐにリュートの物悲しい音が流れてきた。

アデルはそれに合わせてソネットを歌う。

恋しい男を思う女の歌。

誰よりもあなたが好きと切々と訴え続ける女になりきって、伸びやかな声で恋の歌を歌いながら、アデルはギデオンを見つめる。

『これからどうしたらいいの？』

ギデオンにそう聞いたのは、すべての終わりであり始まりである血塗られた夜が明けた朝のことだ。

逆に聞き返された。

『おまえはどうしたい？　何もかも捨てて逃げるか？』

アデルは小さく首を横に振る。

『そんなこと、できないわ……』

アデルにもわかっている。

自分は、運命という大河に流され、ここにたどり着いた。

ほかに道はない。

『ギデオンはどうするの？』

ギデオンは答えない。

『もしかして、どこかへ行ってしまうつもりなの？』

礼拝堂の床に血まみれで横たわるメイナードとオーウェンをじっと見つめていたギデオンの横顔を思い出す。その灰色の瞳はゾッとするほど冷たかった。

あるいは、ギデオンの復讐はまだ終わっていないのかもしれない。

それほど、ギデオンの憎しみは深いのだ。一つや二つの死では贖いきれないほどに。

ふいに、ギデオンの手がアデルの手をぎゅっと握った。

思わず息を飲むアデルに向かって、ギデオンは静かに告げる。

『俺はどこにも行かない。俺は、俺の生命が続く限り、おまえのそばにいる』

『ギデオン……。ほんとうに……？』

『ああ』

『どうして？』

『俺がそう決めたからだ』

ギデオンの灰色の瞳に笑みが浮かんだ。初めて見るような爽快な笑みだった。

ギデオンは、きっと、約束を守るだろう。

正直ではなくてもうそはつかない。

それがギデオンなのだから。

アデルは自身のすぐ隣でリュートをつまびくギデオンに、そっと、視線を向ける。

（わたしとあなたはずっと一緒）

いつまでも。どこまでも。

（ねえ。そうでしょう？　ギデオン）

まなざしで問いかければ、ギデオンもまたアデルをじっと見つめ返す。

その灰色の瞳が言っていた。「ああ。そうだ。ずっと一緒だ」と甘くささやく。

ふいに、リュートの音が途切れ、拍手がアデルを現実に引き戻した。

「いや、すばらしい歌声ですな。アデルさまにこのような才があるとは存じ上げませんでした」

ウェルズワースの賞賛にアデルは微笑んで答える。

「陛下は音楽があまりお好きではなかったので、今まで機会がなかったのです」

メイナードはアデルに何も求めなかった。歌うことも踊ることも、貴婦人らしいことは何一つ。

今更ながら思い知らされたような気がしてアデルは押し黙る。

メイナードが必要としていたのは、自分の自由になる抱き人形だったのだ。

「さて……。アデルさまのお元気なお顔も拝見したことだし、私はそろそろおいとましましょうか」

座った時と同じように、よっこらしょと声をかけ、ウェルズワースが立ち上がる。

「そうそう。また、ギデオンをお借りしてもよろしいかな？」

訊《たず》ねられて、アデルは、にっこりと笑い、うなずいた。

「ええ。もちろんですわ。ギデオン。ウェルズワースさまのお手伝いをしてさしあげて」

最近、ウェルズワースはこうしてたびたびギデオンを連れ出す。

自身の補佐をさせるのが目的だが、そうやってギデオンに宰相としての経験と心得を伝授し、やがてギデオンを自身の後継者にしようと目論んでいることは明白だった。

もともとギデオンはウェルズワースの生徒でもある。

ウェルズワースは、ギデオンのことを自身にとって一番優秀な生徒だったと言っていたし、その能力を今も高く評価しているのだろう。

それとも、ウェルズワースがギデオンに目をかけているのは罪悪感のせいだろうか。

あの夜、ギデオンの言葉が拭《ぬぐ》い難い罪から自らを救ってくれたことに、ウェルズワースはいまだに負い目を感じているのか。

どちらにしたって、いずれ、ギデオンは宰相になるだろう。宰相として、アデルと、このお腹の子を守ってくれる。

アデルはそれを少しも疑っていない。

「では、アデルさま。行ってまいります」

ウェルズワースに従い、ギデオンも席を立つ。

ほんの一瞬、灰色の瞳と視線が甘く絡み合った。

くちづけを交わすことも、触れ合うこともできないけれど、でも、こうして視線で語り合うことはできる。

言葉にならない思いを、互いの瞳が伝え合う。

それだけで、心が満たされる。

去っていく広い背中を小さく手を振って見送ったあと、ひとりになると、途端に身震いがした。

奴隷が、ラングフォード伯爵夫人の姪となり、その相続人となって、ついには、王妃となった。

そして、もうすぐ、王の母となる。

今や、その事実を知る者は、アデルのほかはギデオンしかいない。

オーウェンもメイナードも死んでしまった。

オーウェンが偽造したラングフォード伯爵夫人の相続のための書類は見破られることなく処理されたし、メイナードとの結婚が正式なものであったことは司祭が証言してくれるだろう。

アデルを脅かすものは、もう、何もないのだ。

アデルは平穏を勝ち取った。

だけど……。

アデルは思わずにはいられない。

だけど、これって、ほんとうに、全部、偶然の出来事なのかしら？

考えると、思い当たることはいくらでもあった。

たとえば、オーウェンを裏切ろうと最初に言い出したのはギデオンだった。

結果、ギデオンは投獄されることになったけれど、ウェルズワースの性格を考えたら、すぐに処刑されることはないと最初からわかっていたのではないだろうか？

あの夜、オーウェンに斬りかかられた時だって、ギデオンは片手でアデルを抱き、もう一方の手で応戦した。

あれは、アデルをかばって仕方なくそうしたのだと思っていたけれど、でも、今思えば、アデルを離し、両手でオーウェンに応戦していたら、ギデオンはオーウェンを無傷で取り押さえることができたのではないだろうか？

もしかして、ギデオンは待っていたのだろうか？

片手でアデルをかばうふりをして、片手でオーウェンの剣を凌ぎながら、ウェルズワースが到着するまで時間を稼いでいた？

そうして、荒事に不慣れなウェルズワースが恐慌に陥りオーウェンに過剰な攻撃を加えることを見越して、ウェルズワースにオーウェンを始末させた。

すべてはギデオンの思惑どおり。

ギデオンを蔑ろにした先王と王妃との間の血筋は根絶やしにされ、そして、今、ギデオンは身分の低い母から生まれた者としては最高の地位を得ようとしている。

（では、わたしも……？）

もしかして、わたしもギデオンにいいように利用されただけなのかしら？

背中が、ひやり、とした。

そうかもしれない。

ギデオンは計り知れない男だ。

アデルは、まだ、その深遠の淵に立っただけ。

だが、いずれ、闇の底の底をのぞき込む日も来るだろう。

(だって、ギデオンとは、ずっと、一緒だもの)

自分たちには長い長い時間があるのだ。

どちらかの生命が尽きるその時も、ギデオンがアデルのそばにいるだろうことを、アデルは信じて疑わない。

一つ、大きな吐息が唇からこぼれた。

それから、アデルは、気を取り直し、テーブルの上のベルを振って人を呼ぶ。

現れたのは老婆だ。

メイナードに軟禁されていた時に身の回りの世話をしてくれた、あの……。

「お呼びでしょうか?」

驚いたことに、老婆は口が利けた。

どうやら、とても口が堅く、主人には忠実な女のようだ。

「何か飲み物を持ってきてちょうだい」

「かしこまりました」

老婆が飲み物を持ってくるまでの間、アデルは長椅子の肘掛けにもたれ、大きなお腹を撫でながら考える。

(それにしても……)

この子の父親は、いったい、どっちかしら?

数で言えばメイナードのほうが確率が高いけれど、でも、時期を考えるとギデオンのような気もする。

どちらにも可能性があり、どちらにも確証はなかった。

知っているのは神さまだけだ。

結局、アデルは、それっきり考えるのをやめた。

考えれば考えるほどわからなくなるようなことを考えたって無駄だ。

(どっちだっていいわ)

アデルは心の中でつぶやいた。

どっちが父親だって、自分が母親であることに変わりはないし、それに――。

どっちが父親だって、この子が王家の血を引いていることはまちがいないのだから。

END

あとがき

このたびは拙作をお手に取っていただきありがとうございます。

姫野百合《ひめのゆり》でございます。ソーニャ文庫さまでは、はじめましてですね。

今回、初めてのレーベルさまということで、姫野も少々緊張しております。

し・か・も！　あのソーニャ文庫さまですよ！

ソーニャ文庫さまといえば、みなさまもご存じのとおり、官能的な作風で知られるレーベルさま。最初にご依頼をいただいた時には、ほんとうに自分でよいのかと、姫野、ビビりまくりでした。

それでも、こういうお話を書かせていただける機会は、そうありません。せっかくの機会ですし、思いっきり楽しんで書かせていただきました。

だが、しかし。姫野が楽しんだ分、長くなってしまって、すみません……。

本来でしたら、さっくり削るべきだったのですが、このままでよいと編集さまに言っていただけたので、結局このページ数になりました。

ボリュームだけでなく、ナカミのほうもいろいろアレですし（既に読了してくださったあなたは、ご存じのことと思いますが）、よくこの形で本にしていただけたと思います。

編集さまには、なんとお礼を申し上げてよいのかわかりません。

ほんとうに、ありがとうございました。

編集さまは大変楽しい方で、そういう意味でも楽しいお仕事でした。

文章もお上手ですし、もしかして、姫野じゃなくて編集さまが文章を書かれたほうがおもしろいものができるんじゃないかと、自身の不甲斐なさを痛感するばかりです。

そんなこんなで、気軽に楽しんでいただける一冊とは言い難いのですが、もしも、ほんのちょっとでも楽しんでいただけたなら幸いです。

さて、この本のイラストは蜂不二子《はちふじこ》さまが担当してくださいました。

アデルのドレスは、薔薇色と青、どっちになるのかなーと楽しみにしていたのですが、やっぱり、青でしたね（アデルの手は白くなっても、心に染みついた青が薄れることは生涯ないのかもしれません）。

姫野は、通常、文章を書いている時、登場人物の詳細な容貌などは、あまり深く考えていません。イラストができあがって、ようやく、「この人ってこんな顔してたんだー」とか思ったりします。

今回も送っていただいたイラストを拝見して、灰色の瞳の彼の美しさにたまげました。

彼ってば、マジ王子！（王子じゃないけど）アデルの苦悩する表情もすてきです。

聞けば、表情にはとてもこだわってくださったのだとか。

蜂さまには心より感謝申し上げます。ありがとうございました。

姫野百合

Sonya
ソーニャ文庫

この本を読んでのご意見・ご感想をお待ちしております。

◆ あて先 ◆

〒101-0051
東京都千代田区神田神保町2-4-7 久月神田ビル
㈱イースト・プレス　ソーニャ文庫編集部
姫野百合先生／蜂不二子先生

愛《あい》よりも深《ふか》く

2016年9月10日　第1刷発行

著　者　姫野百合《ひめのゆり》
イラスト　蜂不二子《はちふじこ》
装　丁　imagejack.inc
DTP　松井和彌
編集・発行人　安本千恵子
発行所　株式会社イースト・プレス
〒101-0051
東京都千代田区神田神保町2-4-7 久月神田ビル
TEL 03-5213-4700　FAX 03-5213-4701
印刷所　中央精版印刷株式会社

©YURI HIMENO,2016 Printed in Japan
ISBN 978-4-7816-9584-6
定価はカバーに表示してあります。
※本書の内容の一部あるいはすべてを無断で複写・複製・転載することを禁じます。
※この物語はフィクションであり、実在する人物・団体等とは関係ありません。

Sonya ソーニャ文庫の本

おまえを奪い返しにきた。

母の再婚にともない隣国へわたったアシュリーは、たった一人、塔に軟禁されてしまう。そんな彼女の心の拠り所は、意地悪で優しい従兄のジェイドと過ごした故国での日々。だがある日、城に突然火の手があがる。その後アシュリーは、血に塗れた剣を握るジェイドの姿を目にし――。

『軍神《ぐんしん》の涙』 桜井さくや

イラスト 蜂不二子